D자카 살인사건

D자카 살인사건

D坂の殺人事件

에도가와 란포 지음

이종은 옮김

도서출판 b

• 차례 •

D자카 살인사건

D坂の殺人事件

1925년『신청년』1월 신년증간호에 발표되었다. 탐정 아케치 고고로가 등장한 첫 작품으로 흔히 일본의 개방적인 가옥구조에서는 불가능하다고 여기던 밀실살인을 다루고 있다. 기찻길 통행금지 철책에서 떠올린 흑백 착시 트릭과 고베여행 중 헌책방에서 입수한 후고 뮌스터베르크의『심리학과 범죄』가 작품의 모티브였다고 한다. 작가로 데뷔하기 전 에도가와 란포가 실제로 헌책방을 운영했던 단고자카를 배경으로 하고 있다. 작품 속 사건 발생 시점은 1920년 9월로 추정된다.

上 사실

9월 초순 어느 무더운 밤이었다. 나는 D자카[1] 큰길 중간쯤에 있는 단골카페 하쿠바이켄白梅軒에서 냉커피를 마시고 있었다. 그 무렵 나는 학교를 졸업한 지 얼마 안 된 때라서 아직 이렇다 할 직업도 없이 하숙집에서 빈둥거리며 책을 읽거나 그게 지겨워지면 정처 없이 산책을 나가 싸구려 카페에 들르는 것이 하루 일과였다. 하쿠바이켄은 하숙집에서 가깝기도 했고, 어디로 산책을 나가더라도 반드시 그 앞을 지나는 위치에 있었기에 자주 드나들던 곳이었다. 내게는 나쁜 버릇이 있었는데, 카페에 들어가기만 하면 죽치고 앉아 있는 것이었다. 원래도 입이 짧은 편이었지만 주머니 사정이 궁한 탓에 음식 한 접시 주문하지

....

1_ D坂. 도쿄 혼쇼本所의 단고자카団子坂. 1919년~1920년에 에도가와 란포가 실제로 형제들과 헌책방 산닌쇼보三人書房를 운영한 곳이기도 하다.

않고 싸구려 커피만 두 잔, 석 잔 내리 시켜가며 몇 시간이고 버텼다. 그렇다고 뭐 딱히 웨이트리스에게 마음이 있는 건 아니었다. 물론 추근거리지도 않았다. 아무래도 하숙집보다는 분위기가 화사하고 편했을 따름이었다. 그날 밤도 나는 평소처럼 길가 쪽 테이블에 자리를 잡고 앉아 냉커피 한 잔을 가지고 10분 넘게 마시며 멍하니 창밖을 바라보고 있었다.

하쿠바이켄이 위치한 D자카는 옛날 기쿠닌교[2]의 명소였다. 당시는 비좁던 길이 행정구역 개편에 따라 몇 간[3]이나 되는 넓은 대로로 확장된 때라서 아직 큰길 양쪽에는 군데군데 빈터가 있을 정도였다. 지금보다는 훨씬 한적했던 시절의 이야기다. 하쿠바이켄에서 큰길을 건너면 바로 맞은편에 헌책방이 하나 있었다. 사실 나는 아까부터 그 가게를 지켜보고 있었다. 변두리 헌책방이라 딱히 감상할 만한 풍경은 아니었지만 흥미를 자극하는 책방이었다. 최근 하쿠바이켄에서 알게 된 특이한 사람이 있었는데 이름이 아케치 고고로明智小五郎라고 했다. 그와 이야기를 나누다 보니 상당히 괴짜인 데다가 머리가 좋아 보였고, 탐정소설을 좋아한다는 점이 무척 매혹적이었다. 그런데 그에게서 얼마 전에 그 헌책방 안주인이 자신의 어린 시절 친구라는 이야기를 들은 것이다. 두어 번 책을 샀을 때의 기억을 더듬어

········

2_ 菊人形. 색색의 국화꽃이나 잎으로 의상을 장식한 등신대 인형. 에도 후기 구경거리로 등장했으며, 메이지 9년인 1876년부터 입장료를 받는 흥행물로 발전해 단고자카의 가을 명물로 자리 잡는다. 전성기는 메이지 20~30년(1887~1906).

3_ 1간間=1.8m.

보면 헌책방 안주인은 상당히 미인인 데다가 어딘지 모르게 관능적이어서 남자들의 마음을 사로잡기에 충분했다. 밤에는 그녀가 늘 가게를 지켰던지라 오늘 밤에도 틀림없이 나와 있을 것 같았다. 가게라 해봐야 내림 폭이 2간 반밖에 안 되는 협소한 공간이었지만 나는 안을 두루 살펴보았다. 아무도 없었다. 그래도 지켜보고 있으면 언젠가는 나오겠지 생각하며 잠자코 기다렸다.

하지만 안주인은 좀처럼 나타나지 않았다. 그러다 보니 슬슬 지루해져 옆에 있던 시계방으로 눈이 돌아가려던 참이었다. 언뜻 가게와 내실 사이에 닫아놓았던 장지⁴의 격자창이 순식간에 닫히는 것이 보였다.──그 장지문은 전문가들이 무소無窓라 부르는 것이었는데 보통이라면 종이로 발라 놓았을 가운데 부분에 세로로 긴 격자 창살이 이중으로 끼워져 있어 그것을 열고 닫는 구조였다.──그런데 좀 이상한 느낌이 들었다. 헌책방은 워낙 책을 훔쳐가는 사람이 많아서 굳이 가게에 나오지 않아도 내실에서 창살 사이로 지켜봐도 될 텐데 왜 창을 닫는지 의아했다. 추울 때도 아니고 9월 초순이라 밤이 되어도 무더운데 문을 닫다니 괴이하기만 했다. 짐짓 이런저런 생각을 해보니 헌책방 내실에서 무슨 일이 일어날 것 같아 도저히 눈을 딴 데로 돌릴 수가 없었다.

헌책방 안주인에 대해서는 언젠가 이 카페에서 웨이트리스들

4_ 障子. 방 사이에 칸을 막아 끼우는 문으로, 종이로 두껍게 안팎을 싼 맹장지와 달리 주로 문살에 종이를 바른 형태이다.

이 모여서 수군대는 것을 들은 적이 있다. 목욕탕에서 우연히 만난 가게 여주인과 아가씨들 흉을 보았던 모양이다.

"헌책방 안주인이 예쁘장하잖아. 그런데 벗은 몸을 보면 온몸이 상처투성이야. 분명히 얻어맞고 손톱에 긁힌 흔적이 있었어. 부부 사이가 별로 나빠 보이지도 않던데 좀 이상해."

그러자 그 말을 받은 다른 여자가 또 이런 말을 했다.

"그 옆 소바집 아사히야旭屋 안주인한테도 자주 상처가 보이던데. 분명 맞고 사는 모양이야."

하지만 그 당시 나는 그 소문에 어떤 함의가 있는지 별로 신경 쓰지 않았고 그저 남편이 무자비한 사람인가 보다 생각했다. 그런데 독자 여러분, 아무래도 그런 게 아니었나 보다. 대수롭지 않아 보이는 사정이었지만 나중에 알고 보니 이 이야기와 깊은 관련이 있었던 것이다.

어쨌든 나는 거의 30분이나 줄곧 같은 곳을 응시하고 있었다. 왠지 예감이 이상했다고나 할까. 곁눈질을 하는 사이 무슨 일이 일어날 것만 같아 잠시도 다른 곳으로 눈을 돌릴 수가 없었다. 그때 앞서 이야기했던 아케치 고고로가 늘 그렇듯이 굵은 줄무늬 유카타[5] 차림을 하고 어깨를 흔들어대는 특유의 걸음으로 창밖을 지나가고 있었다. 그는 나를 알아보고 고개를 까닥하더니 안으로 들어왔다. 그도 냉커피를 주문하고는 역시 창가로 와서 내 옆에 앉았다. 그리고 한곳만 응시하고 있는 내 시선을 좇아

....
5_ 浴衣. 일본 전통의상. 주로 평상복으로 사용되며 목욕 후나 여름 축제 때 많이 입는다.

건너편 헌책방을 바라보았다. 이유는 모르겠으나 그 역시 꽤 흥미 있다는 듯이 한시도 눈을 떼지 않고 응시했다.

우리는 서로 약속이라도 한 듯이 같은 곳을 바라보며 이런저런 잡담을 나눴다. 그때 우리 사이에 어떤 이야기가 오갔는지 이제는 잘 기억나지 않을뿐더러 이 이야기와는 별로 관계가 없으니 생략하지만, 범죄와 탐정에 관한 이야기였던 것은 분명하다. 하나만 예를 들어보면 다음과 같다.

"절대로 발견되지 않는 범죄란 불가능한 걸까요? 나는 꽤 가능성이 있다고 생각합니다. 이를테면 다니자키 준이치로의 「도상途上」,[6]이 그렇죠. 그런 범죄는 발견될 수 없어요. 물론 소설에서는 탐정이 발견하지만 그건 작가의 놀라운 상상력이 만들어낸 결과니까요." 아케치가 말했다.

"글쎄요, 내 생각은 좀 다릅니다. 현실 속의 문제라면 어떨지 모르지만 이론적으로 말한다면 탐정이 풀 수 없는 범죄라는 건 없습니다. 다만 현재 경찰 중에 「도상」에서처럼 훌륭한 탐정이 없다는 것뿐이죠." 내가 말했다.

대체로 그런 식이었다. 그런데 어느 순간 우리 둘은 서로 말이라도 맞춘 듯이 입을 다물고 말았다. 아까부터 이야기 중에도 눈을 떼지 않았던 건너편 헌책방에서 흥미로운 사건이 발생한

....
6_ 다니자키 준이치로가 1920년에 발표한 단편소설. 탐정 안도가 주인공 유카와를 찾아와서 그가 우연을 가장해 전처를 살해한 것을 비난하며 사건의 진상을 폭로한다. 에도가와 란포는 작품 속의 대사를 인용해 이와 같은 트릭을 '프로버빌리티probability 범죄'라고 명명하였으며, 자신도 이 트릭을 활용하여 단편「붉은 방」(1925)을 썼다.

것이다.

"당신도 보셨죠?"

내가 작게 속삭이자 그는 바로 대답했다.

"책 도둑 말씀이죠? 아무래도 이상하지요. 나도 여기 들어오고 나서 계속 지켜보고 있습니다. 벌써 네 명째군요."

"당신이 오고 나서 아직 30분도 안 지났는데 그 사이에 네명이라니 좀 이상하죠. 나는 당신이 오기 전부터 보고 있었어요. 장지문 보이시죠? 1시간 전쯤 저 격자 창살이 닫히는 걸 보고 그때부터 계속 주시하고 있었거든요."

"안에 있던 사람이 나간 건 아닐까요?"

"그게, 저 장지문은 열리지 않았습니다. 누군가 밖으로 나갔다면 뒷문으로 나갔겠죠. ……30분이나 사람이 보이지 않다니 확실히 이상하네요. 어떤가요, 가보지 않으시겠습니까?"

"그러죠. 집 안에는 별일 없다고 해도 밖에서 무슨 일이 생겼는지도 모르니까요."

나는 범죄 사건이라면 재미있을 거라고 생각하며 카페를 나왔다. 아케치도 분명히 같은 생각을 했을 것이다. 그도 적잖이 흥분한 듯했다.

헌책방은 흔히 볼 수 있는 구조였다. 가게는 전체가 흙바닥이었고 정면과 좌우 벽이 모두 천장까지 책장으로 채워져 있었으며 책장의 하단부는 책을 표지가 보이게 진열해놓았다. 가게 중앙에는 마치 섬처럼 테이블이 하나 놓여 있었는데 그 테이블도 책을 진열하거나 쌓아놓는 용도로 사용했다. 정면 책장 오른쪽의 3자[7] 정도 빈 공간은 내실로 가는 통로였다. 아까 말했던 장지문도 거기 있었는데, 평소에는 그 장지문 앞에 있는 반 조[8]짜리 다다미 바닥에 앉아 남편이나 아내 중 한 명이 가게를 지켰다.

아케치와 나는 거기까지 들어가 큰 소리로 주인을 불러보았지만 아무 대답이 없었다. 예상대로 아무도 없는 듯했다. 나는 장지문을 조금 열고 내실을 들여다보았다. 전등이 꺼져 있어 안은 캄캄했지만 아무래도 저쪽 방구석에 사람이 쓰러져 있는 것 같았다. 이상한 생각이 들어 한 번 더 불러보았으나 역시 대답이 없었다.

"그냥 들어가 보죠."

두 사람은 벌컥 안방으로 들어갔다. 아케치는 스위치를 비틀어 전등을 켰다. 순간 우리는 동시에 "으악" 하고 소리를 질렀다. 방이 환해지자 구석에 있는 여자 시체가 보였기 때문이다.

"여기 안주인이군요." 내가 겨우 말했다.

"목이 졸린 것 같지 않습니까?"

아케치는 곁으로 다가가 시체를 살폈다.

"아무래도 소생할 가망은 없는 듯합니다. 빨리 경찰에 알려야 합니다. 내가 가서 공중전화를 걸겠습니다. 당신은 여기서 지키고 계십시오. 주변에 알리지 않는 게 좋겠습니다. 단서가 훼손되면 안 되니까요."

....
7_ 약 91cm. 1자[尺]=30.3cm.
8_ 약 0.25평. 다다미 1조[疊]의 크기는 180cm×90cm.

그는 명령조로 말하고 나서 반 정[9]쯤 떨어진 공중전화로 달려갔다. 평소 범죄나 탐정에 관한 논쟁이라면 누구에게도 지지 않는 나였지만 실제로 사건에 맞닥뜨린 건 처음이었다. 속수무책이었다. 나는 그저 방 안의 상황이나 찬찬히 살펴볼 따름이었다.

6조짜리 단칸방이었다. 방 안쪽 오른편 한 칸은 폭이 좁은 툇마루였고 그 건너에 2평 남짓 되는 마당과 변소가 있었으며, 마당 건너편으로는 판자 울타리가 쳐져 있었다.── 여름이라 문이 활짝 열려 있었기 때문에 거기까지 훤히 다 보였다.── 왼쪽 반 칸에는 여닫이문이 있었고, 그 안쪽으로 2조짜리 마루로 된 방이 있었다. 또한 뒷문 쪽으로는 좁은 수돗가가 보였으며 아래 널이 대어져 있는 장지문은 닫혀 있었다. 맞은편 오른쪽은 맹장지[10] 네 장으로 공간이 나뉘어 있었는데 안쪽에는 2층으로 올라가는 계단과 물건을 보관하는 곳이 있는 듯했다. 어느 나가야[11]에서나 흔히 볼 수 있는 구조였다.

시체는 왼쪽 벽 가까이에 있었는데 가게 쪽으로 머리를 두고 쓰러져 있었다. 나는 가급적이면 범행현장을 흐트리지 말아야 한다고 생각했고, 한편으로는 기분이 으스스해서 시체 곁에는

....
9_   약 50m. 1정町=109m.
10_ 襖. 방과 방 사이에 칸을 막아 끼우는 문.
11_ 長屋. 긴 건물을 수평으로 구분하여 각각 출입문을 만든 일본의 전통 다세대 주택. 에도시대 영세 상인들이 주로 거주하던 뒷골목 셋집으로 출입구를 열면 바로 부엌이 나오는 구조이고, 공용 변소는 골목길에 별도로 설치되어 있었다. 다이묘 소유의 대지 안에도 나가야를 지어 가신들을 살게 했다.

16

접근하지 않았다. 하지만 방이 좁았기 때문에 보지 않으려 해도 자연히 그쪽으로 눈이 갔다. 여자는 무늬가 있는 유카타를 입고 시선을 위로 한 채 쓰러져 있었다. 옷이 무릎 위쪽까지 말려 올라가 허벅지가 드러날 정도였지만 별달리 저항한 흔적은 보이지 않았다. 목 부근에 확실치는 않았지만 목이 졸린 듯한 자국이 자줏빛으로 변해 있었다.

집 앞 큰길에는 사람들의 왕래가 끊이지 않았다. 사람들은 소란스레 이야기를 나누었고, 덜그럭거리며 히요리 게다[12]를 끌고 다녔다. 술에 취해 고래고래 유행가를 부르며 지나가는 사람도 있었다. 모두 천하태평인 것처럼 보였다. 하지만 불과 장지 한 겹을 사이에 두고 방 안에는 한 여자가 참혹하게 살해당해 쓰러져 있었다. 참으로 얄궂은 기분이었다. 나는 센티멘털해져 멍하니 서 있었다.

"이제 곧 올 겁니다."

아케치가 숨을 헐떡이며 돌아왔다.

"그렇군요."

나는 왠지 말하는 것조차 고단해졌다. 우리 둘은 한참 동안 아무 말도 하지 않고 서로 얼굴만 쳐다보고 있었다.

잠시 후 제복 경찰이 신사복 차림의 남자와 함께 들어왔다. 나중에 알고 보니 제복 경찰은 K경찰서 사법주임이었고, 신사복 차림의 남자는 표정이나 지참한 물품만 봐도 금방 알 수 있듯이

12_ 日和下駄. 비가 오지 않을 때 신는 굽이 낮은 나막신.

같은 경찰서 소속 경찰의警察醫였다. 우리는 사법주임에게 대략 자초지종을 설명했다. 그리고 나는 이렇게 덧붙였다.

"아케치 군이 카페에 들어왔을 때 우연히 시계를 보았는데 정확히 8시 반이었습니다. 그러니까 이 장지문의 격자 창살이 닫힌 것은 아마 8시쯤일 겁니다. 그때는 안에도 전등이 켜져 있었습니다. 적어도 8시쯤에는 누군가 산 사람이 이 방에 있었던 것이 분명합니다."

사법주임이 우리의 진술을 들으며 수첩에 받아 적는 동안 경찰의는 일단 시체 검진을 마쳤다. 그는 우리의 말이 끝나기를 기다렸다.

"교살絞殺입니다. 맨손으로 목을 졸랐네요. 이것 보십시오. 자주색 부분이 손가락 흔적입니다. 그리고 이 출혈은 손톱에 찔린 부위입니다. 엄지손가락 흔적이 목 우측에 나 있는 걸 보니 오른손잡이네요. 그렇군요. 아직 죽은 지 1시간도 안 된 것 같습니다. 물론 소생할 가능성은 없습니다."

"위에서 눌렀네요."

사법주임이 말끝을 흐리며 말했다.

"그래도 저항은 하지 않은 모양입니다……. 아마도 갑자기 세게 누른 거겠죠. 엄청난 힘으로."

그는 우리 쪽을 보고 이 집 주인은 어디 있냐고 물었다. 물론 우리가 그걸 알 리 없었다. 아케치는 눈치 빠르게 이웃인 시계방 주인을 불러왔다.

사법주임과 시계방 주인의 문답은 대략 다음과 같았다.

"헌책방 주인은 지금 어디 갔지?"

"이 집 주인은 매일 밤 헌책 노점상을 하러 나가는데 늘 12시쯤은 되어야 돌아옵니다."

"노점은 어디에 차리지?"

"보통은 우에노 히로코지上野広小路에 차립니다. 하지만 오늘 밤 어디로 갔을지는 저도 잘 모르겠습니다."

"한 시간 전쯤 무슨 소리 못 들었나?"

"무슨 소리요?"

"빤하지 않나? 살해당할 때 여자가 지른 비명 소리라든가, 격투 소리 같은 거……."

"딱히 소리는 못 들었습니다."

여차여차하는 사이 이웃 사람들이 소식을 전해 듣고 모여든 데다가 지나가던 사람들까지 구경꾼으로 가세하는 바람에 헌책방 앞은 사람들로 복작거렸다. 사람들 틈에 있던 또 다른 이웃인 버선가게 여주인도 시계방 주인을 거들었다. 그녀 역시 아무 소리도 듣지 못했다는 요지의 진술을 했다.

그러는 사이 이웃 사람들이 헌책방 주인이 있는 곳으로 전갈을 보낸 모양이었다.

집 앞에서 자동차 정차하는 소리가 들리더니 몇 사람이 우르르 안으로 들어왔다. 경찰에서 급보를 받고 달려온 법원 검사국[13] 사람들과 우연히 같은 시각에 도착한 K경찰서장, 당시 명탐정이

....
13_ 1889년에 공포된 일본의 형사소송법에 의하면, 검사국이 법원 내 조직이었다.

라고 소문이 자자하던 고바야시 형사 일행이었다.── 이는 물론 나중에 알게 된 사실이었다. 친구 중 한 명이 사법기자였는데 그가 이 사건 담당자인 고바야시 형사와 절친한 사이여서 훗날 여러 가지 이야기를 들을 수 있었다.── 먼저 도착했던 사법주임 은 이들 앞에서 지금까지의 상황을 설명했다. 우리도 이미 한 진술을 한 번 더 반복해야 했다.

"대문을 닫아야죠."

갑자기 검은 알파카 상의에 흰 바지 차림을 한, 말단 사원처럼 보이는 남자가 큰 소리로 외치며 재빨리 문을 닫았다. 그 남자가 고바야시 형사였다. 그는 구경꾼들을 밀어내고 탐문을 시작했 다. 그의 태도는 너무도 방약무인했는데 검사나 서장 따위는 안중에도 없는 모양이었다. 그는 시종일관 단독 행동을 했다. 다른 사람들은 그의 민첩한 행동을 보러온 구경꾼에 불과해 보였다. 그는 가장 먼저 시체를 조사했다. 목 주변을 특히 주의 깊게 살피더니 검사를 향해 말했다.

"이 손가락 자국에는 별다른 특징이 없네요. 다시 말해 보통 사람이 오른손으로 눌렀다는 것 이상은 아무 단서도 없습니다."

다음으로 그는 시체의 옷을 한번 벗겨보겠다고 말했다. 우리 는 방청이 허용되지 않는 국회 비공개 회의처럼 가게로 쫓겨나야 했다. 따라서 그 사이에 뭘 발견했는지 정확히는 모르겠지만, 미루어 짐작컨대 분명 시체의 몸에 상처가 많다는 점에 주목했을 것이다. 카페 웨이트리스들이 쑥덕대던 상처 말이다.

이윽고 비공개 회의는 해산되었지만 우리는 내실에 들어가기가 조심스러워 가게와 집 사이 다다미에서 방 안을 들여다보고 있었다. 우리는 다행히 사건 발견자인 데다가 아케치는 나중에 지문을 채취해야 했기 때문에 마지막까지 쫓겨나지 않았다. 오히려 억류되었다는 편이 맞을지도 모르겠다. 그런데 고바야시 형사의 활동은 내실에만 국한된 것이 아니라 집 안팎에 걸쳐 광범위했다. 따라서 한곳에만 가만히 있던 우리는 수사가 어떻게 이루어지는지 알 수 없었다. 하지만 마침 검사가 내실에서 진을 치고 꼼짝하지 않았기 때문에 형사가 드나들 때마다 조사 결과를 일일이 보고하는 것을 빠짐없이 모두 들을 수 있었다. 검사는 보고를 토대로 조사 내용을 기록하라고 서기에게 지시했다.

우선 시체가 있던 내실부터 수색하였지만 유류품이나 발자국은 발견되지 않았고 그 외에도 탐정의 눈에 포착된 것은 없는 듯했다. 단 하나를 제외하면 말이다.

"전등 스위치에 지문이 있습니다."

검은 에보나이트 스위치에 하얀 가루를 뿌리던 형사가 말했다.

"전후 사정을 고려하면 전등을 끈 것은 범인이 틀림없습니다. 그런데 전등을 켠 분은 어느 쪽이십니까?"

아케치는 본인이라고 대답했다.

"그렇습니까? 나중에 지문을 채취해 주십시오. 이 전등은 손이 닿지 않게 이대로 떼어서 가지고 가지요."

그리고 나서 2층으로 올라간 형사는 잠시 후 내려왔는데,

내려오자마자 뒷문 쪽 골목을 조사한다며 나가버렸다. 한 10분쯤 지났을 무렵 그는 불이 켜진 회중전등을 한 손에 들고 어떤 남자를 데리고 돌아왔다. 때 묻은 크레이프 셔츠[14]에 카키색 바지 차림을 한 추레한 40대 남자였다.

"발자국은 아무 소용없습니다."

형사가 보고했다.

"이 뒷문 주변은 볕이 잘 안 들어서인지 땅이 상당히 질척거리기 때문에 게다 자국이 무차별적으로 찍혀 있습니다. 발자국을 도저히 분간할 수 없습니다. 그런데 이 남자 말입니다."

그는 데리고 온 남자를 가리키며 말했다.

"이 뒤편 골목으로 나가면 모퉁이에 있는 아이스크림 장수입니다. 만약 범인이 뒷문으로 도망쳤다면 밖으로 통하는 골목은 거기밖에 없습니다. 거기로 나갔다면 반드시 이 남자 눈에 띄었을 겁니다. 자네, 묻는 말에 한 번 더 대답해보게."

아이스크림 장수와 형사의 문답은 다음과 같았다.

"오늘 밤 8시를 전후해서 이 골목으로 드나든 사람이 있었나?"

"한 명도 없었습니다. 해가 지고 나서 여기로는 고양이새끼 한 마리 지나가지 않았습니다."

아이스크림 장수는 요령 있게 대답했다.

"저는 여기서 꽤 오래 장사를 했는데 이 부근에서 가게를 하는 여주인들도 밤에는 거의 그쪽으로 다니지 않습니다. 워낙

....
14_ 오글오글한 주름을 줄무늬처럼 짜낸 평직의 면 셔츠. 시어서커seersucker의 일본식 명칭.

길이 나쁜 데다 너무 깜깜하니까요."

"자네 가게 손님 중에 골목 안으로 들어온 사람은 없었나?"

"역시 없었습니다. 모두 제가 보는 앞에서 아이스크림을 먹고 원래 왔던 길로 바로 돌아갔습니다. 그건 틀림없습니다."

만약 아이스크림 장수의 증언이 믿을 만하다면 설령 범인이 뒷문으로 도망쳤다 하더라도 그 골목은 뒷문과 연결된 유일한 통로라서 그곳을 반드시 지나갔을 것이다. 대문 쪽으로 나가지 않은 것은 우리가 하쿠바이켄에서 직접 지켜보았으니 틀림없었다. 그렇다면 도대체 어떻게 된 것일까. 고바야시 형사의 생각에 따르면 범인은 이 골목 안팎에 있는 나가야 중 한군데에 숨어 있는지, 아니면 임차인들 중 범인이 있든지 둘 중 하나였다. 물론 2층에서 지붕을 타고 도망치는 방법도 있겠지만 2층을 조사해보니 대문 쪽 창은 격자로 막혀 있어 꼼짝달싹할 수 없었다. 뒤쪽 창이라면 이렇게 더울 때는 어느 집이든 2층 창을 전부 활짝 열어놓는 데다 개중에는 옥상 건조대에서 더위를 식히는 사람도 있기 때문에 아무래도 거기로 도망치기는 어려워 보였다.

현장 감식을 하던 사람들이 모여 잠시 수사방침에 관해 회의를 연 끝에 각자 분담해서 이 일대 집들을 전부 조사하기로 했다. 그래봤자 골목 안팎의 나가야를 다 합쳐도 고작 열한 채 정도이니 그렇게 번거로운 일은 아니었다. 집 안도 다시 한 번 마루 밑부터 천장 위까지 샅샅이 뒤져 보았다. 하지만 결과적으로 아무 소득이 없었을 뿐 아니라 오히려 사정만 더 난감해졌다.

알고 보니 헌책방에서 한 집 건너에 있는 과자점 주인이 해 질 녘부터 방금 전까지 옥상 건조대에서 샤쿠하치[15]를 불었는데 그가 시종일관 앉아 있던 곳이 헌책방 2층 창가에서 일어난 일을 절대 놓칠 수 없는 위치라는 것이다.

독자 여러분, 사건이 꽤 흥미로워졌다. 범인은 어디로 들어와서 어디로 도망쳤는가. 뒷문으로도 2층 창문으로도 나가지 않았다. 물론 대문으로 나간 것도 아니다. 그렇다면 그는 처음부터 존재하지 않았던 걸까. 아니면 연기처럼 사라져버린 걸까. 이상한 것은 그뿐이 아니었다. 고바야시 형사가 두 학생을 검사 앞에 데려왔는데 정말 희한한 말을 하는 것이다. 그들은 뒤쪽 나가야에서 셋방을 사는 공업학교 학생으로 둘 다 허튼 소리를 할 사람으로는 보이지 않았으나 그들의 진술은 이 사건을 점점 미궁에 빠뜨렸다.

검사의 질문에 두 학생은 대략 다음과 같이 대답했다.

"저는 마침 8시쯤 이 헌책방 앞에 놓인 진열대에서 잡지를 뒤적이고 있었어요. 그런데 안쪽에서 무슨 소리가 들려 얼른 고개를 들어 장지 쪽을 보았죠. 장지문은 닫혀 있었지만 격자처럼 된 부분이 열려 있었고 그 사이로 한 남자가 서 있는 모습이 보였어요. 제가 고개를 들자 거의 동시에 격자를 닫아버려 자세히 보지는 못했지만, 오비[16]를 맨 모습이 남자였던 건 확실해요."

"그러면 남자라는 것 외에 뭔가 생각나는 건 없습니까? 키라든

15_ 尺八. 일본의 전통악기로, 대나무로 만든 수직형 피리.
16_ 帶. 기모노의 허리 부분에 매는 띠. 옷을 여며주며 장식하는 기능을 한다.

가, 기모노 무늬라든가."

"저는 허리 아래 부분밖에 보지 못해 키가 어느 정도였는지는 몰라요. 옷은 검정색이었어요. 어쩌면 가는 줄무늬나 가스리 무늬[17]였을 수도 있겠죠. 하지만 제 눈에는 검은색 무지로 보였어요."

"저도 이 친구와 함께 책을 보고 있었어요."

또 다른 학생이 말했다.

"마찬가지로 저도 무슨 소리가 나는 걸 들었고 격자가 닫히는 것도 보았어요. 그런데 그 남자는 분명 흰옷을 입고 있었어요. 줄도 무늬도 없는 그냥 흰옷이요."

"그건 좀 이상하군요. 둘 중 한 사람이 잘못 본 것 아닙니까?"

"제가 잘못 봤을 리 없어요."

"저도 거짓말하는 게 아닙니다."

이 두 학생의 희한한 진술은 무엇을 의미하는가. 예민한 독자라면 아마 눈치챘을 것이다. 사실 나도 눈치챘다. 하지만 법원 사람들과 경찰 인사들은 이 점에 관해 별로 깊이 생각하지 않는 모양이었다.

잠시 후 사망자의 남편이자 헌책방 주인이 전갈을 받고 집으로 들어섰다. 헌책방 주인 같지 않게 젊고 훤칠한 남자였다. 그는 아내의 시체를 보자 심약한 성격인지 소리도 못 내고 눈물만 뚝뚝 흘렸다. 고바야시 형사는 그가 진정할 때까지 기다렸다가

....
17_ 絣. 마치 천을 긁어내거나 붓으로 칠한 것 같은 규칙적인 흰 무늬. 경사나 위사(또는 양방향)로 미리 염색한 실을 사용해서 직조한다.

질문을 했다. 검사도 질문을 보탰다. 하지만 실망스럽게도 그는 범인이 누구인지 전혀 짐작이 가지 않는다고 했다.

"살해당할 만큼 사람들에게 원한을 살 만한 일을 한 적은 없었습니다."

그는 그 말을 하면서 울었다. 게다가 여러 가지로 조사해본 결과 확실히 강도의 소행도 아니었다. 남편의 경력, 아내의 신상, 그 밖에도 이런저런 취조를 해보았지만 별로 의심할 만한 점이 없었고 이야기의 흐름과도 크게 관계없으므로 생략하겠다. 마지막으로 형사는 피해자의 몸에 있던 많은 상처들에 대해 질문했다. 남편은 몹시 주저했으나 결국에는 자신이 한 짓이라고 대답했다. 그런데 이유에 대해서는 아무리 집요하게 질문해도 확실한 대답을 피했다. 하지만 그날 밤 그가 노점에서 내내 장사를 한 건 분명했기 때문에 설령 그 상처가 학대의 흔적이라고 해도 살해 혐의와는 관계없었다. 형사도 그렇게 생각했는지 더 이상 깊이 추궁하지 않았다.

일단 그날 밤은 조사가 끝났다. 이름과 주소를 적고, 아케치의 지문까지 채취한 후 귀갓길에 오르니 이미 1시가 넘었다.

만약 경찰의 수사에 빈틈이 없었고 증인들도 거짓말을 한 것이 아니라면 정말 풀리지 않는 사건이었다. 게다가 나중에 알게 된 사실이지만 다음 날부터 시행된 고바야시 형사의 연이은 취조에도 불구하고 아무 실마리도 얻지 못해 사건은 발생 당일에서 한 발자국도 나아가지 못했다고 했다. 증인들은 모두 신뢰할 만한 사람들이었다. 열한 채의 나가야 주민들도 취조해보았는데 의심스러운 점이 없었다. 피해자의 고향 사람들 역시 이상한 점이 없었다. 적어도 고바야시 형사——아까도 말했다시피 그는 명탐정으로 소문난 사람이었다——가 열심히 수사했는데 그런 결과가 나왔다면 미제 사건으로 결론 낼 수밖에 없었다. 이것도 나중에 들은 이야기지만, 실망스럽게도 고바야시 형사가 유일한 증거품이라고 기대를 걸었던 전등 스위치에서조차 아케치의 지문 외에는 아무것도 발견되지 않았다고 한다. 아케치는 당시 꽤나 당황했던 것 같다. 거기 찍힌 그 많은 지문이 모두 아케치의 지문으로 밝혀진 것이었다. 형사는 아케치의 지문이 범인의 지문을 지운 것이 틀림없다고 판단했다.

독자 여러분, 여러분은 이 이야기를 읽고 혹시 에드거 앨런 포의 「모르그가 살인사건Murder in the Rue Morgue」이나 코난 도일의 「얼룩 띠의 비밀The Adventure of the Speckled Band」을 떠올리지는 않았는지. 그러니까 살인사건의 범인은 사람이 아니라 오랑우탄 이나 인도의 독사 같은 종류라고 생각하지 않았는지. 실은 나도 그런 생각을 했다. 하지만 도쿄의 D자카 부근에 그런 것이 있을 리 만무했다. 우선 장지 창살 사이로 남자의 모습을 보았다 는 증인이 있었고, 원숭이라면 발자국을 남겼을 테니 분명 사람 눈에 띄었을 것이다. 또한 죽은 자의 목에 있던 손가락 자국을 보아도 범인은 확실히 사람이었다. 만약 뱀이 목을 휘감았다면 흔적이 남지 않았을 것이다.

그날 밤 귀갓길에 아케치와 나는 꽤나 흥분해서 여러 이야기를 나눴다. 예를 들자면 이런 식이었다.

"포의 「모르그가 살인사건」이나 가스통 르루[18]의 『노란 방의 비밀Le Mystère de la Chambre Jaune』 등의 소재가 되었던 파리의 로즈 드라쿠르Rose Delacourt 사건[19]을 아시겠지요. 100년도 더 지난 지금까지도 수수께끼로 남아 있는 불가사의한 살인사건 말입니다. 나는 그 사건이 떠올랐습니다. 오늘 밤 사건도 범인이 떠나간 흔적이 없다는 점에서 아무래도 비슷하지 않습니까?" 아케치가 말했다.

"그렇지요. 정말 불가사의하죠. 흔히 일본 건축물에서는 외국 탐정소설에서처럼 심각한 범죄가 일어날 수 없다고 말하지만 꼭 그렇지도 않은 듯합니다. 이런 사건도 엄연히 존재하기 때문이죠. 가능할지는 모르겠지만 나는 이 사건을 탐문해보고 싶다는 생각이 듭니다." 내가 말했다.

그리고 우리는 어느 골목에서 헤어졌다. 아케치는 골목을 돌아 어깨를 흔들어대는 특유의 걸음으로 빠르게 사라졌는데, 그때 그의 뒷모습이 강렬한 줄무늬 유카타 때문에 어둠 속에서도 선명하게 부각되어 보였던 것이 기억에 남았다.

....

18_ Gaston Leroux[1868~1927]. 변호사 출신으로 프랑스 저널리스트이자 소설가. 코넌 도일과 찰스 디킨스의 영향을 받아 심리소설 『테오프라스트 롱게의 이중생활』을 발표했으며, 대표작으로는 『노란 방의 비밀』(1908), 『오페라의 유령』(1910) 등이 있다.

19_ 19세기 초 파리에서 일어난 살인사건으로 로즈 드라쿠르라는 젊은 여성이 아파트 최상층의 본인방 침대에서 칼에 찔려 살해당한 것을 관리인과 경찰이 발견했다. 출입구는 내부에서 잠겨 있는 상태이고 자물쇠도 채워져 있었고, 하나밖에 없는 창문도 안에서 잠겨 있으며, 굴뚝 역시 아무리 마른 사람이라도 통과할 수 없을 만큼 좁았다. 이후 추리소설에서 많이 사용되는 밀실 트릭의 원형이 된 사건이라 할 수 있다.

下 추리

살인사건 이후 열흘 정도 지났을 무렵, 나는 아케치 고고로의 처소를 찾아갔다. 그 열흘 동안 아케치와 내가 이 사건과 관련하여 어떤 일을 하고, 어떤 생각을 했으며, 어떤 결론을 냈을까. 여러분은 그날 우리가 주고받은 대화로 충분히 짐작할 수 있을 것이다.

그때까지 아케치와는 카페에서 가끔 마주치는 사이라 집을 찾아간 건 처음이었지만 어디 사는지는 들은 적이 있어 집을 찾기는 어렵지 않았다. 나는 여기다 싶어 담배 가게 앞에서 주인아주머니께 아케치가 집에 있는지 물었다.

"네, 계세요. 잠깐 기다리세요, 지금 불러올 테니."

그런 후 그녀는 가게 앞에서도 보이는 계단으로 가서 큰 소리로 아케치를 불렀다. 그는 그 집 2층에 세 들어 있었다.

"오우."

아케치는 이상하게 대답했다. 그는 삐걱거리는 계단을 내려와서는 나를 발견하자 놀란 기색으로 말했다.

"어, 올라오시죠."

나는 그의 뒤를 따라 2층으로 올라갔다. 그런데 무심코 그의 방에 발을 디디는 순간 깜짝 놀랐다. 방이 너무 괴상했기 때문이었다. 아케치가 괴짜라는 걸 모르는 것은 아니었지만 그래도 정도가 너무 심했다.

전혀 예상치 못했는데 4조 반짜리 다다미방이 온통 책으로 덮여 있었다. 가운데 부분만 겨우 다다미가 보일 뿐 나머지는 모두 책이 산더미처럼 쌓여 있었다. 네 벽과 맹장지를 따라가며 바닥 쪽은 거의 책으로 가득했고, 위로 갈수록 폭이 좁아지면서 천장에 닿기 직전까지 쌓여 있어 사방에서 책으로 쌓은 제방이 압박해오는 듯했다. 다른 가재도구는 아무것도 없었다. 도대체 이 방에서 잘 수는 있을지 의심스러울 정도였다. 우선 주인과 손님 두 사람이 앉을 자리도 없었다. 운신을 까딱 잘못하다가는 바로 책 제방이 무너져 압살당할 것 같았다.

"방이 너무 좁아서 어쩌죠. 더구나 방석도 없네요. 죄송하지만 적당히 책 위에 앉으셔야 할 것 같군요."

나는 책 더미를 가르고 들어가 겨우 앉을 장소를 찾긴 했지만, 너무 엄청나서 잠시 멍하니 주위를 둘러보았다.

이쯤에서 이토록 별난 방에 사는 아케치 고고로가 어떤 사람인지 그것부터 설명해야 할 것 같다. 최근 알게 된 사이이므로 지금까지의 이력이 어떠하며, 어떻게 먹고 사는지, 어떤 목적을 갖고 인생을 살아가는지 그런 것은 전혀 모른다. 하지만 그가 이렇다 할 직업이 없는 유민[20]인 건 확실했다. 굳이 구분하자면 서생[21]이라고 해야 할까. 하지만 서생이라고 해도 어지간히 별난 서생이었다. 언젠가 그가 "저는 인간을 연구하고 있습니다"

....

20_ 遊民. 룸펜의 번역어. 에도가와 란포 소설에 자주 등장하는 고등유민高等遊民은 룸펜 인텔리겐치아를 가리킨다.

21_ 書生. 연고가 있는 학자나 자산가, 정치가 등의 저택에서 집안일을 도우면서 공부하는 학생.

라는 말을 한 적이 있었는데 그때 나는 그 의미를 잘 몰랐다. 다만 그가 범죄나 탐정에 관련해서 보통 이상의 흥미와 가공할 만한 풍부한 지식을 가지고 있다는 정도로만 알고 있었다.

나이는 나와 비슷하게 스물다섯은 넘지 않은 듯했다. 굳이 따지자면 마른 편이며 앞에서 이야기한 것처럼 걸을 때 이상하게 어깨를 흔드는 버릇이 있었다. 그렇다고 호걸 같은 걸음걸이는 아니다. 설명하려면 좀 별난 사람을 예로 들어야 할 것 같은데, 그 한쪽 팔이 불편한 강담사講談師 간다 하쿠류[22]를 연상케 하는 걸음걸이다. 아케치는 얼굴 생김새부터 목소리까지 하쿠류와 판박이였다.── 하쿠류를 본 적이 없는 독자라면, 여러분의 기억 속에 있는 소위 미남은 아닐지라도 왠지 호감이 가는 사람, 무엇보다도 천재 같은 얼굴을 상상하면 된다.── 다만 아케치의 머리카락이 더 길고 구불구불 헝클어져 있었다. 그는 사람들과 이야기할 때 가뜩이나 구불거리는 머리카락을 더 헝클려는 듯이 손가락으로 헤집는 버릇이 있었다. 복장 같은 것은 아예 신경을 쓰지 않는다는 듯이 언제나 목면 기모노에 구깃구깃한 헤코오비[23]를 맸다.

"잘 오셨습니다. 그 후로는 전혀 뵙질 못했는데 D자카 사건은

………

22_ 神田白竜. 강담은 일본 대중연예의 일종으로, 부채로 책상을 쳐서 박자를 맞추며 군담, 복수담, 협객전, 서민극과 같은 이야기를 1인이 구연하는 것을 특징으로 한다. 강담사 간다 하쿠류는 1912년 5대 하쿠류를 물려받은 도초카이와타로戸塚岩太郎, 1889~1949로 다이쇼와 쇼와시대를 거쳐 서민극의 명인으로 유명했다.

23_ 兵児帯. 남성이나 어린이용 오비로, 한 폭 넓이의 천을 적당한 길이로 잘라 그대로 두른다.

어떻게 되었나요. 경찰에서는 전혀 범인을 예측하지 못하는 겁니까?"

아케치는 머리를 헝클면서 내 얼굴을 뚫어지게 쳐다보며 물었다.

"실은 오늘 그 일로 잠시 할 이야기가 있어서 왔습니다."

나는 그 말을 하고 나서 어떤 식으로 말을 꺼내야 할지 잠시 망설였다.

"그 후에 여러모로 생각해보았습니다. 생각만 한 게 아니라 탐정처럼 현장조사도 했습니다. 실은 어떤 결론에도 도달했습니다. 그걸 당신에게 이야기하려고……."

"오, 그거 참 대단하십니다. 자세히 들어보고 싶습니다."

그렇게 말하는 그의 눈매에서 뭘 알겠냐는 듯한 경멸과 안심의 기색이 함께 도는 것을 놓치지 않았다. 그런 태도가 머뭇거리던 내 마음을 격려해주었다. 나는 기세를 몰아 이야기를 시작했다.

"내 친구 중에 신문기자가 있어요. 그 녀석이 사건 담당인 고바야시 형사와 절친한 사이입니다. 그 신문기자를 통해 경찰의 상황을 자세히 알게 되었는데 경찰에서는 수사방침조차 정하지 못한 것 같더군요. 물론 활동은 하고 있지만 딱히 전망이 있는 건 아닌 듯했습니다. 그리고 그 전등 스위치 말이죠, 그것도 이제 다 소용없어졌어요. 당신 지문밖에 안 남아 있었거든요. 경찰에서는 당신 지문이 범인의 지문을 가렸다고 생각하는 모양이고요. 경찰이 곤란한 상황이라는 걸 알기 때문에 나라도 더 열심히 조사해야겠다고 생각했죠. 그렇게 해서 내가 도달한 결론은 무엇이라고 생각하십니까. 그리고 경찰에 가서 주장하기 전에 그걸 당신에게 이야기하러 온 이유는 무엇일까요.

　그건 그렇고 나는 사건 당일에 이미 알게 된 사실이 있습니다. 당신도 기억하시겠지요. 두 학생이 범인으로 추정되는 남자의 기모노 색을 두고 완전히 다른 주장을 한 거요. 한 사람은 검정색이라고 하고, 한 사람은 흰색이라고 했습니다. 아무리 인간의 눈이 부정확하다고 해도 정반대 색인 흑과 백을 착각하다니 이상하지 않습니까. 경찰에서는 그 진술을 어떤 식으로 해석했는지 모르겠지만 나는 두 학생의 진술이 다 틀리지 않았다고 봅니다. 무슨 말인지 아시겠죠? 범인이 줄무늬 옷을 입고 있었다는 뜻입니다. ……그러니까 검은 줄무늬가 굵게 쳐진 유카타를 입은 것이지요. 료칸에서 빌려주는 유카타 같은 것 말입니다……. 그런데 그 옷이 어째서 한 사람한테는 흰색으로 보이고 또 한 사람에게는 검정색으로 보였느냐고요? 학생들은 그 남자를 장지문의 격자 사이로 보았기 때문입니다. 즉 한 사람은 격자 사이로 흰 바탕만 보이는 위치에 서 있었고, 또 한 사람은 검은 줄무늬만 보이는 위치에 서 있었던 거죠. 그런 우연이 드물기는 하겠지만 결코 불가능한 일은 아닙니다. 그리고 이 경우에는 그렇게 생각할 수밖에 없고요.

　이로써 범인이 줄무늬 옷을 입었다는 것은 밝혀졌지만, 단지 조사범위가 축소되었을 뿐 아직 확정적인 것은 없습니다. 두 번째 증거는 전등 스위치의 지문입니다. 나는 아까 말한 신문기자 친구의 연줄로 고바야시 형사에게 그 지문을──당신 지문이죠── 자세히 조사해달라고 부탁했습니다. 그 결과 내 생각이 틀리지 않았다는 걸 드디어 확인했습니다. 혹시 벼루가 있으면 잠시 빌려줄 수 있으신지요."

그리고 나는 실험을 하나 해보였다. 먼저 벼루를 빌려 좌우 엄지손가락에 엷게 먹을 묻히고 품에서 꺼낸 반지[24] 위에 지문을 찍었다. 그리고 지문이 마를 때까지 기다렸다가 다시 같은 손가락에 먹을 묻혀서 이번에는 지문의 방향을 바꿔 아까 찍었던 지문 위에 정성껏 찍었다. 그랬더니 거기에는 서로 교차된 두 개의 지문이 뚜렷하게 나타났다.

"경찰에서는 당신 지문이 범인의 지문 위에 겹치는 바람에 그걸 지워버린 것이라고 해석했지만, 실험을 통해 방금 보셨듯이 그건 불가능합니다. 아무리 강하게 누른다 해도 지문은 선으로 되어 있기 때문에 선과 선 사이에 먼저 찍은 지문의 흔적이 남아 있게 됩니다. 만약 전후로 찍힌 지문이 완전히 동일한 것이고 찍힌 방식에도 한 치의 오차가 없다면 지문의 모든 선들이 일치할 테니 어쩌면 나중 지문이 먼젓번 지문을 가릴 수는 있을 겁니다. 하지만 말도 안 되는 일이죠. 설령 그렇다 하더라도 이 경우에는 결론이 달라지지 않습니다.

그러나 범인이 전등을 끈 것이라면 반드시 스위치에 지문이 남아 있어야 합니다. 혹시 당신이 남긴 지문의 선과 선 사이에 남아 있던 범인의 지문을 경찰이 놓친 것 아닌가 해서 내가

....
　24_ 半紙. 닥나무를 원료로 한 일본 전통지. 보통 세로 25cm, 가로 35cm 크기인데, 전지의 반을 접어 사용해서 생긴 명칭.

직접 조사해 보았습니다. 하지만 그런 흔적은 전혀 남아 있지 않더군요. 다시 말해 스위치에는 나중에 찍힌 것이든 먼저 찍힌 것이든 당신 지문밖에 없었습니다. 어째서 헌책방 식구들의 지문이 남아 있지 않은지 그 이유는 잘 모르겠지만 혹시 그 방의 전등을 켜놓은 채 한번도 *끄*지 않은 것 아닐까요?[25]

이상의 사항은 도대체 무엇을 의미하는 걸까요. 제 생각은 이렇습니다. 굵은 줄무늬 기모노를 입은 남자는——그 남자는 죽은 여자의 어린 시절 친구로 실연당했을 수도 있겠죠——헌책방 주인이 밤에 노점을 여는 것을 알고 그가 집을 비운 사이 불쑥 여자를 찾아간 겁니다. 소리를 지르거나 저항한 흔적이 없는 걸 보면 남자는 여자가 잘 아는 사람이 틀림없습니다. 감쪽같이 소기의 목적을 이룬 남자는 시체가 발견되는 시간을 늦추기 위해 전등을 *끄*고 자리를 떴습니다. 하지만 일생일대의 불찰이 있었죠. 남자는 장지문의 격자가 열려 있는 것을 모르고 있다가 깜짝 놀라 닫았는데, 그때 우연히 가게 앞에 있던 두 학생이 그 모습을 본 것입니다. 남자는 일단 밖으로 나왔지만 전등을 끌 때 스위치에 지문이 남은 것이 틀림없다고 생각했습니다. 그는 그 지문을 어떻게든 지워야 했습니다. 하지만 또다시 아까와 같은 방법으로 방 안에 들어가는 건 위험했습니다. 그래서 남자는 묘안을 생각해냈죠. 자신이 살인사건의 발견자가 되기로 한 겁니다. 그러면 자연스럽게 자신이 직접 전등을 켤

....
25_ 당시에는, 개별 미터기가 설치되지 않은 소규모 주택의 전등은 낮에 전기회사에서 변전소 스위치를 꺼서 소등했다.

수 있으므로 먼젓번 지문에 대한 의혹을 없애버리는 것이 가능했습니다. 게다가 발견자가 설마 범인이라고 생각하는 사람은 없을 테니 이중의 이익을 얻을 수 있다고 생각했겠죠. 그래서 그는 시치미를 떼고 경찰이 어떤 방법을 쓰는지 지켜보았습니다. 그리고 대담하게 증언도 했죠. 결과는 그가 생각한 대로였습니다. 닷새가 지나고 열흘이 지나도 아무도 그를 잡으러 오는 사람은 없었죠."

아케치 고고로는 내 이야기를 어떤 표정으로 들었을까. 나는 필시 이야기 도중에 그의 표정이 이상해지거나 말을 끊고 끼어들 거라고 예상했다. 하지만 놀랍게도 그는 무표정했다. 평소에도 얼굴에 감정을 잘 드러내지 않는 사람이긴 했지만 그래도 너무 태연했다. 그는 시종일관 입을 다문 채 머리카락만 헝클고 있었다. 나는 참으로 뻔뻔스런 사람이라고 생각하면서 이야기를 결론으로 유도했다.

"당신은 그럼 범인이 어디로 들어와 어디로 도망쳤겠느냐고 반문하겠죠. 그걸 밝힐 수 없으면 다른 모든 것을 알아내도 아무 소용이 없을 테니까요. 유감이지만 그것도 내가 찾아냈습니다. 그날 밤 수사 결과는 범인이 들고 난 흔적이 전혀 없는 것처럼 보였습니다. 그러나 살인이 벌어진 이상 범인은 반드시 현장에 출입했을 테니 분명 형사들의 수사에 허점이 있을 거라 생각했죠. 경찰들도 그에 관해 상당히 고심하는 모양이었습니다. 하지만 불행히도 그들의 생각은 나 같은 일개 서생의 추리력에도 미치지 못했습니다.

뭐 별건 아니지만 나는 이렇게 생각했습니다. 그 정도로 경찰이 수사를 했으니 주변 사람들에게는 의심할 만한 점이 없었을 것이다, 그렇다면 혹시 범인은 사람들 눈에 띄더라도 범인으로 의심받지 않을 방법으로 도망친 건 아닐까, 그리고 범인의 도주를 목격한 사람이 있었지만 전혀 신경 쓰지 않았던 건 아닐까. 다시 말해 인간의 주의력에도 맹점—— 우리 눈에 맹점이 있는 것처럼 주의력에도 맹점이 있겠죠—— 이 있다는 걸 이용해 마치 마술사가 구경꾼들이 눈앞에서 지켜보는 가운데 커다란 물건을 감쪽같이 숨기듯 당신도 자기 자신을 숨겼을 수도 있으니까요. 그런 까닭에 내가 눈여겨본 것은 헌책방에서 한 집 건너 있는 아사히야라는 소바집이었습니다."

　헌책방 오른쪽으로 시계방과 과자가게가 있고, 왼쪽으로는 버선가게와 소바집이 있었다.

　"저는 그 가게로 가서 사건 당일 밤 8시쯤 변소 좀 쓰겠다며 들어온 사람이 없었는지 물어보았습니다. 당신도 알다시피 아사히야는 가게부터 뒤편 나무 쪽문까지 모두 흙바닥이었고, 쪽문 바로 옆에 변소가 있기 때문에 변소를 가는 척 뒷문으로 나갔다가 다시 들어오는 건 일도 아니었죠.—— 아이스크림 장수는 골목으로 나오는 모퉁이에서 장사를 하기 때문에 누구도 발견할 수 없었던 겁니다.—— 게다가 소바집이기 때문에 변소 좀 쓰겠다고 해도 이상하지 않았겠죠. 듣자 하니 그날 밤에 안주인은 부재중이었고, 주인만 가게에 있었다더군요. 딱 좋은 기회였죠. 참으로 훌륭한 착상 아닙니까?

아사히야 주인 말이 역시나 그 시간에 변소를 쓰겠다며 들어온 사람이 있었다고 합니다. 하지만 아쉽게도 그 남자의 얼굴 생김새나 옷에 있던 줄무늬 같은 건 전혀 기억나지 않는다더군요——나는 바로 그 사실을 아까 말했던 친구를 통해 고바야시 형사에게 알렸습니다. 형사도 직접 소바집을 조사한 모양인데 그 이상은 알아내지 못한 것 같았습니다……."

나는 잠시 말을 끊고 아케치에게 발언할 시간을 주었다. 그의 입장이라면 이쯤에서 뭔가 한마디 하지 않고는 배길 수 없을 것이라고 생각했다. 그런데 그는 변함없이 머리를 헝클며 딴청을 부리는 것이었다. 지금까지 경의를 표하는 의미로 간접화법을 썼지만 이제 직설적으로 이야기해야 했다.

"아케치 군, 내 말의 의미를 아시잖습니까? 움직일 수 없는 증거가 당신을 가리키고 있어요. 고백컨대 마음 같아서는 당신을 의심하고 싶지 않지만 이렇게 모든 증거가 다 들어맞으니 방법이 없어요. ……혹시 굵은 줄무늬 유카타를 가지고 있는 나가야 주민이 있을 수도 있어 꽤 고생하며 조사했는데 한 명도 없었어요. 그럴 수밖에 없지요. 줄무늬 유카타라 해도 그 격자에 딱 맞을 정도로 강렬한 옷을 입고 다니는 사람은 흔치 않으니까요. 게다가 지문 트릭도, 변소를 사용한 트릭도 정말 교묘해서 당신 같은 범죄학자가 아니라면 흉내도 내지 못할 경지였죠. 가장 이상했던 건 당신은 그 죽은 안주인과 어린 시절 친구였잖아요. 그런데 그날 밤 안주인의 신원을 조사하는 걸 옆에서 듣고도 그 사실을 말하지 않은 이유는 뭔가요?

사정이 이러하니 유일하게 의지할 것은 알리바이뿐입니다. 그런데 당신한테는 그것도 성립하지 않습니다. 기억하십니까? 그날 밤 귀가하면서 당신에게 하쿠바이켄으로 오기 전에 어디 있었냐고 물었습니다. 당신은 한 시간 정도 그 주변을 산책했다고 대답했지요. 설령 당신이 산책하는 모습을 본 사람이 있었다 해도 산책 도중 소바집 변소에 들르는 것쯤은 별일 아니잖아요. 아케치 군, 제 말이 틀렸습니까? 어떤가요, 가능하다면 당신의 변명을 들어보고 싶군요."

　　독자 여러분, 내가 이렇게 추궁하자 기인奇人 아케치 고고로는 어떤 행동을 했다고 생각하는가. 면목이 없어 고개를 숙인다? 천만에, 그는 뜻밖의 행동으로 나를 깜짝 놀라게 했다. 갑자기 그가 큰 소리로 웃기 시작한 것이다.

　　"이런이런, 실례했습니다. 절대 웃으려고 한 건 아니었는데, 당신이 너무 진지해서."

　　아케치는 변명하듯 말했다.

　　"꽤 재미난 생각이네요. 당신 같은 친구를 알게 되어서 기쁘군요. 그러나 애석하게도 당신의 추리는 너무 외면적이고 물질적입니다. 예를 들어 나와 그 여자와의 관계에 대해 우리가 어린 시절 어떤 친구였는지 내면적이고 심리적으로 조사해보셨습니까? 내가 과거에 그 여자와 연인관계였는지, 또 실제로 그녀를 원망하는지. 당신은 그런 것도 헤아리지 않으신 겁니까? 그날 밤 내가 그녀를 안다고 왜 말하지 않았냐고요? 이유는 간단합니다. 참고가 될 만한 사항을 알지 못했기 때문입니다. ……나는 소학교小学校 들어가기 전에 이미 그녀와 헤어졌거든요. 다만 최근 우연히 만나 두세 번 그녀와 이야기를 나눈 적은 있었지만요."

"그럼 예를 들어 지문은 어떻게 생각해야 할까요?"

"당신은 그 후 내가 아무것도 안 했다고 생각하십니까? 나도 꽤 일을 했답니다. 매일같이 D자카에 가서 어슬렁거렸어요. 특히 헌책방에 자주 갔죠. 헌책방 주인을 붙잡고 이것저것 물어봤고요.── 안주인을 안다는 것도 그때 털어놓았는데 오히려 그 덕을 좀 봤죠── 당신이 신문기자를 통해 경찰의 상황을 알 수 있었던 것처럼 나는 헌책방 주인에게 정보를 얻을 수 있었어요. 지금 말한 지문도 그때 바로 이상하다는 생각이 들어 벌써 조사해봤습니다. 그런데 하하하하, 우스운 일이더군요. 전구 선이 끊어져 있었던 것입니다. 전등을 끈 사람은 아무도 없었던 거죠. 내가 스위치를 켰기 때문에 불이 들어왔다고 생각했었습니다. 그런데 내가 허둥대는 바람에 전등을 건드려서 끊어졌던 전구의 텅스텐 선이 다시 연결된 거였죠. 스위치에 내 지문밖에 없는 것은 당연했습니다. 그날 밤 당신은 장지문 격자 사이로 전등이 켜진 것을 보았다고 말했잖아요. 그렇다면 전구가 끊어진 것은 그 후의 일이겠죠. 오래된 전구는 건드리지 않아도 저절로 끊어지기도 하니까요. 그리고 범인의 옷 색깔 말인데요, 그건 내가 설명하기보다는……."

그는 그렇게 말하고 주위의 책 더미를 여기저기 파헤치더니 마침내 낡아빠진 원서 한 권을 빼냈다.

"이 책 읽어보셨습니까? 후고 뮌스터베르크[26]의 『심리학과 범죄』라는 책인데, 이 '착각'이라는 장의 처음 열 줄을 좀 읽어주십시오."

나는 그의 자신만만한 논증을 들으며 점점 내 자신의 실패를 의식하게 되었다. 그래서 시키는 대로 책을 받아들고 읽었다. 책에는 다음과 같은 내용이 적혀 있었다.

예전에 자동차 범죄 사건이 일어났다. 법정에서 사실만 말하기로 선서한 증인 중 한 명이 문제의 도로가 바싹 말라 있었기 때문에 먼지가 일었다고 증언했다. 또 한 증인은 비가 내린 다음이라 도로가 질척거렸다고 증언했다. 한 증인은 문제의 자동차는 서행했다고 말했고, 또 한 증인은 그토록 빨리 달리는 자동차는 본 적이 없다고 말했다. 전자는 마을 도로에 두세 사람밖에 없었다고 진술했고, 후자는 남녀노소 통행하는 사람이 많았다고 진술했다. 두 증인은 모두 존경할 만한 신사로 사실을 왜곡한들 아무런 이득도 없는 사람들이었다.

아케치는 내가 다 읽기를 기다렸다가 다시 책장을 넘기며 말했다.

....

26_ Hugo Münsterberg[1863~1916]. 미국에서 활동한 유대계 독일인 심리학자. 산업심리, 재판심리, 심리요법 등 응용심리학 분야를 개척하고 이론적 기초를 정립하였다.

"이건 실제로 있었던 일입니다. 여기 '증인의 기억'이라는 장이 있는데, 중간쯤에 보면 미리 계획을 세워 실험한 이야기가 나옵니다. 마침 옷 색깔에 관한 이야기가 나오니까 귀찮더라도 좀 읽어주십시오."

그건 다음과 같은 기사였다.

(전략) 일례로 재작년(이 책은 1911년에 출간되었다) 괴팅겐에서 법률가, 심리학자, 물리학자로 구성된 학술회의가 개최된 적이 있다. 그곳에 모인 사람들은 모두 면밀한 관찰에 숙련된 사람들이었다. 그때 마침 도시는 카니발로 떠들썩했는데 이 학구적인 회의가 절정일 때였다. 갑자기 문이 열리더니 요란한 의상을 걸친 어릿광대가 미친 듯이 뛰어들어 왔다. 돌아보니 그 뒤에는 권총을 든 흑인이 쫓아왔다. 그들은 홀 가운데에서 무시무시한 악담을 주고받았는데 잠시 후 어릿광대가 바닥에 털썩 쓰러지자 그 위로 흑인이 달려들었다. 땅 하고 권총 소리가 났다. 그와 동시에 두 사람은 사라지듯 홀을 빠져나가 버렸다. 상황이 종료될 때까지 모두 12초도 안 되는 시간이었다. 물론 사람들은 몹시 놀랐다. 사회자 외에는 누구도 그들의 언행과 동작이 미리 계획된 것이며 그 광경이 활동사진으로 촬영되고 있는 것을 알아차리지 못했다. 사회자가 이 사건은 모두 법정에서 다뤄져야 할 문제라고 하며 회원들에게 정확한 기억을 쓰라고 요청한 것은 지극히 자연스러워 보였다. (중략. 이 부분에서는 그들

의 기록이 얼마나 오류투성이인지 퍼센티지로 제시하고 있
다.) 흑인이 머리에 아무것도 쓰지 않았다고 맞춘 사람은
마흔 명 중 고작 네 명밖에 없었고, 개중에는 중절모를 썼다고
한 사람이 있는가 하면 실크모자라는 사람도 있었다. 옷도
어떤 사람은 빨간색이라고 하고, 어떤 사람은 갈색이라고
했으며, 어떤 사람은 줄무늬가 있다고 했고, 어떤 사람은
커피색이라고 했다. 그 밖에도 다양한 색깔들이 그를 설명하
기 위해 발명되었다. 흑인은 실제로 하얀 바지에 검정 상의를
입고 커다란 빨간 넥타이를 매고 있었다. (후략)

"뮌스터베르크가 현명하게 설파한 대로." 아케치가 말했다.
"인간의 관찰이나 기억은 믿지 못할 것이지요. 이런 예와
같이 학자들조차 옷 색깔을 구별하지 못했습니다. 그날 밤 학생
들이 옷 색깔을 착각했다고 생각할 만하죠. 그들이 누군가를
보았을지 모릅니다. 그러나 그 자는 줄무늬 기모노 같은 건
입지 않았습니다. 물론 나도 아니었죠. 격자에서 줄무늬 유카타
를 연상하다니 당신의 착상은 정말 재미있었습니다. 하지만
지나치게 짜 맞춘 것 같다는 생각은 안 드셨습니까? 적어도
그런 우연의 일치를 믿기보다는 내 결백을 믿어줄 수는 없었는지
요. 마지막으로 소바집 변소를 이용한 남자 말입니다. 이 점은
저도 당신의 생각에 동의합니다. 아사히야 외에는 범인이 도주
할 통로가 없다고 생각하거든요. 저도 그곳에 가서 조사를 해보
았는데 유감스럽게도 당신과는 정반대의 결론에 도달했습니다.

실제로 변소를 이용한 남자는 없었거든요."

독자 여러분도 이미 눈치챘을지 모르지만 아케치는 이렇게 증인의 진술을 부정하고, 범인의 지문을 부정하고, 범인의 통로까지 부정하며 자신의 무죄를 입증하려 했다. 하지만 그러면 결국 범죄 자체를 부정하는 것 아닌가. 나는 그가 무슨 생각을 하는지 도통 알 수 없었다.

"당신은 범인이 누군지 짐작하십니까?"

"그렇습니다."

그는 머리카락을 헝클며 대답했다.

"내 방식은 당신과 좀 다릅니다. 물질적인 증거라도 해석에 따라 천양지차죠. 가장 좋은 방법은 마음속 심리를 꿰뚫는 것입니다. 그건 탐정 개인의 역량 문제이지만요. 어쨌든 저는 이번에 그 방면에 무게를 두고 추리를 해봤습니다.

맨 처음 내가 주목한 것은 헌책방 안주인의 몸에 나 있던 상처였습니다. 그리고 얼마 후 소바집 아내의 몸에도 비슷한 상처가 있다고 들었습니다. 이건 당신도 알고 있었죠. 그러나 그 남편들은 그렇게 난폭해 보이지 않았습니다. 헌책방 주인도 소바집 주인도 모두 점잖고 사리를 분간할 줄 아는 사람들처럼 보였으니까요. 나는 왠지 그와 관련해 드러나지 않은 비밀이 숨겨져 있지 않을까 의심이 들었습니다. 우선 헌책방 주인을 붙잡고 그 비밀을 알아내려 했습니다. 내가 죽은 아내의 지인이라서 그도 어느 정도 마음을 열었기에 비교적 수월하게 이야기할 수 있었지요. 그러던 중 괴이한 사실을 들었습니다. 다음은 소바집 주인 차례였는데, 그는 보기와는 다르게 어지간히 빈틈 없는 사람이라 사실을 알아내기까지 꽤 애를 먹었습니다. 하지만 모종의 방법을 통해 보란 듯이 성공했죠.

심리학적 연상진단법이 범죄조사 분야에서도 이용되기 시작한 것을 알고 계시지요? 용의자에게 간단한 자극어를 많이 제시해서 그에 대한 관념연합觀念聯合의 완급緩急, 다시 말해 용의자가 연상되는 단어를 대답하는 속도를 측정하는 방법입니다. 하지만 연상진단법을 실시할 때 심리학자들이 말하는 것처럼 꼭 개나 집, 강과 같은 간단한 자극어만 써야 하는 건 아닙니다. 굳이 크로노스코프[27]의 도움을 받을 필요도 없죠. 연상진단의 핵심을 파악하기만 하면 그와 같은 형식이 크게 필요한 것이 아닙니다. 옛날 명판관이나 명탐정들이 오늘날처럼 심리학이 발달하기 전에도 오직 천부적 재능으로 은연중에 이 심리학적 방법을 실행한 것이 그 증거 아니겠습니까? 에치젠노카미[28]도 분명 그런 사람이었을 것입니다. 소설의 예를 들어보면, 포의 「모르그가 살인사건」 전반부에는 뒤팽이 친구들의 몸짓 하나만 보고 마음속의 생각을 맞추는 장면이 나옵니다. 도일도 그걸

....
27_ 짧은 단위의 시간을 측정하는 장치로 0.001초 단위까지 잴 수 있다.

28_ 오오카 다다스케大岡忠相, 1677~1752. 에도 중기의 다이묘이며 행정가. 에치젠 노카미越前守는 관직명으로, 언제나 공정하고 지혜로운 판결을 내리는 명판관으로 유명하다. 메이지시대에 출판된 『오오카 정담大岡政談』을 비롯하여 강담이나 라쿠고에도 그의 일화가 많이 등장하지만 과장이나 허구적인 요소가 많다. 그에 대한 우상화는 봉건체제하에서 벌어졌던 냉혹한 재판과 잔혹한 형벌에 대해 반감을 가졌던 서민들의 갈망이 반영되었다는 해석이 지배적이다.

흉내 내어 「장기입원환자The Adventure of Resident Patient」라는 작품에서 홈즈에게 비슷한 방법으로 추리를 시켰는데, 어떤 의미에서는 이 모든 것들이 연상진단이라 할 수 있습니다. 심리학자들이 활용하는 다양한 기계적 방법은 이런 타고난 통찰력을 가지지 못한 평범한 사람들을 위해 고안된 것에 불과하지요. 이야기가 옆길로 샜는데 소바집 주인에게 일종의 연상진단을 시험해봤습니다. 나는 그에게 이런저런 이야기를 시켜봤어요. 그것도 매우 시시한 잡담 같은 이야기를요. 그리고 그의 심리반응을 연구했습니다. 그런데 이건 매우 델리케이트한 심리 문제인 데다 꽤 복잡하기도 하니 자세한 이야기는 나중에 천천히 하기로 하죠. 어쨌든 그 결과 나는 어떤 확신이 생겼습니다. 즉, 범인을 찾은 것입니다.

그렇지만 물질적인 증거가 하나도 없습니다. 경찰에 신고도 할 수 없었죠. 만약 신고한다 해도 받아주지 않을 테니까요. 그리고 범인이 누구인지 알면서도 내가 수수방관한 또 다른 이유는 범인에게는 전혀 악의가 없었기 때문입니다. 이상한 이야기이긴 한데, 이 살인사건은 범인과 피해자가 서로 합의하에 저지른 것이었습니다. 어쩌면 피해자 본인이 희망한 것일 수도 있고요."

나는 여러모로 추정해보았지만 그가 무슨 생각을 하는지 도무지 알 수 없었다. 실패의 창피함도 잊어버리고 그의 기괴한 추리에 귀를 기울였다.

"내 생각을 말하자면, 살인자는 아사히야의 주인입니다. 그가 변소를 이용한 사람이 있다고 말했던 것은 자신의 죄를 감추기 위한 거였죠. 하지만 스스로 생각해낸 발상은 아니었습니다. 우리가 부족했던 거죠. 당신이나 내가 먼저 그런 사람이 있었냐고 물었으니 그를 교사敎唆한 거나 다름없는 셈입니다. 게다가 그는 우리를 형사로 착각했어요. 그렇다면 그는 왜 살인을 저지르게 되었는가. ……나는 이번 사건을 통해 겉으로는 아무리 세상이 멀쩡해 보이더라도 그 이면에는 의외로 처참한 비밀이 많이 숨겨져 있다는 걸 똑똑히 본 듯합니다. 그건 정말 악몽의 세계에서나 볼 법한 사건이었습니다.

아사히야 주인은 사드 후작류의 가학적 색정자色情者였는데, 무슨 운명의 장난인지 이웃에 사는 여자가 마조히스트라는 걸 발견합니다. 헌책방 안주인은 그를 능가하는 피학적 색정자였던 것이죠. 그들은 그런 병자 특유의 교묘함을 발휘해 아무한테도 들키지 않고 간통을 해왔습니다. ……내가 왜 합의된 살인이라고 말했는지 이해되죠? ……그들은 최근까지 자신들의 성향을 이해 못하는 각자의 배우자에게서 병적인 욕망을 가까스로 채우긴 했습니다. 헌책방 안주인과 아사히야 안주인 두 사람 다 상처가 나 있었던 것이 그 증거입니다. 하지만 그 정도로 만족하지 못한 건 두말할 필요가 없었죠. 따라서 지척에서 서로 그렇게 갈구하던 사람을 발견했을 때 그들 사이에 매우 빠른 합의가 이루어졌다는 건 쉽게 상상할 수 있겠죠. 그런데 결과적으로 운명의 장난이 지나쳤던 것입니다. 그들의 패시브한 힘과 액티브한 힘이 합쳐지자 광란의 행위는 점차 배가되었습니다.

그리고 마침내 그날 밤, 그들이 결코 바라지 않던 사건을 일으키고 만 것입니다……."

나는 아케치의 괴상한 결론을 듣고 나도 모르게 몸서리를 쳤다. 무슨 이런 사건이 다 있단 말인가!

그때 아래층 담배 가게 아주머니가 석간을 가지고 들어왔다. 그걸 받아든 아케치는 사회면을 살펴보더니 가만히 한숨을 내쉬었다.

"결국 더 이상 참을 수 없었는지 자수했군요. 묘한 우연입니다. 마침 그 이야기를 하고 있는데 이런 보도를 접하다니."

나는 그가 가리키는 곳을 보았다. 작은 제목 밑에 소바집 주인이 자수했다는 열 줄짜리 기사가 실려 있었다.

유령

幽靈

1925년 『신청년』 5월호에 발표되었다. 당시 『신청년』 기획 연속단편 중 제4탄으로 「흑수단」과 함께 에도가와 란포에게 큰 실망감을 안겨준 작품이다. 당시 일본에도 번역되었던 G. K. 체스터튼의 단편과 동일한 트릭을 사용했으나 그에 비해 논리와 언어의 역설이 부족하다는 평가도 있었다. 란포의 다른 초기 다른 단편들보다는 이후에 나오는 『마술사』나 『흡혈귀』 같은 장편들과 맥을 같이한다. 작품 속 사건 발생 시점은 1920년(또는 1921년) 가을에서 겨울까지로 추정된다.

"쓰지도辻堂 녀석, 결국 죽었습니다."

심복이 의기양양한 얼굴로 그렇게 보고했을 때, 히라타 씨는 적잖이 놀랐다. 벌써 오래전부터 그가 병석에 누워 있다는 소식을 듣긴 했지만, 아무리 그래도 호시탐탐 자신의 뒤를 밟으며 원수(그 녀석이 제멋대로 그렇게 생각했다)를 갚는 것이 일생의 목표라던 사람이, "저 자식 배때기에 이 단도를 깊숙이 찔러 넣을 때까지는 죽고 싶어도 차마 죽을 수 없다"며 입버릇처럼 말하던 그 쓰지도가 목표를 완수하지 못한 채 죽을 거라고는 정말 생각지도 못했다.

"정말이냐?"

히라타 씨는 무심코 심복에게 되물었다.

"정말이고말고요. 지금 그 녀석 장례 치르는 걸 보고 오는 길입니다. 혹시 몰라 주변에도 물어봤는데 말입니다, 역시 사실이었습니다. 가족이라곤 단 둘이었는데 아비가 죽으니 아들이란 녀석, 가엾게도 울상이 되어 관 옆에 딱 붙어 가더군요. 제 아비와 달리 그 녀석은 겁쟁이던데요."

그 말을 들은 히라타 씨는 맥이 탁 풀렸다. 저택 주변에 높은 콘크리트 담장을 친 것도, 담장 위에 유리 파편을 꽂아놓은 것도, 대문 쪽 문간채를 순사 일가에게 거저나 다름없이 빌려준 것도, 건장한 서생을 두 명이나 둔 것도, 밤에는 물론 대낮에도 불가피한 용무를 제외하면 가급적 외출을 삼갔던 것도, 만약 외출해야 할 경우 반드시 서생을 동반했던 것도 모두 오직 한 사람, 쓰지도가 두려웠기 때문이었다. 히라타 씨는 자수성가 하여 재산을 크게 일군 사람이었기에 때로는 죄가 되는 짓도 서슴지 않았다. 그에게 깊은 원한을 품은 자들이 한둘이 아니었 다. 그렇다고 그런 걸 신경 쓸 히라타 씨가 아니지만, 그 반미치광 이 같은 쓰지도 노인만큼은 정말이지 상대하기 버거웠다. 그는 그런 쓰지도가 죽었다는 소식을 듣고 안도의 한숨을 내쉬기는 했지만 동시에 김이 빠진 것처럼 허전한 기분도 들었다.

다음 날 히라타 씨는 혹시나 해서 직접 쓰지도가 살던 집 근처를 둘러보며 슬며시 동정을 살폈다. 심복의 보고가 틀림없 다는 것을 확인할 수 있었다. 이제 걱정 없다고 생각한 그는 지금까지의 엄중한 경계를 풀고 오랜만에 느긋한 기분을 맛보았 다.

자세한 사정을 모르는 가족들은 평소 침울하던 히라타 씨가 갑자기 쾌활해졌을 뿐만 아니라 그의 입에서 지금껏 들어보지 못한 웃음소리까지 흘러나오자 몹시 의아해 했다. 하지만 그의 쾌활함도 그리 오래가지 못했다. 그 후 가족들은 전보다 한층 더 심해진 히라타 씨의 우울증 때문에 골치를 앓아야 했다.

쓰지도의 장례식이 끝나고 사흘 동안은 아무 일도 일어나지 않았다. 그리고 나흘째 아침이었다. 서재 의자에 기대앉아 아무 생각 없이 그날 도착한 우편물을 뜯어보던 히라타 씨는 수많은 봉투와 엽서들 속에 섞여 있던 편지 한 통을 발견하고는 파랗게 질렸다. 휘갈겨 쓰긴 했지만 확실히 눈에 익은 필적이었다.

이 편지는 내가 죽고 나서 네놈에게 도착할 거야. 네놈은 필시 내가 죽었다는 소식에 뛸 듯이 기뻐하겠지. 그리고 아이고, 이제 안심이다 하며 후련해 할 거야. 하지만 천만에 그건 안 되지. 내 몸은 죽었어도 내 혼魂은 네놈을 해치울 때까지 결코 죽을 수 없거든. 네놈의 어처구니없는 경계는 살아 있는 사람에게나 통하겠지. 나도 어찌해볼 엄두가 안 났으니까. 하지만 아무리 엄중한 단속이라도 연기처럼 다 빠져나갈 수 있는 혼에게는 속수무책일걸. 아무리 네놈이 어마어마한 부자라 할지라도 말이야. 어이, 나는 몸도 꼼짝할 수 없는 큰 병에 걸려 누워 있는 동안 이런 맹세를 했어. 이 세상에서 네놈을 해칠 수 없다면 죽어서라도 원령怨靈이 되어 반드시 네놈을 죽여 버리겠다고. 수십 일 동안 나는 병상에서 그것만 생각하고 있었지. 그렇게 바라는데 어찌 이루어지지 않겠나. 조심하게, 원령은 살아 있는 사람보다 훨씬 무서운 법이니까.

휘갈긴 필적인 데다가 한자 외에는 전부 가타가나여서 꽤 읽기 힘들었지만 대략 위와 같은 내용이었다. 두말할 것 없이 병상에서 신음하던 쓰지도가 혼신을 다해 쓴 편지가 틀림없었다. 그리고 본인이 죽은 후에 보내라고 아들에게 시켰으리라.

'바보 같으니라고. 이런 애들 장난 같은 협박문에 내가 벌벌 떨 거라고 생각했나. 나잇살이나 먹었다는 놈이 병 때문인지 몰라도 제정신이 아닌가 보네.'

히라타 씨는 당장은 죽은 이의 협박장을 보며 콧방귀를 뀌었지만, 시간이 지날수록 마음속에서 뭐라 꼬집어 말할 수 없는 불안이 피어나기 시작했다. 상대가 어디서 어떻게 공격해 올지 전혀 알 수 없으니 결국 방어할 방법도 없는 까닭에 전전긍긍할 수밖에 없었다. 그는 밤낮없이 기분 나쁜 망상에 시달리게 되었다. 불면증이 점점 심해졌다.

한편 쓰지도의 아들도 마음에 걸렸다. 제 아비와는 달리 심약해 보여 설마 그럴 리는 없겠지만, 만약 아비의 뜻을 받들어 자신을 노리고 있다면 큰일이었다. 그런 생각이 들자, 그는 쓰지도의 감시를 위해 고용했던 사람을 급히 불러들여 앞으로는 아들을 감시하라고 지시했다.

그로부터 몇 달 동안은 평온한 나날을 보냈다. 히라타 씨의 신경과민과 불면증은 쉽사리 회복되지 않았지만 걱정했던 원령의 앙갚음 같은 건 없었다. 쓰지도의 아들에게도 불온한 낌새는 보이지 않았다. 용의주도한 히라타 씨일지라도 쓸모없이 생걱정을 하고 있는 자신이 한심하게 여겨졌다.

그러던 어느 날 밤이었다.

히라타 씨는 간만에 혼자 서재에 틀어박혀서 서류를 작성하고 있었다. 아무리 무가武家 저택만 있는 동네라도 아직 초저녁인 것을 생각하면 주위는 이상하게 너무도 고요했다. 때때로 멀리서 개 짖는 소리만 을씨년스럽게 들려올 뿐이었다.

"이게 도착했습니다."

불쑥 방으로 들어온 서생이 말없이 우편물 한 통을 책상 끝에 놓고 나갔다.

언뜻 보니 사진인 것 같았다. 열흘 전쯤 한 회사의 창립기념행사에서 발기인들이 모여 사진을 찍은 적이 있었다. 히라타 씨도 그날 행사에 참석했기에 그 사진이리라 생각했다.

히라타 씨는 그런 사진에 별로 관심이 없었지만 마침 서류작업에 지쳐 잠시 쉬려던 참이라서 바로 봉투를 뜯어 사진을 꺼냈다. 잠깐 사진을 보던 그는 갑자기 불결한 것이 손에 닿은 것처럼 책상 위에 휙 내던졌다. 그는 불안한 시선으로 방 안을 휘휘 둘러보았다.

잠시 후 히라타 씨는 방금 내던진 사진을 향해 주뼛주뼛 손을 뻗었다. 그러나 잠깐 펼쳐보더니 다시 휙 내던졌다. 그는 그렇게 같은 행동을 두세 번 반복하고 나서야 겨우 마음을 가라앉히고 사진을 똑바로 쳐다보았다.

결코 환영이 아니었다. 아무리 눈을 비비고 다시 보아도, 사진 표면을 손으로 쓸어보아도 사진에 찍힌 무서운 형상은 사라지지 않았다. 소름끼치게 차가운 무언가가 그의 등을 타고 올라왔다. 그는 돌연 사진을 갈기갈기 찢어 스토브에 던져 넣고 비틀비틀 일어나 서재에서 도망쳤다.

마침내 두려워하던 것이 찾아왔다. 쓰지도의 집념 어린 원령이 모습을 드러낸 것이었다.

사진에는 발기인 일곱 명의 선명한 모습 뒤로 희미한 형상이 보였다. 거의 사진 전체에 걸쳐 쓰지도의 오싹한 얼굴이 아주 커다랗게 찍혀 있었던 것이다. 안개처럼 부연 얼굴을 하고 새카만 두 눈동자는 원한에 차서 히라타 씨를 노려보고 있었다.

히라타 씨는 너무 공포스러워 겁에 질린 아이처럼 이불을 머리끝까지 뒤집어쓰고 밤새도록 부들부들 떨었다. 하지만 다음 날 아침이 되자 태양의 위력은 실로 대단했다! 그는 다소 기운을 차린 것이다.

'그런 말도 안 되는 일이 일어날 리 없지. 어젯밤은 내 눈이 좀 이상했던 거겠지.'

그는 애써 그렇게 생각하며 아침햇살이 쨍쨍 내리쬐는 서재로 들어갔다. 사진은 다 타버려서 흔적도 없이 사라졌지만 유감스럽게도 책상 위에는 결코 꿈이 아니었다고 증명하듯 사진이 들었던 봉투가 고이 놓여 있었다.

가만히 생각해보니 어느 쪽이든 두렵기는 마찬가지였다. 사진에 정말로 쓰지도의 얼굴이 찍힌 것이라면, 협박편지에 쓰인 내용 그대로인 셈이니 이 이상 섬뜩한 일이 없었다. 세상에 상식 밖의 일은 존재하지 않는다는 보장이 없으니 말이다. 게다가 실제로 아무렇지도 않은 사진이 히라타 씨 눈에만 이상하게 보이는 것이라 해도 나아지는 것이 없었다. 쓰지도의 저주에 걸려 어느새 정신이 이상해진 것이니 오히려 더 두렵게 느껴졌다.

2~3일 동안 히라타 씨는 만사 제쳐놓고 오로지 그 사진만 생각했다.

혹시 예전에 쓰지도와 같은 사진관에서 사진을 찍은 적이 있어서 그 사진 원판과 이번 사진의 원판이 이중으로 인화된 것은 아닐까. 그런 어처구니없는 생각까지 들어 일부러 사진관에 사람을 보내 알아보기도 했다. 물론 그런 실수는 있을 리 없었다. 사진관 장부에는 아예 쓰지도라는 이름이 없었다.

그로부터 약 일주일 후였다. 히라타 씨는 관계하고 있던 회사 지배인에게 전화가 왔다고 해서 무심코 탁상전화 수화기를 들었다. 그런데 수화기에서 이상한 웃음소리가 들렸다.

"으흐흐흐……."

멀리서 들리는 것 같기도 하고, 바로 귓가에서 아주 큰 소리로 웃는 것 같기도 했다. 아무리 말을 걸어도 상대는 웃기만 했다.

"여보세요, 자네 ○○군 아닌가?"

히라타 씨가 짜증이 난 나머지 호통을 치자 소리가 점점 작아지더니 으, 으, 으……하며 스르르 멀리 사라졌다. 그리고 그 소리 대신 "몇 번, 몇 번, 몇 번" 하는 교환수의 카랑카랑한 목소리가 들려왔다.

히라타 씨는 수화기를 철커덕 내려놓고 물끄러미 한곳만

바라본 채 한참을 꼼짝하지 않았다. 그러는 동안 뭐라 형용할 수 없는 두려움이 마음속에서 스멀스멀 솟아올랐다. ⋯⋯예전에 들었던 쓰지도의 웃음소리 같기도 하고⋯⋯히라타 씨는 마치 탁상전화기가 무서운 존재인 양 전화기에서 눈을 떼지 못한 채 천천히 뒷걸음질 치며 그 방에서 도망치듯 빠져나왔다.

히라타 씨의 불면증은 점점 심해졌다. 겨우 잠들었나 싶다가도 별안간 기분 나쁜 비명을 지르며 벌떡 일어난 적도 많았다. 가족들은 그가 이상한 모습을 보이자 슬슬 걱정하기 시작했다. 그리고 여러 번 히라타 씨에게 의사에게 진찰을 받으라고 권유했다. 히라타 씨는 마음 같아서는 어린아이가 "무서워"하며 엄마에게 매달리듯이 누군가에게 매달리고 싶었다. 그리고 요즘 느끼는 공포와 두려움을 다 털어놓고 싶었다. 하지만 그럴 수는 없었던지라 가족들 앞에서는 "아냐, 신경쇠약일 거야"라고 얼버무리며 의사의 진찰을 받으려 하지 않았다.

또 며칠이 지나갔다. 어느 날 히라타 씨가 중역으로 있는 회사에 주주총회가 열린다고 해서 그 자리에서 짧은 연설을 하기로 했다. 지난 반년 동안 회사 영업 실적이 유례없이 호조를 보였으며, 달리 걱정할 만한 문제가 없었기 때문에 그저 통상적인 보고연설만 하면 끝나는 일이었다. 그는 이미 그런 일에는 이력이 나 있었기에 백 명 가까이 되는 주주들 앞이었지만 능숙한 태도와 언변으로 연설을 했다.

그런데 청중석의 주주들 얼굴을 찬찬히 둘러보며 연설을 하던 도중 난데없이 이상한 것이 눈에 띄었다. 그 순간 히라타 씨는 무심코 연설을 멈췄다. 그리고 사람들이 수상히 여길 정도로 한참 동안 아무 말도 못한 채 장승처럼 서 있었다.

죽은 쓰지도를 꼭 빼다 박은 얼굴이 주주들 뒤에서 그를 물끄러미 바라보고 있었던 것이다.

"앞서 말씀드린 바와 같이……."

히라타 씨는 정신을 차리고 목소리를 높여 연설을 이어가려 했다. 하지만 어찌 된 일인지 아무리 용을 써도 그 섬뜩한 얼굴에서 눈을 뗄 수가 없었다. 그는 점점 당황하기 시작했다. 이야기도 횡설수설했다. 그러자 쓰지도를 빼다 박은 그 얼굴이 히라타 씨의 당황한 모습을 비웃기라도 하듯 갑자기 히죽 웃는 것 아닌가.

히라타 씨는 어떻게 연설을 끝냈는지 정신이 하나도 없었다. 그는 머리 숙여 인사하고 연단 아래로 내려와 사람들이 이상하게 보든 말든 출구 쪽으로 달려가서 자신을 위협하는 얼굴을 찾아다녔다. 하지만 아무리 찾아보아도 그런 얼굴은 보이지 않았다. 혹시 몰라 다시 연단으로 가서 앞쪽부터 주주들의 얼굴을 일일이 살펴보았지만 쓰지도와 닮은 사람조차 찾지 못했다.

총회가 열렸던 장소는 출입이 자유로운 빌딩이었다. 따라서 청중 중에 우연히 쓰지도와 닮은 사람이 있었는데 히라타 씨가 그를 찾았을 때는 이미 사라진 뒤라고 생각할 수도 있었다. 하지만 세상에 그토록 꼭 닮은 얼굴이 있을까? 히라타 씨는 거듭 생각해보아도 그 일은 쓰지도가 죽어가며 남긴 무시무시한 선언과 관계가 있는 듯했다.

그 후 히라타 씨는 종종 쓰지도의 얼굴을 보았다. 어떤 때는 극장 복도에서, 어떤 때는 석양이 지는 공원에서, 어떤 때는 여행지의 번화한 거리에서, 어떤 때는 그의 집 문 앞에서 본 적도 있었다. 마지막 경우 그는 하마터면 졸도할 뻔했다. 어느 날 밤늦게 밖에서 돌아오던 그의 자동차가 대문으로 막 들어서려 할 때였다. 문에서 그림자가 스윽 나타나 자동차를 스쳐 지나갔는데, 바로 그 찰나의 순간에 일어난 일이었다. 그 얼굴이 불쑥 자동차 안을 들여다보았던 것이다.

역시 쓰지도의 얼굴이었다. 하지만 현관으로 마중 나온 서생과 하녀들의 목소리에 겨우 기운을 차린 히라타 씨가 운전사에게 쓰지도를 찾아보라고 했을 때는 그 얼굴이 이미 사라지고 없었다.

'어쩌면 쓰지도 녀석 살아 있을지도 모른다. 이런 연극으로 나를 괴롭히려는 거다.'

히라타 씨는 문득 그런 의심이 들었다. 하지만 쓰지도의 아들을 철저히 감시하던 심복은 전혀 수상한 점이 없다고 보고했다. 만약 쓰지도가 살아 있다면 그동안 한번쯤은 아들을 찾아올 법도 했지만 그런 낌새는 전혀 없었다는 것이다. 무엇보다 이상 했던 것은 살아 있는 사람이 어떻게 히라타 씨가 가는 곳을 모조리 다 알고 있는가 하는 점이었다. 히라타 씨는 원래 비밀이 많은 사람이라 외출할 때도 하인들은 물론 가족들에게까지 행선지를 알리지 않을 때가 많았다. 그렇기 때문에 히라타 씨가 가는 곳마다 그 얼굴이 나타나려면 자신의 집 앞에서 잠복해 있다가 자동차를 미행하는 것 외에는 달리 방법이 없었다. 그런데 집 주변은 한적해서 다른 자동차가 나타나면 모를 리가 없었으며, 자동차를 대절하려 해도 가까이에는 마땅한 차고지가 없었다. 걸어서 뒤를 밟는다는 것은 아예 불가능했다. 아무리 생각해봐도 역시 원령의 앙갚음인 듯했다.

'아니면 내 정신이 오락가락하나?'

만약 정신이 이상해졌다고 해도 두려운 건 마찬가지였다. 그는 도저히 갈피를 잡을 수 없었다.

그렇게 골머리를 썩던 중 문득 묘안이 하나 떠올랐다.

'이러면 확실하겠지. 내가 진작 왜 이 생각을 하지 못했을까.'

히라타 씨는 급히 서재로 가서 펜을 들고 그의 아들 명의로 호적등본발부 신청서를 써서 쓰지도의 고향 관청으로 보냈다. 만약 쓰지도가 살아 있다면 호적등본에 기재되어 있을 것이다. 히라타 씨는 제발 그런 것이기를 빌었다.

며칠 후 관청에서 호적등본이 도착했다. 실망스럽게도 쓰지도의 이름 위에는 열십자로 붉은 선이 그어져 있었고 위의 여백에 사망 일자와 시간, 접수일이 명료하게 기입되어 있었다. 이제 의심할 여지가 없었다.

"요즘 무슨 일 있으십니까? 몸이 안 좋으십니까?"

히라타 씨와 만나는 사람마다 모두 걱정스러운 얼굴로 물었다. 히라타 씨도 자신이 부쩍 늙어버린 것 같았다. 흰머리도 한두 달 전에 비해 눈에 띄게 늘어난 듯했다.

"어디 가서 보양이라도 하시는 게 어떨까요."

의사에게 진찰을 받으라고 누차 말해도 소용이 없었던지라 가족들은 그에게 요양을 권했다. 히라타 씨 역시 문 앞에서 그 얼굴을 마주친 이후에는 더 이상 집에 있어도 안심할 수 없었기에 여행이라도 하며 기분전환을 해볼까 하는 생각이 들기도 했다. 그는 가족들의 권유를 받아들여 얼마간 따뜻한 해안에 가서 요양을 하기로 했다.

미리 단골 료칸에 방을 예약하는 엽서를 보내라고 하고, 여행에 필요한 물품을 준비하게 하고, 수행할 사람을 고르기도 하면서 히라타 씨는 오랜만에 마음이 밝아졌다. 그는 어느 정도 작정하기도 했지만 젊은이들이 여행을 떠날 때처럼 마음이 들떴다.

해안으로 가보니 예상대로 마음이 한결 가벼워졌다. 화창한 해안 풍경도 마음에 들었다. 순박하게 마음을 여는 마을사람들의 기질도 마음에 들었다. 료칸 방의 분위기도 좋았다. 해안에 있었지만, 해수욕장보다는 오히려 온천마을로 유명한 곳이었다. 그는 온천에 들어가거나 따스한 해안을 산책하며 하루하루를 보냈다.

걱정했던 그 얼굴도 이런 밝은 곳에는 나타나지 않는 듯했다. 히라타 씨는 인적 드문 해안을 산책할 때도 더 이상 두려움에 떨지 않게 되었다.

어느 날 그는 다른 때와 달리 먼 곳까지 산책을 나갔다. 무심코 걷다가 정신을 차리고 보니 어느덧 석양이 지고 있었다. 주변을 둘러보니 넓은 모래사장에는 그림자 하나 보이지 않았다. 철

썩……쏴아아, 철썩……쏴아아 기분 탓인지 밀려갔다 밀려오
는 파도소리만이 왠지 불길한 소식 전하듯 음산하게 여운을
남겼다.

그는 서둘러 숙소로 발길을 돌렸다. 꽤 먼 거리였다. 운이
나쁘면 반도 가지 못하고 해가 저물어버릴 것 같았다. 타박타박
타박. 그는 땀이 흥건해지도록 빨리 걸었다.

뒤에서 누가 쫓아오는 것 같아 화들짝 놀라 뒤를 돌아봤다.
자신의 발소리였다. 어스름한 소나무 그늘에도 누가 숨어 있을
까 봐 꺼림칙했다.

한참을 걷다 보니 전방의 야트막한 사구^{砂丘} 건너편으로 어슴
푸레 사람 그림자가 보였다. 히라타 씨는 다소 마음이 놓였다.
빨리 그 사람 곁으로 가서 말이라도 건네면 이 이상한 기분이
한결 나아질 것 같아 발걸음을 재촉해서 그림자 쪽으로 다가갔
다.

가까이 가서 보니 어지간히 나이가 들어 보이는 남자가 건너편
을 향해 가만히 웅크리고 앉아 있었다. 골똘히 생각에 잠겨
있는 듯한 모습이었다.

그가 히라타 씨의 발소리를 들었는지 깜짝 놀랐다는 듯이
불쑥 히라타 씨를 돌아보았다. 잿빛의 배경 속에 창백한 얼굴이
뚜렷이 도드라져 보였다.

"으억."

히라타 씨는 그 얼굴을 보자 둔탁한 비명을 내질렀다. 그리고
다짜고짜 뛰기 시작했다. 쉰이나 된 그가 달리기 시합하는 소학

생처럼 무작정 달렸다.

이곳에 왔으니 이제 괜찮을 것이라고 안심하고 있었던 쓰지도의 얼굴이 뒤를 돌아본 것이었다.

'위험하다.'

정신없이 달리던 히라타 씨가 무언가에 걸려 털썩 넘어지는 걸 보고 청년이 다가왔다.

"무슨 일이세요? 아, 다치셨네요."

히라타 씨는 생발톱이 빠져 고통스러워했다. 청년은 소맷자락에서 깨끗한 손수건을 꺼내 능숙한 솜씨로 상처 난 곳에 붕대를 감았다. 그리고 극도의 공포와 상처의 통증 때문에 한 발자국 걷기도 힘들 정도로 기진맥진한 히라타 씨를 거의 끌어안다시피 해서 숙소에 데려다주었다.

스스로도 몸져누울까 봐 걱정했으나 다음 날이 되자 히라타 씨는 비교적 건강한 모습으로 자리를 털고 일어났다. 발의 통증 때문에 돌아다니지는 못했지만 식사 정도는 평소대로 할 수 있었다.

아침식사를 막 끝냈을 때 어제 그를 도와주었던 청년이 병문안을 왔다. 그도 같은 료칸에 묵고 있었다. 서로 문안 인사와 답례 인사를 주고받다가 이야기가 점점 이런저런 잡담으로 옮겨갔다. 히라타 씨는 마침 말상대가 필요했던 데다 청년에게 고마운 마음도 들어 보통 때와 달리 쾌활하게 이야기를 나눴다.

동석했던 히라타 씨의 하인이 나가자 청년은 기다렸다는 듯이 다소 정색을 하며 말했다.

"실은 여기 처음 오신 날부터 흥미를 갖고 주의 깊게 지켜보았습니다……. 무슨 일이 있으신 거지요? 이야기해주실 수 있으신가요."

히라타 씨는 무척 놀랐다. 처음 보는 청년이 대체 뭘 안다고 이러나. 게다가 너무 무례한 질문 아닌가. 그는 지금까지 단 한번도 다른 사람에게 쓰지도의 원령에 대해 말한 적이 없었다. 그런 어이없는 이야기는 창피해서 아예 꺼내지도 않았다. 그러므로 지금 이 청년의 질문에 대해서도 사실대로 털어놓을 생각이 물론 없었다.

하지만 잠시 대화를 주고받다 보니 이건 또 무슨 신통한 말재주인가. 청년은 마치 마법을 부리듯이 그토록 견고했던 히라타 씨의 입을 열어버렸다. 히라타 씨가 사소한 말실수를 했는데 그 기회를 놓치지 않은 것이었다. 만약 청년이 보통내기였다면 무난히 수습할 수 있었을 테지만 히라타 씨는 그를 당해낼 수 없었다. 청년은 정말 놀라운 솜씨로 차례차례 이야기를 끌어냈다. 간밤에 오싹한 일을 겪고 난 다음 날 아침이라서 그런 것도 있지만, 히라타 씨는 의지를 잃어버린 사람처럼 이야기를 피하려 할수록 점점 깊이 빠져들었다. 그리고 종내에는 쓰지도의 원령에 대해 하나도 남김없이 다 이야기하고 말았다.

들을 만큼 다 들은 청년은 이야기를 이끌어낼 때 못지않게 실로 교묘하게 다른 화제로 넘어갔다. 그가 시간을 많이 뺏어 죄송하다고 말하고 방을 나간 후에도 히라타 씨는 억지로 털어놓은 게 불쾌하기는커녕 어쩐지 그 청년이 듬직하다는 생각마저 들었다.

그로부터 열흘 정도는 별일 없이 지나갔다. 히라타 씨는 이제 이 고장이 지겨워졌다. 하지만 아직 상처도 낫지 않은 발을 무리하게 끌고 썰렁한 도쿄 집으로 돌아가기보다는 오히려 떠들썩한 료칸 생활이 속 편할 것 같아 계속 머물기로 했다. 새로 사귀게 된 청년이 꽤 재미있는 이야기 상대라는 것도 그를 붙들어 앉히는 데 일조했다.

청년은 오늘도 또 그의 방에 찾아왔다. 그는 이상하게 웃으며 뜬금없이 말했다.

"이제 어디를 가서도 괜찮을 겁니다. 유령은 나오지 않을 테니까요."

히라타 씨는 그 말의 의미를 이해하지 못해 순간 갈팡질팡했다. 어리둥절한 그의 표정에는 자신의 아픈 구석을 건드렸다는 불쾌감도 섞여 있었다.

"느닷없이 말씀드려서 놀라셨을 테지만 결코 농담이 아닙니다. 유령은 이미 생포했습니다. 이걸 보십시오."

청년은 한 손에 쥐고 있던 전보를 펼쳐서 히라타 씨에게 보여주었다. 거기에는 이런 내용이 적혀 있었다.

'추측대로 일체 자백. 어떻게 조치할지 지시 바람.'

"도쿄에 있는 제 친구한테 받은 전보입니다. 여기 일체 자백했다는 것은 쓰지도의 유령, 아니죠, 유령이 아니라 살아 있는 쓰지도가 자백했다는 말입니다."

히라타 씨는 너무 갑작스러운 일이라 판단을 내릴 새도 없었다. 그저 어안이 벙벙해져 청년의 얼굴과 전보를 번갈아가며 바라볼 뿐이었다.

"실은 제가 이런 것을 찾아다니는 사람입니다. 이 세상 구석구석의 비밀스러운 일이나 기괴한 사건을 찾아서 해결하는 것이 제 취미거든요."

청년은 빙글빙글 웃으며 선뜻 설명을 시작했다.

"그런 연유로 요전에 당신한테 괴담을 들었을 때도 뭔가 계략이 있는 것이 아닌가 생각했습니다. 보아하니 당신은 스스로 유령을 만들어낼 것 같지도 않았고 그다지 신경이 쇠약한 사람 같지도 않았습니다. 게다가 본인은 깨닫지 못하셨을 수도 있지만 유령이 나타나는 장소가 너무 제한적이었죠 여행지까지 따라온 걸 보고 어디든 자유자재로 나타난다고 생각하셨겠지만, 잘 생각해보면 그 장소가 실외에만 국한되었다는 걸 알 수 있습니다. 실내라 하더라도 극장 복도나 빌딩 안처럼 누구나 출입이 가능한 장소로 제한되어 있었습니다. 진짜 유령이라면 그렇게 부자연스럽게 밖에서만 모습을 드러낼 것이 아니라 당신 집으로 들어왔을 텐데요, 안 그렇습니까? 그런데 집 안의 경우는 사진과 전화 정도였고, 얼굴을 보여준 건 누구나 출입할 수 있는 문 앞에서 잠깐이었잖습니까. 그런 건 유령의 본성에 반하는 것 아닐까요? 그래서 저는 여러모로 생각해보았습니다. 좀 성가신 부분이 있어 시간이 걸렸지만 마침내 유령을 생포했습니다."

히라타 씨는 그 말을 듣고도 도무지 믿을 수 없었다. 그 역시 쓰지도가 살아 있지 않을까 의심한 적이 있어 호적등본까지 떼어보았다. 그리고 실망했었다. 도대체 이 청년은 무슨 수로 이렇게 쉽게 유령의 정체를 밝혀냈단 말인가.

"뭐 정말 단순한 계략이었습니다. 그걸 알아차리기 힘들었던 것은 오히려 그 수단이 너무 단순했기 때문이 아닐까요? 하지만 장례식은 너무 그럴싸해서 당신이 아니라도 속아 넘어갔을 겁니다. 해외 탐정소설 속의 이야기도 아니고 설마 도쿄 한복판에서 그런 연극을 하리라고는 여간해선 상상하기 힘들죠. 그리고 쓰지도는 참을성 있게 아들과의 왕래도 끊었습니다. 이 점이 아주 중요합니다. 다른 범죄의 경우도 그렇지만 상대를 속이는 비결은 자신의 감정을 억제하고 흔히 인지상정이라고 하는 것과는 반대의 방법을 취하는 것입니다. 인간이란 자신의 처지에 견주어 타인의 마음을 짐작하는 법이어서 결과적으로 한 번 오판을 내리면 좀처럼 실수를 깨닫지 못하거든요. 또 유령도 제때 잘 나타나주었지요. 요전에 말씀하셨듯이 사람을 따라다니며 가는 곳마다 나타나면 누구라도 기분이 섬뜩해집니다. 그리고 호적등본 말입니다. 준비가 아주 철저했습니다."

"그렇죠. 만약 쓰지도가 살아 있다고 한다면 이해가 가지 않았던 것이 첫째, 그 이상한 사진입니다. 그건 뭐 내가 잘못 봤다고 해도 방금 말씀하신 행선지는 어떻게 알았을까요? 그리고 호적등본 말입니다. 설마 호적등본에 오류가 있으리라고 누가 생각하겠습니까?"

어느새 청년의 이야기에 말려든 히라타 씨는 무심결에 그런 질문을 했다.

"저도 주로 그 세 가지에 대해 생각했습니다. 이렇게 불합리하게 보이는 사실을 무슨 수로 합리화했을까 하는 거였죠. 저는 결국 전혀 다른 이 세 가지 사실에 공통점이 있다는 걸 발견했습니다. 뭐 별거 아니긴 합니다. 하지만 이 사건을 해결하기 위해서는 매우 중요한 점이죠. 그건 모두 우편물과 관계가 있었습니다. 우송한 사진을 받으신 거죠? 호적등본도 마찬가지고요. 그리고 당신이 외출했던 행선지는, 이것도 역시 평소의 편지 왕래와 관계가 있지 않겠습니까? 하하하하, 눈치채셨나 보네요. 쓰지도는 당신 집 근처 우체국에서 배달부로 일했습니다. 물론 변장을 했겠죠. 용케 지금까지 알려지지 않았어요. 댁으로 오는 우편물도 댁에서 나가는 우편물도 틀림없이 전부 그가 보았을 것입니다. 어려운 일은 아니었겠죠. 봉해진 부분에 증기를 쐬게 되면 흔적이 남지 않게 열어볼 수 있으니까요. 사진이나 등본도 이런 방법으로 그가 조작한 것입니다. 당신의 행선지도 편지를 보면 자연히 알 수 있었기 때문에 우체국 비번 때나 핑계를 대어 결근을 하고 당신이 가기로 한 곳에 먼저 가서 유령 노릇을 한 겁니다."

"사진은 좀 고심하면 못 만들 것도 없겠죠. 하지만 호적등본은 어떻게 그렇게 빨리 위조할 수 있었을까요?"

"위조가 아닙니다. 그냥 호적 담당자의 필적을 흉내 내서 위에 몇 자 써넣었던 거죠. 등본 종이에 적힌 글씨를 지우는 건 힘들어도 써넣는 건 문제 없죠. 관청 서류에는 절대로 착오가 없어야 하지만 빈틈은 있기 마련이거든요. 이상한 말이지만 호적등본은 사람이 살아 있는 걸 증명할 수 있는 힘은 없습니다. 호주라면 불가능했겠지만 그 외의 사람들은 그냥 이름 위에 빨간 줄을 긋고 그 위에 사망신청서를 접수했다고 써넣으면 살아 있어도 사망자가 되기 때문이죠. 흔히들 관청 서류라고 하면 덮어놓고 과신하는 습성이 있어 깨닫지 못한 거죠. 제가 그날 쓰지도의 본적지를 물었잖습니까? 거기로 호적등본을 한 통 더 발부해달라고 편지를 썼습니다. 받아보니 제가 생각한 대로였습니다. 이겁니다."

청년은 그렇게 말하고 품 안에서 호적등본을 꺼내 히라타 씨 앞에 놓았다. 호주란에는 쓰지도의 아들이, 그리고 다음 란에는 바로 그 쓰지도의 이름이 적혀 있었다. 그는 사망으로 위장하기 전에 이미 호주 자리를 아들에게 승계했던 것이다. 보아하니 이름 위에 붉은 선이 그어져 있었지만 그 위에는 상속 접수를 받았다고 기재되어 있을 뿐 사망의 사死 자도 없었다.

실업가 히라타 씨의 교우록에 아마추어 탐정 아케치 고고로의 이름이 추가된 것은 이런 연유였다.

흑수단

黒手組

1925년 『신청년』 3월호에 발표되었다. 『신청년』 기획 연속단편 제2탄으로 「D자카 살인사건」의 화자가 다시 등장한다. 란포 자신은 이 작품에는 독특한 개성이 부족하다며 같은 암호 추리물인 데뷔작 「2전짜리 동전」에 못 미친다고 박한 평가를 내렸다. 작품 속 사건 발생 시점은 1921년 12월로 추정된다.

上 드러난 사실

또 아케치 고고로의 공훈담입니다.

제가 아케치 고고로를 알게 된 지 일 년쯤 지났을 때 일어난 일입니다. 이 사건은 극적인 요소가 있어 꽤 흥미진진했을 뿐 아니라 제 친척 댁을 중심으로 벌어진 일이라서 더 잊을 수 없었죠.

이 사건을 통해 저는 아케치에게 암호를 해독하는 놀라운 재능이 있다는 사실을 알게 되었습니다. 독자 여러분의 흥미를 위해 우선 그가 풀었던 암호문을 첫머리에서 보여드리지요.

한번 찾아뵈려 했는데 그만
기회가 되지 않아 계속 실례를 범하고 있네요
꽤 날이 따뜻해졌습니다 꼭

조만간 찾아뵙겠습니다 언제

였던가 보잘것없는 물건을 보냈습니다 그런데

정중히 답례하시니 송구스럽습니다 그 손

가방은 사실 제가 무료해서 소일거리로

스스로카 서툴게 놓은 자수라서 되려

꾸중하지 않으실까 걱정했습니다

노래는 요즘 어떠신지요 때가 때인 만큼 건강

조심하십시오 안녕히 계세요[29]

어떤 엽서의 내용입니다. 원문대로 충실히 옮겨 적었습니다.
지운 글자부터 각 행의 글자 수에 이르기까지 모두 원문 그대로
입니다.

그럼 이야기를 해볼까요. 당시 저는 추위도 피하고 일도 할

....
29_

> 一度おうかがいしたいと存じながらつい
> 好い折がなく失礼ばかり致しております
> 割合にお暖かな日がつづきますのね是非
> 此頃にお邪魔させていただきますわ切日
> 外はつまらぬ品物をお贈りしました処御
> 叮嚀なお礼を頂き痛み入りますあの手提
> 袋は実はわたくしがつれづれのすさびに
> 自ら拙い刺繍をしました物で却ってお
> 叱りを受けるかと心配したほどですのよ
> 歌の方は近頃はいかが？時節柄お身お大
> 切に遊ばしてくださいまし　さよなら

겸 아타미熱海 온천의 한 료칸에 체류하고 있었습니다. 하루에도 몇 번씩 탕에 들락거리고, 산책을 하거나 방에 드러누워 뒹굴다가 짬이 나면 펜을 드는 유유자적한 나날을 보내고 있었죠. 그러던 어느 날이었습니다. 그날 역시 실컷 온천욕을 하고 양지바른 툇마루로 나가 기분 좋게 따뜻해진 몸을 등나무 의자에 기댄 채 별 생각 없이 그날 온 신문을 보는데 엄청난 기사가 눈에 띄었습니다.

당시 도쿄에서는 자칭 '흑수단'[30]이라는 도적 일당이 안하무인으로 날뛰고 있었습니다. 경찰의 온갖 노력에도 아무 보람 없이 어제는 모 부호가 당했다, 오늘은 모 귀족이 피습을 당했다, 소문이 소문을 낳았고 민심은 흉흉해져 하루도 마음 편할 날이 없었습니다. 신문 사회면도 매일같이 그 소식으로 시끄러웠는데, 오늘도 변함없이 '신출귀몰 괴도' 운운하는 삼단짜리 표제 기사가 대서특필되었습니다. 저는 이미 그런 기사에는 이골이 나서 별로 흥미롭지 않았습니다. 그런데 그 기사 아래로 흑수단 피해자들의 소식이 줄줄이 적혀 있는 가운데 '○○○○ 씨 피습'이라는 제목이 달린 열두세 줄짜리 단신 기사를 발견하고 몹시 놀랐습니다. 왜냐하면 그 ○○○○ 씨가 바로 제 큰아버지였기 때문입니다. 기사가 간략해서 자세히는 알 수 없었지만 딸인 후미코富美子가 도적들에게 유괴되어 몸값으로 1만 엔을 뜯겼다

....
30_ 黑手組. 1923년 9월 『비밀탐정잡지』에 게재되었던 범죄 실화 「흑수단의 협박」에는 유괴한 아이의 몸값을 부모에게 요구하는 뉴욕의 범죄단이 소개되었는데, 협박장에 블랙핸드Black Hand라는 서명이 있었다고 한다.

는 것 같았습니다.

제 부모님은 몹시 가난해서 저 역시 돈을 벌어야 하는 형편이라 온천장에 와서까지 글을 쓰고 있지만, 큰아버지는 상당히 부자였습니다. 꽤 큰 회사 두세 군데에서 중역을 맡고 계셨으니 '흑수단'의 목표가 될 자격은 충분했죠. 평소 큰아버지께 신세를 지고 있는 만큼 저는 만사를 제쳐두고 큰아버지를 위로해드리러 돌아가야 했습니다. 몸값을 넘겨줄 때까지 아무것도 모르고 있었다니 한심하기 짝이 없습니다. 분명 큰아버지가 하숙집에 전화 정도는 하셨을 텐데 아무에게도 알리지 않고 여행을 왔기에 신문에 기사가 난 다음에야 비로소 이 불상사에 대해 알게 된 것이지요.

저는 얼른 짐을 챙겨 귀경했습니다. 그리고 여장을 풀자마자 큰아버지 댁으로 갔습니다. 그런데 이게 어찌된 일인가요, 큰아버지 내외는 불단 앞에서 북과 딱따기를 치며 염불하느라 여념이 없는 것이었습니다. 큰아버지 댁은 광적인 니치렌종[31] 신자였는데 무조건 소시사마부터 찾았습니다. 문제는 보잘것없는 상인까지도 우선 종파부터 확인한 후 집안 출입을 허락할 정도로 도가 지나쳤다는 것이죠. 평소와 달리 이 시간에 독경을 하고 있다니 이상한 일이다 싶어 연유를 물어보았는데 놀랍게도 사건이 아직 해결되지 않았더군요. 도적이 요구한 대로 몸값을

....

31_ 日連宗. 일본의 불교종파. 13세기 니치렌에 의해 창시되었으며, 소시사마祖師樣 는 창시자 니치렌에 대한 호칭이다. 부처의 가르침 중 요체는 『법화경』에 담겨 있다고 믿었으며, '나무묘호렌게쿄南無妙法蓮華経' 암송을 강조한다.

넘겨주었는데도 정작 소중한 딸은 돌아오지 않은 거죠. 지금 큰아버지 내외는 너무 괴로운 나머지 소시사마의 바지 자락에라도 매달리는 심정으로 딸을 돌아오게 해달라고 빌고 있는 것이었습니다.

이쯤에서 당시 '흑수단'의 수법을 설명할 필요가 있겠군요. 불과 몇 년 전 일이라 독자 여러분 중에도 당시 상황을 기억하시는 분이 있겠지만, 그들은 정해진 수순처럼 우선 희생자의 자녀를 유괴해서 인질로 삼은 후 거액의 몸값을 요구했습니다. 협박장에는 몇 날 몇 시에 어디로 돈 얼마를 가지고 오라고 상세히 지정해주고, 그 장소에서 '흑수단' 두목이 기다리고 있습니다. 그러니까 피해자가 몸값을 직접 도적의 손에 건네주는 거지요. 참으로 대담한 수법 아닙니까. 게다가 그들에게는 터럭만큼도 빈틈이 없었습니다. 유괴든 협박이든 금품 수수든 전혀 단서가 남지 않도록 완벽하게 처리했죠. 만약 피해자가 경찰에 신고하여 몸값을 전달할 장소에 형사가 잠복해 있으면 어떻게든 알아차리고 절대 나타나지 않았습니다. 그리고 나중에 인질은 끔찍한 꼴을 당하게 되지요. 짐작컨대 이번 흑수단 사건은 흔히 보는 불량청년들의 비행이 아니라 머리가 비상하면서도 대담무쌍한 일당의 소행이 틀림없었습니다.

한편 이 흉악한 도적들의 공격에 큰아버지 댁에서는 방금 전에도 말씀드린 것처럼 큰아버지 내외를 비롯해 모두들 파랗게 질려 우왕좌왕하고 있었습니다. 1만 엔의 몸값을 주었는데도 딸을 돌려받지 못했으니, 큰아버지가 제아무리 업계에서 늙은 너구리로 통하는 책략가일지라도 속수무책이었습니다. 뜻밖에도 저 같은 풋내기를 붙들고 의논하는 형편이니 말입니다. 사촌누이 후미코는 당시 열아홉 살이었는데 상당히 미인이었습니다. 몸값을 주었는데도 돌아오지 못하는 것으로 보아 악독한 도적들의 손에 무참히 농락당했는지도 모릅니다. 아니면 도적들이 큰아버지를 만만히 봐서 두 번이고 세 번이고 몸값을 내놓으라고 협박하고 있는지도 모르죠. 어느 쪽이든 큰아버지로서는 여간 큰 걱정이 아니었습니다.

큰아버지에게는 후미코 외에도 아들이 한 명 있었지만 아직 중학교 1학년생이라 도움이 되지 않았습니다. 결국 큰아버지는 저를 조언자 삼아 이런저런 문제를 상의했는데, 자세히 들어보니 도적의 수법은 소문과 다름없이 실로 교묘하고 요괴처럼 으스스하기까지 했습니다. 저도 범죄나 탐정이라면 웬만한 사람보다 관심이 많았고 「D자카 살인사건」에서 보셨듯이 때로는 아마추어 탐정 노릇을 자처할 정도의 치기도 있었습니다. 가능하면 전업 탐정과 겨뤄보겠다는 마음으로 이리저리 머리를 쥐어짜보기도 했지만 도저히 어찌할 수가 없더군요. 아예 단서라고 할 만한 것이 없었으니까요. 경찰뿐 아니라 큰아버지에게도 직접 제보가 들어왔지만 과연 경찰의 손으로 해결할 수 있을까요. 적어도 오늘까지의 성과만 보면 가망이 없는 것 같습니다.

상황이 이러하니 자연스럽게 친구인 아케치 고고로가 떠올랐습니다. 아케치라면 이 사건의 윤곽을 잡을 수 있을 것 같다는 생각이 들어 바로 큰아버지께 상의 드렸습니다. 지금은 한 명이라도 더 의논할 상대가 필요한 때인 데다 저는 평소부터 아케치의 수완에 대해 자주 이야기했거든요. 사실 큰아버지는 그의 재능을 크게 신뢰하는 것 같지는 않았지만 어쨌든 그를 불러오라고 하셨습니다.

저는 여러분도 아시는 그 담배 가게를 향해 차로 달렸습니다. 그리고 책을 산더미같이 쌓아놓은 2층 4조 반짜리 방에서 아케치와 만났죠. 다행히 그는 며칠 전부터 '흑수단'에 관한 자료를 수집해서 그의 특기인 추리를 구상 중이었습니다. 게다가 말하는 품새를 보니 뭔가 단서를 잡은 모양이었습니다. 제게 큰아버지 이야기를 듣자 그는 사건을 직접 맡아보길 고대했다며 바로 승낙했습니다. 그래서 지체 없이 그와 함께 큰아버지 댁으로 돌아올 수 있었습니다.

잠시 후 아케치와 저는 멋지게 장식된 응접실에서 큰아버지와 마주했습니다. 큰어머니와 서생 마키타牧田도 이야기에 동참했습니다. 마키타는 몸값을 건네던 날 큰아버지의 호위를 맡아 현장에 동행했기 때문에 참고를 위해 큰아버지가 부른 거였지요.

어수선한 가운데 홍차며 과자 같은 것을 잔뜩 내왔습니다. 아케치는 접대용 박래품舶來品 담배를 한 대 집어 들고 조심스럽게 연기를 내뿜고 있었죠. 큰아버지는 과연 업계의 늙은 너구리다운 모습이었습니다. 큰아버지는 선천적으로 거구인 데다 미식을 즐기면서도 운동이 부족한 탓에 살이 많이 쪘기 때문에 이런 경우 상대방에게 다분히 위압감을 주었습니다. 그런 큰아버지의 양옆에 큰어머니와 마키타가 앉아 있었는데, 둘 다 마른 편인 데다 마키타는 보통 남자보다도 체구가 작았기 때문에 큰아버지의 풍채가 한층 더 눈에 띄었습니다. 두루 인사를 나누고 난 후 아케치는 저를 통해 이미 사정을 들었는데도 다시 한 번 자세히 이야기를 듣고 싶어 했습니다. 큰아버지는 설명을 시작했습니다.

"사건의 발단은 그러니까 오늘로부터 엿새 전, 즉 13일이었지요. 그날 정오쯤 딸 후미코가 잠깐 친구 집에 다녀온다며 옷을 갈아입고 집을 나섰는데 밤이 되어도 돌아오지 않는 겁니다. 우리는 처음부터 '흑수단' 소문 때문에 위협을 느꼈죠. 아내가 걱정된다며 친구 집에 전화를 해보았는데 그날 딸이 찾아오지 않았다더군요. 깜짝 놀라서 딸 친구들에게 전부 전화를 걸어봤는데 아무 데도 오지 않았다는 겁니다. 그래서 서생이며 집에 드나드는 차부車夫며 모두 불러 모아 사방팔방으로 찾아보았죠. 그날 밤 우리는 한숨도 자지 못했습니다."

"말씀 중에 죄송하지만, 그때 따님이 나가는 걸 실제로 보신 분이 계십니까?"

아케치의 물음에 큰어머니가 대신 대답했습니다.

"하녀들과 서생들이 똑똑히 보았다고 했어요. 특히 우메梅라는 하녀는 문 앞에서 딸이 나가는 걸 배웅했기 때문에 기억한다고……."

"그 다음부터 확실치 않은 거군요. 이웃이나 통행인들 중에도 따님의 모습을 본 사람은 없다는 말씀이지요?"

"없습니다." 큰아버지가 대답했습니다.

"딸은 차를 타고 가지 않았기 때문에 만약 가는 길에 아는 사람과 마주쳤다면 충분히 얼굴을 알아볼 수 있었을 겁니다. 여기는 아시다시피 무가 저택만 있는 한적한 동네라 이웃이라고 해도 별로 마주칠 일이 없어요. 여기저기 물어가며 찾아봤는데 아무도 딸을 보았다는 사람이 없었습니다. 그래서 경찰에 신고해야 하나 말아야 하나 고민하고 있었는데, 다음 날 오후였죠. 걱정하던 '흑수단'의 협박장이 날아들었습니다. 설마 했는데 정말 놀랐습니다. 아내는 무조건 울기만 했지요. 협박장은 경찰에서 가지고 갔기 때문에 지금은 없지만, 몸값 1만 엔을 15일 오후 11시에 T하라[32]의 소나무까지 현금으로 가지고 와라. 돈을 전달할 사람은 반드시 혼자 와야 한다. 만약 경찰에 알리면 인질의 목숨은 끝이라고 생각해라…… 딸은 몸값을 받은 다음 날 돌려보내겠다. 대강 이런 내용이었습니다."

T하라는 도쿄 근교에 있는 연병장을 말하는데, 벌판 동쪽 구석에 관목림이 있고 그 가운데 소나무 한 그루만 우뚝 서 있었습니다. 연병장이라고는 하나 낮에도 사람들이 거의 다니지 않는 한적한 곳인 데다 지금 같은 겨울에는 한층 더 적막해서 비밀 접선을 하기에 안성맞춤인 곳이었습니다.

"경찰에서 협박장을 조사한 결과 뭔가 발견한 단서가 있습니

32_ T原. 도쿄 신주쿠新宿 도야마가하라戸山ヶ原.

까?"

아케치가 물었습니다.

"그게, 전혀 없었습니다. 종이는 흔해빠진 반지였고, 봉투도 싸구려 갈색봉투였는데 아무 표시가 없었습니다. 형사 말에 따르면 필적 같은 것도 전혀 특징이 없다더군요."

"경시청에는 그런 것을 조사하는 설비가 잘 갖춰져 있으니 틀린 결과는 아니겠네요. 그런데 어느 우체국 소인이 찍혀 있던 가요?"

"소인이 없었습니다. 우편으로 보내지 않고 누군가가 대문에 있는 우편함에 넣고 간 듯합니다."

"그걸 우편함에서 꺼낸 분은 누구시죠?"

"접니다."

서생 마키타가 힘없는 목소리로 대답했습니다.

"우편물은 모두 제가 모아서 사모님께 갖다 드립니다. 13일 오후에 첫 번째로 배달 온 우편물들 사이에 협박장이 섞여 있었습니다."

"누가 협박장을 넣었는지 알아내려고."

큰아버지가 설명을 덧붙였습니다.

"근처 파출소 순경에게 물어보기도 하고, 여러 방면으로 조사 해보았지만 속 시원히 밝혀지지 않았지요."

아케치는 그 말을 듣고 생각에 잠겼습니다. 그는 이런 의미 없는 문답에서 무언가를 발견하려고 애쓰는 것처럼 보였습니다.

"그 다음에는 어떻게 하셨습니까?"

잠시 후 고개를 들더니 아케치가 다음 이야기를 재촉했습니다.

"나는 경찰에 신고해버릴까 생각했습니다. 하지만 별것 아닌 협박문이라고 해도 딸의 목숨이 달린 일이니 그럴 수는 없었습니다. 아내도 간절히 말리고, 더구나 세상 무엇과도 바꿀 수 없는 딸이라서 분하지만 1만 엔을 주기로 했습니다.

협박장에는 방금 말한 대로 15일 오후 11시 T하라 소나무로 나오라고 적혀 있었습니다. 나는 조금 일찍 떠날 채비를 마쳤습니다. 백 엔짜리 지폐로 준비한 1만 엔을 백지에 싸서 품 안에 넣었지요. 협박장에는 반드시 혼자 오라고 했지만 아내가 너무 걱정을 하는 데다가 서생 한 명쯤 데려간들 도적이 크게 신경 쓰지 않을 것 같았습니다. 여차하면 호위를 맡기면 되겠다 싶어 마키타를 데리고 그 을씨년스러운 곳으로 갔습니다. 웃으셔도 됩니다. 나는 이 나이에 처음으로 권총이라는 물건을 샀거든요. 그 총은 마키타에게 가지고 있으라고 했습니다."

큰아버지는 그렇게 말하고 쓴웃음을 지었습니다. 저는 그날 밤의 광경을 상상하니 웃음이 터질 것 같았지만 겨우 참았습니다. 거구인 큰아버지가 왜소하고 우둔한 마키타를 따라 어둠 속에서 덜덜 떨며 현장을 찾아가는 우스꽝스러운 광경이 눈에 선했거든요.

"T하라 4~5정 전쯤 미리 자동차에서 내려 회중전등으로 길을 비추며 겨우 소나무 아래 도착했습니다. 어두워서 발각될 염려는 없었지만, 마키타에게 되도록 눈에 띄지 않게 5~6간 떨어져서 내 뒤를 따라오라고 했습니다. 아시다시피 소나무 주위는 일대가 관목림이라서 도적이 어디 숨어 있는지 알 수 없기 때문에 상당히 기분이 나빴습니다. 그래도 나는 꾹 참으며 그곳에 서 있었습니다. 30분쯤 기다렸을까요. 마키타, 그동안 자네는 뭘 했나?"

"주인어른 계신 곳에서 한 10간 떨어져 있었던 것 같습니다. 수풀 속에 납작 엎드려서 권총 방아쇠에 손가락을 걸고 주인어른의 회중전등 빛을 뚫어지게 보고 있었죠. 꽤 길게 느껴졌습니다. 저는 두세 시간 정도 기다린 것 같았습니다."

"그러면 도적은 어느 방향에서 왔습니까?"

아케치는 열심히 질문했습니다. 그는 어지간히 흥분한 모양이었습니다. 또 손가락으로 머리카락을 헝클어대는 버릇이 나왔기 때문입니다.

"도적은 벌판 쪽에서 온 듯했습니다. 다시 말해 우리가 지나온 길과는 반대쪽에서 나타난 거죠."

"어떤 차림새였나요?"

"잘 기억은 나지 않지만 온통 시커먼 옷을 입은 듯했습니다. 머리에서 발끝까지 시커먼데 유일하게 얼굴의 일부만 어둠 속에서 희끄무레하게 보였어요. 나는 그때 도적을 의식하고 회중전등을 끄고 있었거든요. 키가 아주 큰 남자였던 것은 분명했습니다. 내 키가 5척 하고 5치[33]인데 그 남자는 나보다 2~3치는

....
33_ 약 180cm. 1척尺=30.3cm. 1치寸=3.03cm.

커보였습니다."

"뭐라고 말하던가요?"

"아무 말도 안 했습니다. 내 앞까지 와서 한 손으로 권총을 겨누면서 다른 한 손을 내밀었습니다. 나도 말없이 돈 꾸러미를 건네주었죠. 그러고 나서 딸에 대해 말하려고 입을 여는데, 도적이란 놈이 느닷없이 집게손가락을 입에 대고 아주 굵은 목소리로 쉿 하는 겁니다. 나는 가만있으라는 신호라고 생각해 아무 말도 하지 않았습니다."

"그리고 어떻게 하셨습니까?"

"그것뿐입니다. 도적은 나를 향해 권총을 겨눈 채 뒷걸음질 쳤습니다. 점점 멀어지더니 수풀 사이로 사라져버렸어요. 나는 한동안 꼼짝 못하고 서 있었는데 그러고 있다가는 끝이 없을 것 같아 뒤를 돌아 작은 목소리로 마키타를 불렀습니다. 그랬더니 마키타가 수풀 속에서 부스럭거리며 나와 이제 갔느냐고 벌벌 떨며 묻는 겁니다."

"마키타 씨, 숨어 있던 곳에서 도적의 모습이 보였습니까?"

"어둡고 나무가 무성해서 모습이 보이지는 않았지만 발소리를 들은 것 같습니다."

"그 후론 어땠습니까?"

"이제 돌아가자고 했는데, 마키타가 도적의 발자국을 찾아보자고 했습니다. 나중에 경찰에 알려주면 엄청난 단서가 될 수 있다고요. 그렇지, 마키타?"

"네."

"발자국이 있던가요?"

"그게 말이죠."

큰아버지는 이상한 표정으로 말했습니다.

"나는 도대체가 이상해서 어찌해야 할지 모르겠더군요. 도적의 발자국이 없었습니다. 우리가 결코 잘못 보지는 않은 듯했습니다. 어제도 형사가 조사하러 간 모양입니다. 한적한 곳이라그 후론 지나간 사람이 없었는지 우리 두 사람 발자국만 선명하게남아 있고 다른 발자국은 하나도 없었다고 하더군요."

"정말 흥미롭군요. 좀 더 자세히 이야기해주시겠습니까."

"흙이 드러나 있는 곳은 소나무 바로 아래뿐이었습니다. 그주위는 낙엽이 쌓여 있거나 풀이 자라 있어 발자국이 찍히지않는 곳이고, 흙이 드러난 부분에는 나의 게다 발자국과 마키타의 구두 발자국밖에 없었습니다. 그런데 내가 서 있던 곳까지와서 돈 꾸러미를 받아가려면 도적도 분명 발자국이 찍히는부분까지 들어왔을 텐데 발자국이 없는 겁니다. 우리가 서 있던흙바닥에서 풀이 나 있는 곳까지는 짧게 잡아도 충분히 2간거리는 되었습니다."

"거기에 동물 발자국 같은 건 없었습니까?"

아케치가 의미심장하게 물었습니다. 큰아버지는 의아한 얼굴을 하고 되물었습니다.

"뭐요? 동물이요?"

"이를테면 말 발자국이라든가 개 발자국 같은 거 말입니다."

저는 이 대화를 듣고 아주 예전에 『스트랜드 매거진*The Strand*

Magazine』[34]에서 읽은 듯한 범죄 실화가 떠올랐습니다. 어떤 남자가 발에 말발굽을 부착하고 범행 장소까지 왕복하는 방법으로 혐의를 피해갔다는 이야기였습니다. 아케치도 틀림없이 그 생각을 한 것 같습니다.

"동물 발자국까지는 나도 생각 못했는데, 마키타 자네는 생각나나?"

"글쎄요, 잘 기억이 나지 않지만 아마 없었던 것 같습니다."

아케치는 다시 묵상에 빠졌습니다.

저는 큰아버지에게 처음 이야기를 들었을 때부터 이번 사건의 핵심은 도적의 발자국이 없는 점이라고 생각했습니다. 실로 섬뜩한 사실이었죠.

한참 동안이나 침묵이 이어졌습니다.

"하여간."

마침내 큰아버지가 다시 이야기를 시작했습니다.

"이제 이 사건은 다 끝난 거라고 한시름 놓고 집으로 돌아왔습니다. 다음 날이면 딸이 돌아올 거라고 믿은 거죠. 거물급 도적일수록 약속은 반드시 지킨다, 도적들 사이에는 그런 불문율 같은 것이 있다는 말을 진작부터 들어 알고 있었던지라 설마 거짓말은 아니겠지 하며 마음을 놓고 있었어요. 그런데 웬일입니까, 오늘

....
34_ 1891년 1월 영국에서 조지 뉴스가 창간한 월간지. 코난 도일의 셜록 홈즈 시리즈를 연재하여 인기를 얻었으며, 필립스 오펜하임, P. G. 우드하우스, H. G. 웰즈, 아가사 크리스티 등 수많은 작가들이 작품을 기고하였다. 1950년 3월 폐간되었다.

로 벌써 나흘째인데 딸이 아직 돌아오질 않았습니다. 정말 말도 안 되는 일 아닙니까. 참다못해 어제 경찰에 신고했습니다. 경찰은 맡은 사건들이 워낙 많아 크게 기대할 수 없는 상황이긴 합니다. 다행히 조카가 당신과 막역한 사이라고 하기에 의지할 수 있겠다 싶어 와달라고 부탁한 겁니다."

이로써 큰아버지의 이야기는 끝났습니다. 아케치는 그 밖의 여러 사소한 점까지 세심하게 질문을 하고 하나하나 사실을 확인했습니다. 그에 대해서는 별로 이야기할 만한 내용이 없습니다.

"그런데."

아케치는 마지막으로 물었습니다.

"최근 따님께 뭔가 수상한 편지 같은 게 오지 않았습니까?"

그에 대해서는 큰어머니가 대답했습니다.

"우리 집에서는 딸에게 온 편지는 일단 모두 내가 확인하기 때문에 수상한 편지가 있었으면 즉시 알 수 있었을 거예요. 최근 그런 건 딱히……."

"아닙니다, 아주 사소한 것이라도 상관없습니다. 뭔가 마음에 걸리는 게 있으시면 거리낌 없이 말씀해주십시오."

아케치는 큰어머니의 어조에서 뭔가를 느꼈는지 연거푸 질문했습니다.

"이번 사건과는 그다지 관계가 없을 수도 있는데요……."

"그래도 이야기해주십시오. 그런 곳에 종종 생각지도 못한 단서가 있습니다. 뭔가요?"

"그럼 말씀드릴게요. 한 달쯤 전부터 이따금 딸아이한테 우리는 이름도 들어본 적 없는 사람이 엽서를 보내왔어요. 언젠가 제가 딸에게 학교 친구냐고 물어본 적도 있지요. 딸아이는 그렇다고 대답했지만 아무래도 뭔가를 숨기는 것 같았어요. 제가 이상하다 싶어서 자세히 물어보려던 차에 이번 사건이 일어난 거죠. 그런 사소한 건 까맣게 잊고 있었는데, 말씀 중에 문득 생각났어요. 그러고 보니 딸아이가 유괴당한 바로 전날 이상한 엽서가 왔네요."

"그걸 한번 볼 수 있을까요?"

"그러지요. 딸의 문갑 안에 있을 거예요."

큰어머니는 문제의 엽서를 찾아 왔습니다. 엽서를 보니 날짜는 큰어머니 말씀대로 12일이었고 발송인은 익명으로 하고 싶었는지 그냥 '야요이'라고만 적혀 있었습니다. 시내 모 우체국 소인이 찍혀 있었고요. 이 이야기의 첫머리에서 올려드린 "한번 찾아뵈려 했는데" 운운한 그 내용이었습니다.

저도 엽서를 받아서 내용을 충분히 살펴보았는데, 딱히 이상한 곳은 없었고 그저 소녀풍의 서간문에 불과했습니다. 그런데 아케치는 무슨 생각인지 중요한 것을 발견했다는 듯이 그 엽서를 잠시 빌려간다고 하는 것이 아니겠습니까. 물론 거절할 만한 일도 아니어서 큰아버지는 바로 승낙했지만 저로서는 아케치의 생각을 도통 알 수 없었습니다.

마침내 아케치의 질문이 끝나자 큰아버지는 더는 못 기다리겠다는 듯이 그의 의견을 물었습니다. 그러자 아케치는 어떤 여지를 남기며 대답했습니다.

"글쎄요, 이야기만 들은 상태라 딱히 이렇다 할 의견이 있다고 하기는 힘들군요. ……어쨌든 해보겠습니다. 어쩌면 2~3일 내로 따님을 데리고 올 수 있을 것 같기도 합니다만."

우리는 큰아버지 댁을 나와 집으로 돌아가는 길이었습니다. 그때 저는 아케치에게 이것저것 물어보면서 그의 생각을 알아내려고 했습니다. 하지만 그는 수사 방침의 일부를 확보한 것에 불과하다고 대답할 뿐 자신의 수사 방침에 대해서는 일언반구도 없었습니다.

다음 날, 아침식사를 끝내자마자 저는 아케치의 숙소로 갔습니다. 그가 이 사건을 어떤 식으로 해결할지 그 과정이 궁금해서 견딜 수 없었기 때문입니다.

저는 산더미처럼 쌓인 책 속에 묻혀 특기인 몽상에 빠져 있는 아케치를 상상하며 우리는 이제 허물없는 사이이니까 담배가게 아주머니에게 인사만 하고 불쑥 아케치 방을 찾아가도 되겠다 싶었습니다.

"어쩌죠, 오늘은 없는데. 드문 일이지만 아침 일찍부터 어딜 나가던데요."

주인아주머니가 계단을 올라가려던 저를 불러 세워 말했습니다. 깜짝 놀라 어디 갔냐고 물었더니 아무 말도 남기지 않고 나갔다는 겁니다.

그렇다면 벌써 활동을 시작했다는 건데, 늦잠꾸러기인 그가 아침 일찍 외출을 하다니 별일이라고 생각하며 일단 하숙집으로 돌아왔습니다. 하지만 너무 신경이 쓰여 시간 간격을 두고 두 번 세 번 아케치를 찾아갔습니다. 하지만 몇 번을 찾아갔어도 그는 돌아오지 않았습니다. 게다가 다음 날 점심 무렵까지 기다렸지만 여전히 그는 나타나지 않았습니다. 저는 차츰 걱정이 되었습니다. 주인아주머니도 몹시 걱정하며 쪽지라도 있을까 해서 방 안을 살펴보았지만 그런 것도 전혀 없었습니다.

저는 일단 큰아버지에게 알리는 편이 좋겠다는 생각이 들어 곧장 큰아버지 댁을 방문했습니다. 큰아버지 내외는 그날 역시 염불을 하며 소시사마께 빌고 있었습니다. 사정을 이야기하자 큰아버지는 큰일이라고 하셨습니다. 아케치까지 도적들의 포로가 되었다면 우리가 탐정을 의뢰했으니 우리 책임이 크다, 만약 그런 일이 생겼다면 아케치 부모님께 면목이 없어 어쩌냐고 야단이었습니다. 아케치는 절대 어리석은 짓은 하지 않을 것이라는 믿음이 있었지만 주위에서 자꾸 호들갑을 떠니 걱정이 되긴 했습니다. 이 일을 어찌하냐며 동동거리는 동안 시간만 흘러갔습니다.

그런데 그날 오후, 큰아버지 댁 응접실에 모여 의논을 거듭했지만 오다와라 평정[35]처럼 결론을 내지 못하던 우리에게 전보가 한 통 배달되었습니다.

'후미코 씨 하여튼 지금 출발'

....

35_ 小田原評定. 도요토미 히데요시가 호조의 오다와라성을 포위했을 때의 대군이 공격해오는데도 결론이 나지 않는 논의만 거듭하여 결국 지고 만 일화를 바탕으로 한 고사.

뜻밖에도 아케치가 지바千葉에서 보낸 전보였습니다. 우리는 무심코 환호성을 질렀습니다. 아케치도 무사하고 후미코도 돌아온다. 침울했던 집안이 순식간에 밝은 분위기가 되어 새색시라도 맞는 것처럼 떠들썩해졌습니다.

초조하게 기다리던 우리 앞에 아케치가 빙글빙글 웃는 얼굴로 나타난 것은 해 질 녘이 다 되어서였습니다. 얼굴이 약간 해쓱해진 후미코도 그의 뒤를 따라왔습니다. 어쨌든 피곤할 것이라는 큰어머니의 배려로 후미코는 거실에서 물러나 자리에 누운 모양이었고, 우리 앞에는 축하의 의미로 준비한 술과 안주가 차려졌습니다. 큰아버지 내외는 아케치의 손을 부여잡다시피 해서 상석에 앉히고는 고맙다는 말을 끊임없이 늘어놓았습니다. 참 야단스러웠죠. 그러는 것도 무리는 아니었습니다. 국가의 경찰력을 동원했는데도 오랫동안 속수무책이었던 '흑수단'이었으니까요. 아케치가 제아무리 훌륭한 탐정이라 해도 그렇게 쉽게 딸이 돌아오리라고는 아무도 생각지 못했던 것이죠. 그런데 결과는 어떤가요, 아케치는 혼자 힘으로 다 해결했습니다. 큰아버지 내외가 개선장군 맞이하듯이 환대한 것은 정말 당연한 일이었습니다. 정말 대단하지 않습니까. 저도 이번만큼은 완전히 두 손 두 발 다 들었어요. 모두 이 위대한 탐정의 모험담을 들으려고 우르르 몰려들었습니다. 흑수단의 정체는 과연 무엇이었을까요?

"아쉽지만 아무 이야기도 할 수 없습니다."

아케치가 약간 난처한 얼굴로 말했습니다.

"제가 아무리 무모해도 단신으로 그 흉악한 도적을 체포할 수는 없습니다. 저는 다각도로 생각한 결과 지극히 평온하게 따님을 데려올 방법을 연구했습니다. 그러니까 도적 쪽에서 기꺼이 따님을 돌려줄 방법 말입니다. 그래서 저와 '흑수단' 사이에 이런 약속을 주고받았습니다. '흑수단'은 따님을 돌려보낼 뿐 아니라 몸값 1만 엔도 되돌려주기로 했고, 앞으로도 이 댁은 절대 건드리지 않기로 약속했습니다. 그 대신 저는 '흑수단'에 대해 일체 함구하고 앞으로도 '흑수단' 체포에 절대 조력하지 않겠다고 약속했고요. 저야 어르신의 손해만 만회해 드리면 임무를 완수하는 셈이니 괜히 어설픈 욕심 부리지 말고 적당히 끝내는 게 낫겠다 싶어 도적의 제안을 받아들였습니다. 사정이 그러하니 따님에게도 '흑수단'에 대해서는 일체 물어보지 마시길……. 참, 이게 그 1만 엔입니다. 확실히 전해드렸습니다."

그렇게 말하고 그는 백지에 싸인 꾸러미를 큰아버지께 직접 건넸습니다. 모처럼 흥미진진한 탐정 이야기를 기대했는데 들을 수 없게 된 것입니다. 하지만 저는 실망하지 않았습니다. 큰아버지와 큰어머니께는 어쩔 수 없지만 절친한 저한테만은 아무리 굳은 약속이라도 사실대로 이야기해줄 것 같았습니다. 그런 생각을 하니 술자리가 끝나기를 기다리는 것이 너무 힘들었습니다.

큰아버지 내외는 자신의 가족만 안전하다면 도적을 체포하든 말든 상관이 없었기에 그때부터는 오직 아케치에게 고마운 마음으로 떠들썩하게 술잔을 주고받기 시작했습니다. 술이 그다지 세지 않았던 아케치는 금방 얼굴이 발그레해져서 평소에도 웃는 상이었지만 더 즐겁게 싱글벙글 웃었지요. 악의 없는 잡담으로 이야기꽃을 피웠고, 자리마다 유쾌한 웃음소리가 넘쳐났습니다. 그 자리에서 무슨 이야기가 오고갔는지 여기 다 적을 필요는 없지만, 다만 다음과 같은 대화 내용은 독자 여러분도 구미가 당기시겠지요.

"이제 당신은 딸의 목숨을 구해준 은인입니다. 나는 이 자리에서 맹세합니다. 앞으로 당신의 부탁이라면 아무리 무리한 것이라도 꼭 들어드린다고 말입니다. 어떠십니까, 당장 원하시는 거라도 있으십니까?"

큰아버지는 아케치의 술잔을 채워주면서 에비스[36] 같은 얼굴로 말했습니다.

"감사한 일입니다."

아케치가 대답했습니다.

"예를 들어 이런 부탁이라도 괜찮은가요? 제 친구 중 하나가 따님을 애타게 사모하는데 따님을 그 친구에게 줄 수 있으신지요."

"하하하하하, 당신도 참 보통내기가 아니네요. 당신이 사람만 보증한다면 딸을 못 줄 것도 없죠."

큰아버지는 그저 농담은 아니라는 듯이 말했습니다.

"그 친구 크리스천인데 그래도 괜찮으십니까?"

....
36_ 惠比壽. 칠복신七福神 중 하나로 어업의 신. 과거 어획한 물고기는 쌀과도 바꿀 수 있었기 때문에 사업 번창의 신으로도 추앙받았다.

아케치의 말은 술자리의 흥을 돋우기 위한 농담치고는 너무 진지한 것 같았습니다. 니치렌종에 빠져 있던 큰아버지는 조금 불쾌한 얼굴로 말했습니다.

"좋아요. 나는 야소교[37]라면 질색이지만 다른 사람 아닌 당신의 부탁이라면 한번 생각해보죠."

"감사합니다. 언젠가 꼭 부탁드리지요. 부디 지금 하신 약속 잊지 말아주십시오."

이때 주고받은 대화는 좀 묘한 느낌이었습니다. 술자리 농담 같기도 했고 진지한 이야기라고 하면 또 그런 것 같기도 했습니다. 저는 문득 베리모어가 출연했던 극[38]에서 셜록 홈즈가 사건을 해결하며 친해진 아가씨와 사랑에 빠져 마침내 결혼한 스토리를 떠올리고 살며시 미소를 지었습니다.

큰아버지는 계속 붙잡았지만 자리가 너무 길어져서 우리는 그만 작별을 고하기로 했습니다. 큰아버지는 아케치를 배웅하러 현관까지 나와서 극구 사양하는데도 사례의 표시라며 2천 엔이 든 봉투를 아케치의 품에 억지로 넣어주었습니다.

下 숨겨진 사실

37_ 耶蘇教. 기독교가 동아시아에 로마 가톨릭의 수도회 조직인 예수회를 통해 처음 전래되었을 때의 지칭이었다.

38_ 존 베리모어, 롤랜드 영, 캐롤 뎀스터가 출연하고 앨버트 파커가 감독한 영화 <셜록 홈즈>(1922)를 말한다. 일본에서는 1924년에 개봉하였다.

"자네, 아무리 '흑수단'과 약속했다 해도 나한테는 내막을 이야기해줘도 되지 않는가?"

조바심이 난 저는 큰아버지 댁 문을 나서기도 전에 아케치에게 말했습니다.

"되고말고."

그는 의외로 쉽게 승낙했습니다.

"그럼 커피라도 마시면서 천천히 이야기하면 어떻겠나?"

우리는 한 카페에 들어가 안쪽 깊숙이 있는 테이블에 자리를 잡았습니다.

"이번 사건의 출발점은 말일세, 발자국이 없다는 사실이었네."

아케치는 커피를 시켜놓고 탐정 이야기를 시작했습니다.

"가능한 경우를 따져보면 적어도 여섯 가지야. 첫째, 자네 큰아버지나 형사가 도적의 발자국을 놓쳤다는 해석, 예를 들어 도적은 짐승이나 새의 발자국을 찍어놓고 우리 눈을 기만했을 수도 있기 때문이지. 둘째, 좀 엉뚱한 상상일지도 모르겠지만 도적이 무엇에 매달렸거나 아니면 줄타기를 했든가, 어쨌든 발자국을 남기지 않는 방법으로 현장에 다녀갔다는 해석. 셋째, 큰아버지나 마키타의 발자국이 도적의 발자국을 지워버렸다는 해석. 넷째, 우연히 도적의 신발과 큰아버지 또는 마키타의 신발이 같았다는 해석, 이 네 번째는 현장을 면밀히 조사해보면 알 수 있는 사항이야. 그리고 다섯째는 도적이 현장에 오지 않았다, 그러니까 큰아버지가 모종의 이유로 자작극을 벌였다는 해석. 여섯째는 마키타와 도적이 동일 인물이었다는 해석, 이렇게 여섯 가지야.

어쨌든 현장을 조사해볼 필요가 있는 듯해서 그 다음 날 아침 일찍 T하라로 가보았어. 만약 거기서 첫 번째부터 네 번째까지의 흔적을 발견하지 못한다면 다섯째와 여섯째의 경우만 남으니 수사범위를 확 좁힐 수 있으니까. 그런데 현장에서 발견한 것이 있었지. 경찰이 아주 중요한 걸 놓쳤더군. 흙바닥에 뾰족한 것으로 찍힌 듯한 흔적이 잔뜩 있었어. 물론 그건 큰아버지의 발자국(도 있었지만 대부분은 마키타의 발자국) 밑에 감춰져 있어서 슬쩍 봐서는 무엇인지 알 수 없지만 말이야. 그걸 보고 여러 가지 상상을 하는 사이 별안간 어떤 생각이 떠올랐어. 마치 하늘에서 신비한 소리가 들리는 것 같았지. 정말 놀라운 생각이었어. 마키타는 작은 체구에 어울리지 않게 두꺼운 검정 모슬린 헤코오비를 커다랗게 매듭지어 허리에 매고 다니지 않나. 뒤에서 보면 좀 우스꽝스러운데 나는 불현듯 그 모습이 떠올랐어. 그러자 전부 이해가 되더군."

아케치는 그렇게 말하고 커피를 한 모금 마셨습니다. 그리고 왠지 약을 올리는 듯한 눈으로 나를 바라보았습니다. 그러나 저는 아쉽게도 아직 그의 추리를 따라잡을 만한 능력이 없었습니다.

"그래서 결국 어떻게 되었단 거야?"

저는 분한 마음에 버럭 소리쳤습니다.

"그게 말이네, 아까 말했던 여섯 가지 해석 중 세 번째와 여섯 번째에 해당하는 거지. 다시 말해 서생 마키타와 도적이 동일 인물이었던 거야."

"마키타라니!"

저는 엉겁결에 고함을 질렀습니다.

"말도 안 돼. 그 미련한, 게다가 정직하기로 소문난 사람이 그랬다고?"

"그게 말일세."

아케치는 차분하게 말했습니다.

"자네가 말도 안 된다고 생각한 점을 하나하나 다 말해보게. 대답해줄 테니."

"셀 수 없을 정도로 많네."

저는 잠시 생각을 한 후 말했습니다.

"첫째, 큰아버지는 도적이 거구인 자신보다도 2~3치나 키가 컸다고 했네. 그러면 분명 5척 하고 7~8치쯤 될 걸세. 그런데 마키타는 반대로 매우 자그마한 사람 아닌가."

"반대라도 그렇게 극단적이면 의심해볼 필요가 있지. 한쪽은 일본인 치고는 드물게 큰 사람이고, 한쪽은 기형에 가까울 정도로 작은 사람이잖아. 너무 확연한 대조야. 애석하게도 지나치게 확연하지. 만약 마키타가 조금만 더 짧은 죽마竹馬를 사용했으면 오히려 나를 헛갈리게 했을 수 있었을 텐데. 하하하하하, 알겠지? 그는 손잡이 부분을 자른 죽마를 미리 현장에 숨겨놓고 그걸 손으로 잡는 대신 양쪽 발에 동여매고 일을 처리한 거야. 어두운 밤인 데다가 큰아버님과는 10간이나 떨어져 있었기 때문에 뭘 하더라도 들키지 않았던 거지. 그리고 도적 역할을 완수한 후 죽마 발자국을 지우기 위해 일부러 도적의 발자국을 찾으러 다녔고.”

"그런 애들 장난 같은 눈속임을 큰아버지가 간파하지 못했다고? 첫째, 도적은 검정 옷을 입었다는데, 마키타는 늘 손으로 짠 흰색 줄무늬 옷을 입잖아.”

"모슬린 헤코오비 때문이지. 정말 좋은 생각이었어. 폭이 넓은 검정 모슬린으로 머리에서 발끝까지 칭칭 감으면 마키타의 작은 체구 정도는 무리 없이 감출 수 있었던 거지.”

너무나 간단한 사실이라서 저는 완전히 바보가 된 기분이었습니다.

"그러면 마키타가 '흑수단'의 두목이란 말이야? 아무래도 이상하네. 흑수……”

"저런, 아직도 그 생각인가? 자네답지 않게 오늘은 머리가 잘 안 돌아가나 봐. 자네 큰아버지도 그렇고 경찰도 그렇고 결국은 자네까지 완전히 '흑수단' 공포증에 사로잡혀 있었던 거네. 때가 때이니만큼 그러는 것도 무리는 아니겠지만, 평소처럼 냉철했다면 나를 기다릴 필요도 없이 자네가 이번 사건을 직접 해결할 수 있었을 거야. 이 사건은 '흑수단'과는 아무 상관이 없어.”

어쩌면 제 머리가 좀 이상해졌는지도 모릅니다. 아케치의 설명을 들으면 들을수록 오히려 진상이 더 파악되지 않았습니다. 수많은 의문이 머릿속에서 뒤죽박죽되어 무엇부터 질문해야 할지 알 수 없는 지경이었습니다.

"그럼 아까 자네가 '흑수단'과 약속했다고 했는데 왜 그런 터무니없는 말을 했나? 가장 이해가 안 가는 건 만약 마키타의 소행이라면 그를 그냥 내버려두는 것도 이상하잖아. 그리고 마키타 같은 사람이 무슨 힘이 있어 후미코를 유괴하고, 며칠 동안이나 숨겨둘 수 있었나 모르겠네. 실제로 후미코가 집을 나간 날, 그는 하루 종일 큰아버지 저택에서 한 발자국도 나가지 않았다고 하지 않았나. 대체 마키타 같은 사람이 무슨 수로 그런 엄청난 일을 할 수 있다고……."

"의문이 백출하는군. 만약 자네가 이 엽서의 암호문을 풀어보았다면, 적어도 이것이 암호문이라는 사실을 간파했다면 그다지 이상하지 않았을 텐데."

아케치는 그렇게 말하고 언젠가 큰아버지 댁에서 빌려갔던 '야요이'라고 서명된 엽서를 꺼냈습니다. (독자 여러분, 몹시 번거롭겠지만 첫머리로 돌아가 엽서 내용을 한번만 더 읽어주시길.)

"만약 이 암호문이 없었다면 나는 마키타를 의심하지 못했을 거네. 따라서 이번 사건의 실마리는 이 엽서였다고 해도 무방해. 하지만 처음부터 암호문이라고 확신했던 건 아니야. 일단 의심해본 거지. 의심이 갔던 이유는 이 엽서가 후미코 씨가 없어진 바로 전날 왔다는 걸세. 감쪽같긴 했지만 필적이 남자 같았고, 엽서에 대해 물었더니 후미코 씨가 묘한 표정을 보이더군. 그리고 무엇보다도 이걸 한번 보게. 꼭 원고지에 쓴 것 같이 한 행에 열여덟 자씩 아주 정갈하게 썼더군. 여기 한번 가로로 선을 그려보자고.”

그는 그렇게 말하며 연필을 꺼내 원고지처럼 가로선을 죽 그었습니다.

“이렇게 하면 눈에 잘 보이지. 이 선을 따라 가로로 쭉 훑어봐. 어느 행이건 반 정도는 가나가 섞여 있을 거야. 그런데 단 하나 예외가 있어. 이 첫 번째 선을 따라 각 행의 첫 번째 글자를 봐. 전부 한자잖아.”

一 好 割 比 外 叮 袋 自 叱 歌 切

“그러네.”

그는 연필로 가로 방향을 따라가며 설명했습니다.

“우연이라고 하기에는 아무래도 이상하지. 남자가 쓴 글이라면 그렇다 해도, 전체적으로 가나가 훨씬 많은 여자 글인데 이렇게 한 줄에 한자가 모여 있다니. 어쨌든 연구를 해볼 가치가 있다고 생각했어. 그날 밤 집에 돌아와서 열심히 생각해봤어. 다행히 전에 암호를 연구한 적이 있었던지라 비교적 쉽게 풀기는 했지만. 한번 해볼까. 먼저 이 한자로만 된 한 줄을 따로 떼어 생각해봐. 이대로는 지하[39]에 나오는 문구같이 전혀 의미를 알 수 없어. 혹시 한시나 경문[40]과 관계가 있지 않을까 조사해봤

....
39_ 字華. 한자숙어가 적힌 36장의 카드 중에서 좌장이 뽑은 패를 예상하는 도박으로 메이지시대 중국에서 들어와 다이쇼시대까지 크게 유행하였다.
40_ 経文. 불경의 문구 등 종교적 기도문.

는데 역시 아니더군. 여러 시도를 하던 중 단 두 글자만 지워졌다는 걸 깨달았어. 이렇게 정갈하게 썼으면서 글자를 지운 흔적을 지저분하게 그냥 남겨두었다는 게 아무래도 이상했지. 게다가 둘 다 두 번째 줄에 위치한 글자였어. 경험상 일본어로 암호문을 작성할 때 가장 골치 아픈 게 탁음과 반탁음 처리거든. 그래서 지운 글자는 그 위에 있던 한자의 탁음을 나타내기 위해 잔꾀를 쓴 거 아닌가 생각했지. 만약 그렇다면 이 한자는 각각 한 글자씩 가나를 대표하는 게 틀림없었고, 거기까지는 비교적 수월했어. 그 다음이 힘들었지. 고생한 이야기는 생략하기로 하고 얼른 결론만 말하겠네. 핵심은 한자의 획수였어. 한자의 변旁과 방旁의 획수를 따로 계산하는 거야. 예를 들어 '好'는 왼쪽 변이 3획이고 오른쪽 방이 3획이니까 33이라는 조합이 되잖아. 그걸 표로 만들면 다음과 같아."

그는 수첩을 꺼내 다음과 같이 적었습니다.

	一	好	割	比	外	叮	袋	自	吒	歌	切
변	1	3	10	4	3	3	11	6	3	10	2
방		3	2	2	2	2			2	4	2

"이 숫자를 보면 변은 11까지, 방은 4까지밖에 없어. 이게 어떤 숫자에 부합되는 거 아닐까 생각했지. 예를 들어 아이우에 오アイウエオ 50음도를 일정하게 배열할 때의 순서[41]를 나타내는

....
41_ 일본어 50음도표.

거 아닐까. 그런데 아카사타나하마야라와응ｱｶｻﾀﾅﾊﾏﾔﾗﾜﾝ, 이렇게 늘어놓고 보면 그 숫자가 딱 11이더군. 우연일 수도 있지만 한번 해보자고. 변의 획수는 아카사타나, 즉 자음의 순서를 나타내고, 방의 획수는 아이우에오, 즉 모음의 순서를 나타낸다고 가정해봐. 그러면 '一'은 1획이고 변은 없으므로 아ｱ 행의 첫 번째 글자, 그러니까 '아ｱ'가 되고, '好'는 변이 3획이니까 사ｻ 행, 방이 3획이니까 세 번째 글자인 '스ｽ'가 되지. 이렇게 대입시켜 보면 '아스이치지신바시에키ｱｽｲﾁｼﾞｼﾝ ﾊﾞｼｴｷ'가 돼. '이ヰ'와 '에ヱ'는 차자借字겠지. 1획이면 변이 없으 니까 아ｱ 행의 나머지를 쓸 수 없게 되잖아. 그래서 대신 와ﾜ 행을 사용한 거야. 역시 생각했던 대로 암호였지. '내일 1시 신바시역明日一時新橋駅'. 이 남자는 암호에 상당히 능한 사람이야. 그런데 혼기婚期가 다 된 여자에게 암호문으로 시간과 장소를 알려준다, 그것도 남자 필적인 것 같다. 이 경우 달리 생각할 수 없지. 밀회 약속이라고 볼 수밖에. 이런 걸 보면 사건은 점점 '흑수단'답지 않다는 생각이 들지 않나? 적어도 '흑수단'을 찾기 전에 이 엽서를 누가 보냈는지부터 조사해볼 필요가 있었다 는 거지. 그런데 엽서 주인을 아는 사람은 후미코 씨밖에 없어.

....

ア	カ	サ	タ	ナ	ハ	マ	ヤ	ラ	ワ	ン
イ	キ	シ	チ	ニ	ヒ	ミ		リ	ヰ	
ウ	ク	ス	ツ	ヌ	フ	ム	ユ	ル		
エ	ケ	セ	テ	ネ	ヘ	メ		レ	ヱ	
オ	コ	ソ	ト	ノ	ホ	モ	ヨ	ロ	ヲ	

난관이었지. 그러나 이걸 마키타가 한 짓과 연관시켜 생각해보니 의문이 눈 녹듯 바로 풀렸어. 만약 후미코 씨가 제 발로 가출을 했다면 양친에게 사죄 편지(또는 유서) 한 통쯤은 보내도 되지 않았을까? 이 부분과 마키타가 우편물 정리 담당이라는 사실을 결부시켜 보니 꽤 재미있는 스토리가 만들어지더군. 바로 이거야. 마키타가 어찌어찌 후미코 씨의 연애를 눈치챘다고 생각해봐. 그런 불구 같은 사내들은 그런 쪽의 시기심이 남다르게 발달해 있기 마련이거든. 그는 후미코 씨가 보내온 편지를 구겨 없애버리고 대신 자신이 손으로 쓴 '흑수단' 협박장을 자네 큰아버지에게 보낸 거야. 협박장이 우편으로 오지 않은 점과도 맞아떨어지지."

아케치는 거기서 잠시 말을 끊었습니다.

"놀랍네. 그렇지만……."

제가 다른 의문들에 대해 물어보려 하자, 그는 "아니, 잠깐 기다려보게"라고 말하며 저를 제지했습니다.

"나는 현장을 조사하고 바로 큰아버지 댁으로 가서 마키타가 나오기만을 몰래 기다렸어. 심부름을 가려는지 그가 나오자 적당히 구슬러서 이 카페로 데리고 들어왔지. 지금 우리가 앉은 바로 이 테이블이었어. 나도 자네와 마찬가지로 처음부터 그가 정직한 사람이라고 생각했기 때문에 이번 사건의 이면에는 분명 뭔가 깊은 사연이 감춰져 있을 거라고 주시하고 있었거든. 절대로 다른 사람에게 발설하지 않을 것이며 경우에 따라서는 의논 상대도 되어줄 수 있다고 안심시키고는 마침내 자백을 받아냈지.

자네는 아마 핫토리 도키오服部時雄라는 남자를 알 거야. 후미코 씨에게 청혼했다 거절당했을 뿐 아니라 크리스천이라는 이유로 큰아버지 댁 출입마저 금지당한 가엾은 핫토리 군 말이지. 부모란 본디 어리석은 존재여서 제아무리 큰아버지라도 후미코 씨와 핫토리 군이 한참 전부터 연인 사이라는 사실을 몰랐던 거야. 게다가 후미코 씨도 후미코 씨지. 굳이 가출까지 하지 않더라도, 사랑하는 딸이잖아. 아무리 종교적인 편견이 있더라도 이미 벌어진 일, 이제 와서 억지로 갈라놓을 아버지도 아닐 텐데 말이야. 아직 어린 아가씨라 생각이 짧은 건가. 아니면 가출까지 해서 협박하면 완고한 아버지라도 결국은 뜻을 꺾을 거라는 뻔뻔한 생각을 했던가. 하여튼 맹랑하게 두 사람이 죽이 맞아 핫토리 군의 시골 친구 집에서 사랑의 도피를 하고 있을 줄이야. 물론 그곳에서 몇 차례 편지를 보내긴 한 모양이야. 마키타란 놈이 중간에서 편지를 받은 족족 없애버린 거지. 나는 지바로 갔어. 집으로 찾아가보니 '흑수단' 소동이 벌어진 줄도 모르고 그저 달콤한 사랑에 빠져 있더군. 하룻밤 꼬박 두 사람을 설득했다네. 정말 내키지 않는 역할이었지만, 결국은 두 사람이 함께할 수 있게 반드시 조처해준다고 약속했네. 그리고 가까스로 후미코 씨를 핫토리 군에게 떼어내서 데리고 온 거지. 이제 그 약속도 그럭저럭 지킬 수 있을 것 같더군. 오늘 자네 큰아버지가 말씀하시는 눈치를 봐서는.

그럼 이제 마키타 문제가 남았는데, 그 역시 여자가 개입되었더군. 그 양반 딱하게도 눈물만 흘렸어. 그런 사내의 마음속에도 사랑은 있었던 거지. 상대가 누군지는 모르지만 아마 화류계에서 일하는 여성인 듯했는데 좌우지간 마키타를 단단히 꾀어냈더라고. 그 여자를 손에 넣기 위해서는 뭉칫돈이 필요했던 거지. 듣자하니 후미코 씨가 가출해 있는 동안 자취를 감추려고 했었나 봐. 나는 사랑의 위력을 절실히 느꼈지. 그 미련한 사내가 이런 교묘한 트릭을 생각한 건 전적으로 사랑 덕분이니까."

저는 이야기를 다 듣고 나서 안도의 한숨을 내쉬었습니다. 왠지 생각이 많아지는 사건 아니겠습니까. 아케치도 한참 떠들어서 피곤했는지 녹초가 되었습니다. 우리는 한동안 말없이 얼굴만 마주보고 있었습니다.

"커피가 다 식어버렸네. 자, 이제 돌아갈까?"

마침내 아케치가 일어났습니다. 우리는 각자 귀갓길로 돌아섰는데, 헤어지기 전에 아케치가 갑자기 생각났다는 듯이 큰아버지에게 받은 2천 엔을 제게 내밀면서 말했습니다.

"수고하는 김에 이걸 마키타 군에게 전해주게. 결혼자금으로 쓰라고. 가엾은 남자 아닌가."

저는 흔쾌히 승낙했습니다.

"인생이란 참 재미있군. 내가 오늘 두 쌍의 연인을 맺어주는 중매인 역할을 하다니."

아케치는 그렇게 말하고 진심으로 기쁜 듯이 웃었습니다.

심리시험

心理試驗

1925년 『신청년』 2월호에 발표되었다. 「D자카 살인사건」에서 미처 쓰지 못했던 심리학적 연상진단법을 본격적으로 활용한 작품으로 범인을 미리 밝히고 시작하는 도서추리倒叙推理. 고학생이 수전노 노파를 살해한다는 설정이 도스토옙스키의 『죄와 벌』을 연상시킬 뿐 아니라, 후고 뮌스터베르크의 『심리학과 범죄』만으로는 이중트릭에 대한 힌트가 부족해 『죄와 벌』을 직접적으로 참조한 부분도 있다고 한다. 작품 속의 사건 발생 시점은 1922년 11월에서 12월까지로 추정된다.

1

　후키야 세이치로藤屋清一郎가 어찌하여 지금부터 서술하게 될 무시무시한 악행을 저지르기로 결심했는지 그 동기는 자세히 모른다. 설사 안다고 해도 이 이야기와는 크게 관계가 없다. 그가 거의 고학으로 대학에 다닌 것을 보면 학비가 절박했을 수도 있으리라. 그는 보기 드문 수재였을 뿐 아니라 상당한 노력파였다. 따라서 학비를 벌기 위해 시원찮은 아르바이트를 하는 데 시간을 빼앗겨 좋아하는 독서나 사색을 맘껏 할 수 없는 자신의 처지를 비관했을 것이다. 하지만 사람이 고작 그런 이유로 그토록 큰 죄를 지을 수 있을까. 어쩌면 그는 악인이었는지도 모른다. 그리고 학자금뿐 아니라 다른 욕망들도 억제하지 못했을 수도 있다. 하여간 그가 그런 생각을 한 지도 반년쯤 지났을 무렵이다. 그동안 그는 몇 번이나 망설이면서 생각에 생각을 거듭한 끝에 결국 그 일을 해치우기로 결심했다.

당시 그는 우연한 계기로 동급생인 사이토 이사무斎藤勇와 친해졌다. 그것이 사건의 발단이었다. 물론 처음부터 계획적이 었던 건 아니었다. 하지만 언제부터인가 막연하게 목적을 품고 사이토에게 접근했다. 그리고 접근하면 할수록 막연했던 목적이 점차 뚜렷해졌다.

사이토는 1년 전부터 야마노테[42]의 호젓한 고급주택가 가정 집에서 셋방을 살고 있었다. 집주인은 관리官吏의 미망인으로 이미 예순에 가까운 노파였다. 사망한 남편이 남겨놓은 집이 여러 채라서 거기서 얻는 수입이면 생활하기에 충분했다. 하지 만 노파는 자식이 없어서 그런지 "믿을 건 오직 돈뿐"이라며 믿을 만한 지인에게 돈을 빌려주고 이자를 받았다. 그 돈으로 조금씩 저축을 늘려가는 것이 더할 나위 없는 낙이었다. 사이토 에게 방을 빌려준 것도 여자가 혼자 살면 위험하다는 이유도 있었지만 한편으로는 매달 꼬박꼬박 들어오는 방세만큼 저축 이 불어난다는 계산이 있었다. 요즘 세상에 여간해서는 듣기 힘든 말이지만 수전노의 심리란 동서고금을 막론하고 다 똑같 은 듯했다. 표면적인 은행예금 외에도 노파가 막대한 현금을 집 안의 비밀스러운 장소에 숨겨놓는다는 소문이 돌았다.

후키야는 그 돈에 유혹을 느꼈다. 노인네한테 그렇게 큰돈이 있다 한들 무슨 가치가 있겠는가. 오히려 자신처럼 앞길이 창창

42_ 山の手. 에도시대 도쿄 고지대의 고급주택가. 반면 주로 저지대에 형성된 서민 주거지역은 시타마치下町라고 한다.

한 청년의 학비로 사용하는 편이 지극히 합리적이지 않겠는가. 간단히 말해 이것이 그의 논리였다. 그는 사이토를 통해 노파에 대한 지식을 가급적 많이 얻으려 했다. 큰돈을 어디에 숨겨 놓았는지 비밀의 장소를 찾기 위해서였다. 하지만 어느 날 사이토가 우연히 그 장소를 발견했다고 이야기하기 전까지 후키야의 의도도 그렇게 확고하지는 않았다.

"자네, 그 할머니 착상이 얼마나 기가 막히는 줄 아나? 마루 밑이라든가 천장 위라든가 대부분 돈을 숨기는 장소는 빤하잖아. 그런데 이 할머니는 좀 의외야. 안방 장식단[43]을 보면 커다란 단풍나무 화분이 놓여 있거든. 그 화분 바닥이야. 돈을 숨긴 곳이 말이지. 어떤 도둑이 화분 안에 돈을 숨겨 놓았을 거라고 생각하겠어. 할머니는 어쩌면 수전노계의 천재일 거야."

그때 사이토는 그렇게 말하며 재미있다는 듯이 웃었다.

그 후로 후키야의 생각은 조금씩 구체화되어 갔다. 모든 것을 고려해 노파의 돈을 자신의 학비로 돌릴 수 있는 가장 안전한 방법을 생각해내려 했다. 그건 생각보다 더 힘든 일이었다. 아무리 복잡한 수학문제도 이것보다는 쉬웠다. 앞서도 말했듯이 그는 이 생각을 정리하는 데만 반년이나 되는 시간이 필요했다.

난제는 두말할 필요도 없이 어떻게 형벌을 피할까 하는 점이었다. 윤리상의 장애, 다시 말해 양심의 가책 따위는 그에게 큰 문제가 되지 않았다. 그는 나폴레옹이 저지른 대량학살을 죄악

....
43_ 床の間. 다다미방에서 바닥을 한층 높게 만든 곳. 주로 벽에는 족자를 걸고 인형이나 꽃꽂이로 장식한다.

이라고 생각하기보다는 오히려 찬양하는 입장이었다. 마찬가지로 재능 있는 청년이 자신의 재능을 위해 이미 한쪽 발을 관에 들여놓은 노인네를 희생양으로 삼는 것쯤은 당연하다고 생각했다.

노파는 좀처럼 외출하지 않았다. 하루 종일 묵묵히 안방에 웅크리고 있었다. 간혹 외출할 때 집이 비는 동안은 시골뜨기 하녀가 노파의 지시대로 성실하게 집을 지켰다. 후키야의 온갖 고심에도 불구하고 노파의 경계심에는 조그만 틈도 보이지 않았다. 노파와 사이토가 집에 없을 때 하녀를 속여 심부름을 보내고 그 틈에 화분에서 돈을 빼내면 어떨까. 후키야는 처음에 그런 생각도 했다. 하지만 전혀 사리에 맞지 않는 생각이었다. 아무리 짧은 시간이라도 그 집에 혼자 있었다는 것이 밝혀지면 그것만으로도 충분히 혐의가 생기기 때문이다. 그는 이런 종류의 어리석은 방법들을 무수히 생각하고 지우기를 반복하며 꼬박 한 달을 보냈다. 예를 들어 사이토나 하녀, 아니면 평범한 도둑이 훔쳐간 것처럼 꾸미는 트릭이나 하녀 혼자 있을 때 몰래 들어가 감쪽같이 훔쳐내는 방법, 노파가 자는 한밤중에 훔쳐내는 방법을 비롯하여 가능한 경우를 다 생각해보았다. 그러나 모두 발각될 가능성이 다분했다.

아무래도 노파를 해치울 수밖에 없었다. 그는 마침내 이 무시무시한 결론에 도달했다. 노파가 돈을 어느 정도 가졌는지는 모르지만, 여러 가지를 고려해볼 때 살인의 위험까지 감수하면서 집착할 정도로 대단한 금액은 아닌 것 같았다. 대단치도 않은 금액 때문에 아무 죄도 없는 사람을 죽이는 건 너무 잔혹할지도 모른다. 하지만 세간의 잣대로 보면 별로 대단치 않은 액수라 해도 가난한 후키야로서는 충분히 만족할 만한 금액이었다. 게다가 그의 생각으로는 금액이 많고 적고의 문제가 아니었다. 범죄만 절대 발각되지 않는다면 강행할 만했다. 그렇다면 어떤 희생을 치르더라도 아무 상관이 없었다.

살인은 얼핏 생각하면 단순 절도보다 몇 배는 위험한 일이다. 하지만 그것도 일종의 착각에 불과하다. 만약 발각을 염두에 두고 실행한다면 살인은 모든 범죄 중에서 틀림없이 가장 위험할 것이다. 그러나 범죄의 경중보다 발각이 얼마나 용이한가를 기준으로 생각해본다면, 경우에 따라서는(예를 들어 후키야의 경우) 오히려 절도 쪽이 위험하다. 이에 반해 아예 범죄의 목격자를 해치워버리는 방법은 잔혹하기는 하나 뒷일을 걱정하지 않아도 된다. 예로부터 이름난 악인은 눈 하나 깜짝 않고 거침없이 사람을 죽였다. 그럼에도 그들이 웬만하면 붙잡히지 않았던 것은 오히려 대담한 살인 덕분 아니었을까.

그런데 노파를 해치우고 나면 더 이상 위험해질 일은 없을까. 후키야는 이 문제에 봉착한 후 몇 달이나 고심했다. 그 긴 시간 동안 그는 생각을 어떻게 발전시켰을까. 그에 대해서는 이야기가 진행되면 차츰 알게 될 것이니 여기서는 생략하기로 한다. 여하튼 그는 보통 사람들로서는 상상할 수 없는 매우 세세한 곳까지 파고들어 분석하고 종합한 끝에 티끌만큼도 빈틈이 없는 절대 안전한 방법을 생각해냈다.

이제 그는 그저 기회가 오기를 기다릴 뿐이었다. 그런데 기회는 의외로 일찍 찾아왔다. 어느 날 사이토가 학교 일로 외출하고 하녀도 심부름을 가서 두 사람 모두 저녁까지 돌아오지 않는다는 것을 확인한 것이다. 후키야가 마지막 준비를 끝낸 이틀 후였다. 마지막 준비란(이것만은 미리 설명해둘 필요가 있다) 사이토에게 돈을 숨긴 장소를 들은 지 벌써 반년이나 지난 지금 그때 그 자리에 그대로 돈이 숨겨져 있을지 확인하는 일이었다. 그는 그날(그러니까 노파를 살해하기 이틀 전) 사이토를 찾아가서 처음으로 노파의 안방까지 들어가 이런저런 잡담을 나누었다. 그는 이야기를 서서히 한 방향으로 몰아갔다. 연신 노파의 재산에 관해 이야기했고, 그녀가 재산을 어디에 숨겨놓는지 소문이 돈다는 이야기도 했다. 그는 '숨기다'라는 말이 나올 때마다 은근슬쩍 노파의 눈을 주시했다. 그럴 때마다 노파의 눈은 후키야의 예상대로 장식단에 놓인 화분(그때는 단풍나무가 아니라 이미 소나무로 바꿔 심어 놓았다)으로 쏠렸다. 그렇게 몇 번을 반복하고 난 후 후키야는 이제 더는 의심할 필요가 없다는 사실을 확인했다.

2

드디어 그날이 왔다. 그는 교복 위에 학생 망토를 걸치고 정모正帽를 쓴 후 장갑을 낀 채 목적지로 향했다. 거듭 생각한 끝에 결국 변장은 하지 않기로 했다. 만약 변장을 한다면 재료 구입이나 갈아입을 장소를 비롯해 여러 가지로 범행이 발각될 단서만 남기게 되기 때문이다. 그러면 일만 복잡해질 뿐 아무 효과가 없다. 범행은 발각될 위험이 없는 범위 안에서 되도록 단순하면서도 명료한 방법이어야 한다는 것이 그의 철학이었다. 요컨대 노파의 집에 들어가는 모습만 발견되지 않으면 된다. 만약 집 앞을 지나가는 모습을 들킨다 해도 별로 문제될 것이 없다. 그는 그 주변을 자주 산책하곤 했으니 그날도 산책을 했다고 하면 얼마든지 발뺌할 수 있었다. 또한 노파의 집으로 가는 길에 아는 사람의 눈에 띄는 것(아무래도 이런 것은 계산해 두어야 했다)에 대비해서 알아보기 힘들게 변장을 하는 편이 나을까, 평소처럼 교복에 정모를 쓰는 것이 나을까. 이 경우는 더 생각해볼 필요도 없었다. 범죄 시간도 마찬가지이다. 밤까지 기다려 범행을 하면 훨씬 수월할 텐데 —— 사이토도 하녀도 모두 밤에는 집에 없다 —— 그는 왜 위험한 낮 시간대를 선택했을까. 이 역시 복장의 경우와 마찬가지로 범죄에 불필요한 은밀성을 지우기 위해서였다.

하지만 노파의 집 앞에 도착하자 제아무리 후키야라 할지라도 여느 도둑과 마찬가지로, 아니 어쩌면 그 이상으로 흠칫거리며 전후좌우를 살펴보았다. 노파의 집은 양옆의 산울타리로 이웃과의 경계를 지어놓은 단독주택이었다. 건너편은 어느 부호의 저택이었는데 콘크리트로 된 높은 담이 1정이나 뻗어 있었다. 한적한 고급주택가라 대낮에도 인적이 드물 때가 많았다. 후키야가 그곳에 도착했을 때도 거리에는 강아지 한 마리 눈에 띄지 않았다. 그는 평소에 끔찍한 금속성 소리가 나던 미닫이문을 소리 나지 않게 살살 열고 닫았다. 그리고 현관 봉당[44]에서 매우 나직한 목소리로(옆집에 들리지 않도록 조심해서) 사람을 불렀다. 노파가 나오자 그는 사이토에 대해 은밀히 의논할 문제가 있다고 둘러댄 후 안방으로 들어갔다.

"어쩌나, 지금 하녀가 없네요."

자리에 앉자마자 노파는 양해를 구하고 차를 준비하겠다며 일어섰다. 후키야는 이제나저제나 그 순간이 오기를 벼르고 있었다. 그는 노파가 맹장지를 열기 위해 몸을 굽히는 순간 재빨리 뒤에서 달려들어 양팔로(장갑은 꼈지만 되도록 지문을 남기지 않으려 했다) 있는 힘껏 목을 졸랐다. 목에서 꼴깍 하는 소리가 났을 뿐 노파는 크게 발버둥치지 않았다. 다만 괴로움을 이기지 못해 허공으로 뻗은 손끝이 옆에 있던 병풍에 닿아 약간 흠집을 냈을 뿐이었다. 두 폭짜리 오래된 금병풍으로 극채색의 롯카센[45]이 그려 있었는데, 무참하게도 오노노 고마치의 얼굴이 살짝 찢어졌다.

노파의 숨이 끊어진 걸 확인하자 그는 시체를 그 자리에 뉘어놓고 나서 찢어진 병풍을 약간 걱정스럽게 바라보았다.

....

44_ 土間. 마루를 깔지 않고 흙바닥을 그대로 둔 곳.

45_ 六歌仙. 『고금와카집古今和歌集』 서문에 등장하는 9세기 와카의 여섯 명인. 소조노 헨조僧正遍昭, 아리와라노 나리히라在原業平, 훈야노 야스히데文屋康秀, 기센 호시喜選法師, 오노노 고마치小野小町, 오토모노 구로누시大伴黒主.

그런데 곰곰 생각해보니 조금도 걱정할 필요가 없었다. 그런 것이 증거가 될 리 없었기 때문이었다. 그는 곧장 장식단으로 가서 소나무 밑동을 잡고 흙까지 몽땅 화분에서 뽑아냈다. 예상대로 바닥에는 기름종이로 싼 꾸러미가 있었다. 그는 침착하게 꾸러미를 풀고 오른쪽 주머니에서 커다란 새 지갑을 꺼내 지폐를 반만(5천 엔은 되는 듯했다) 넣어두었다. 그리고 지갑을 다시 주머니에 넣고 나머지 지폐는 기름종이에 싸서 원래대로 화분 바닥에 숨겨놓았다. 물론 돈을 훔쳤다는 증거를 감추기 위해서였다. 숨겨놓은 금액은 노파 본인만 알고 있을 테니 돈이 반으로 줄었다 해도 아무도 의심할 리 없었다.

그는 다음으로 방석을 뭉쳐 노파의 가슴에 댄 채(피가 튀지 않게 조치한 것이다) 오른쪽 주머니에서 꺼낸 잭나이프의 날을 세워 심장에 푹 찔러 넣고 한번 비튼 후 확 잡아 뺐다. 그리고 방석으로 나이프에 묻은 핏덩이를 깨끗이 닦아내고 다시 주머니에 넣었다. 목만 졸라 죽이면 다시 살아날지도 모른다고 생각했기 때문이다. 결국은 두 번 죽이는 셈인데 그는 왜 처음부터 칼을 쓰지 않았을까. 그럴 경우 자칫 잘못하면 자신의 옷에 피가 튈까 염려되었기 때문이었다.

여기서 잠깐 그가 지폐를 넣은 지갑과 방금 전에 사용한 잭나이프에 대해 설명해둘 필요가 있다. 그 물건들은 오직 이일에 사용하기 위해 그가 잿날[46] 신사神社 노점에서 구입해놓은

....

46_ 신불을 공양하는 날. 매월 5일은 스이텐구水天宮, 18일은 관세음, 28일은 부동존不動尊을 기린다.

것이었다. 그는 그날 가장 붐비는 시간대를 노려 손님이 가장 많은 가게를 골라잡았다. 미리 잔돈을 준비해 가격표에 쓰인 대로 값을 치른 후 얼른 물건을 받아 상인은 물론 다른 손님들도 얼굴 기억할 틈도 없이 바로 모습을 감췄다. 구입한 지갑과 잭나이프도 별 특징이 없는 흔해빠진 것이었다.

후키야는 조금이라도 단서가 남아 있지 않은지 샅샅이 확인한 후 맹장지까지 잘 닫고 천천히 현관으로 나왔다. 그는 구두끈을 묶으면서 발자국에 대해서도 생각했는데 그 점은 조금도 걱정할 필요가 없었다. 현관 봉당은 단단한 회반죽이었고, 대문 밖의 길도 며칠 날씨가 맑아 바싹 말라 있었다. 이제 격자문을 열고 밖으로 나가기만 하면 되었다. 하지만 여기서 자칫 실수하면 지금까지 한 고생이 전부 물거품으로 돌아간다. 그는 문밖에서 발소리가 나는지 가만히 귀를 기울이며 끈기 있게 기다렸다……. 쥐 죽은 듯이 조용했고 아무런 인기척도 없었다. 어느 집에서인지 고토[47]를 켜는 소리만 한가로이 들려올 뿐이었다. 그는 단단히 마음먹고 조용히 대문을 열었다. 그리고 혼자서 태연하게 작별 인사를 하고 손님이 집을 나서는 양 길가로 나갔다. 예상한 대로 그림자 하나 얼씬하지 않았다.

그 일대는 어느 길이나 한적한 고급주택가였다. 노파의 집에서 4~5정 떨어진 곳에 신사가 있었는데 오래된 돌담이 큰길을 따라 쭉 뻗어 있었다. 후키야는 아무도 없는지 확인하고 나서

....
47_ 쪽. 일본 전통 현악기.

돌담 틈새에 흉기로 썼던 잭나이프와 피 묻은 장갑을 깊숙이 밀어 넣었다. 그리고 산책할 때마다 들르던 작은 공원 쪽으로 한가로이 걸어갔다. 그는 공원 벤치에 앉아 그네를 타고 노는 아이들을 여유 있는 표정으로 바라보며 오래 시간을 보냈다.

그는 돌아오는 길에 경찰서에 들렀다.

"방금 이 지갑을 주웠습니다. 돈이 잔뜩 든 것 같은데 신고하려고요."

그렇게 말하고 그는 아까의 그 지갑을 내밀었다. 그는 경찰의 질문에 주운 장소와 시간(물론 개연성은 있지만 엉터리 대답이었다), 본인 성명과 주소(이건 진짜였다)를 대답했다. 그리고 인쇄된 종이에 그의 성명과 금액 등이 적혀 있는 수취 확인증 같은 것을 받았다. 매우 우회적인 방법이긴 했지만 안전이라는 측면에서는 최고의 대응일 수 있다. 노파의 돈은(반으로 줄어든 것은 아무도 모른다) 제자리에 고이 놓여 있을 테니 절대로 이 지갑을 분실한 사람이 나올 리는 없다. 1년 후에는 틀림없이 후키야의 손에 들어올 것이다. 그러면 눈치 보지 않고 공공연히 쓸 수 있으리라. 그는 수없이 생각한 끝에 이 방법을 선택했다. 만약 이 돈을 어딘가에 숨겨둔다고 한다면 어쩌다가 다른 사람이 가로채지 않으리란 보장이 없었다. 자신이 그냥 가지고 있을까도 생각했지만 그것은 너무나 위험한 일이었다. 더구나 이 방법이라면 노파가 지폐 번호를 따로 적어놓았다고 해도 전혀 걱정할 필요가 없었다(당연히 철저하게 조사해 보았기 때문에 이 점에 관해서도 나름 안심하고 있지만).

'물건을 훔치고 스스로 경찰에 신고하는 사람이 있다는 건 정말 하늘도 모를 거야.'

그는 웃음을 참으며 속으로 중얼거렸다.

다음 날 후키야는 하숙방에서 평소와 마찬가지로 편안히 자고 일어나 하품을 하며 머리맡에 배달된 신문을 펼쳤다. 그는 사회면을 훑어보다가 의외의 사실을 발견하고 적잖이 놀랐다. 하지만 결코 걱정할 일이 아니었다. 그에게는 오히려 예기치 않은 행운이었다. 친구인 사이토가 용의자로 지목된 것이다. 혐의를 받은 이유는 그가 처지에 맞지 않게 큰돈을 소지하고 있었기 때문이라고 나와 있었다.

'나는 사이토의 가장 친한 친구니까 지금 경찰에 출두해서 이것저것 물어보는 편이 자연스러울 거야.'

후키야는 얼른 옷을 갈아입고 서둘러 경찰서로 갔다. 어제 그가 지갑을 신고했던 경찰서였다. 그는 왜 지갑을 다른 관할 경찰서에 신고하지 않았을까. 그것 역시 특유의 무기교주의 때문에 일부러 한 행동이었다. 그는 적당히 걱정스러운 얼굴로 사이토를 만나게 해달라고 부탁했다. 역시 예상대로 허락받지 못했다. 하지만 사이토가 혐의를 받은 이유에 대해서 이것저것 캐물어보니 어느 정도 상황을 파악할 수 있었다.

후키야는 다음과 같이 예측했다.

어제 사이토는 하녀보다 먼저 집에 돌아왔다. 후키야가 목적을 완수하고 떠난 지 얼마 되지 않은 때일 것이다. 노파의 시체를 발견한 사이토는 즉시 경찰에 신고하는 대신 다른 생각을 한 것이 틀림없다. 화분 말이다. 만약 도둑의 소행이라면 혹시 저 안의 돈이 없어지지 않았을까. 아마도 사소한 호기심 때문이었으리라. 그는 화분 안을 살펴보았다. 뜻밖에 돈 꾸러미가 그대로 있었다. 사이토가 그것을 보고 나쁜 마음을 먹은 것은 어리석은 일이었지만 그러는 것도 무리는 아니었다. 돈을 숨긴 장소는 아무도 몰랐기에 노파를 죽인 범인이 훔쳐갔으리라고 판단할 것이 틀림없었기 때문이다. 그런 상황이라면 누구라도 유혹을 피해가기 어려울 것이다. 그러고 나서 그는 어떻게 했는가. 경찰의 말에 따르면, 천연덕스러운 얼굴로 살인이 일어났다며 경찰에 신고했다고 한다. 그는 참으로 생각이 모자란 친구였다. 훔친 돈을 복대 안에 넣고도 천하태평하게 앉아 있다니 말이다. 설마 그 자리에서 몸수색을 당할 줄은 상상도 못한 모양이었다.

'아니, 잠깐만. 사이토는 대체 뭐라고 변명을 할까. 상황에 따라서는 위험해지지 않으려나.'

후키야는 그 문제를 다방면으로 생각해보았다. 사이토는 돈이 발각되자 자기 돈이라고 대답했을지도 모른다. 노파의 재산이 얼마나 되는지 숨겨둔 장소가 어디인지 아무도 아는 사람이 없으니 일단 그 변명은 통할 수 있다. 하지만 금액이 너무 많지 않은가. 그래도 사이토는 끝까지 사실이라고 주장하겠지. 법원이 그것을 인정해줄까? 다른 용의자가 나오면 몰라도, 그 전에 그가 무죄가 될 일은 없을 것이다. 잘하면 그에게 살인혐의가 씌워지겠군. 그렇게 되면 나에겐 다행이지만……. 그런데 판사가 그를 추궁하면 이런저런 사실들이 밝혀질 텐데. 가령 노파가 돈을 어디 숨겼는지 나한테 말해준 일이라든가, 범행이 일어나기 이틀 전에 내가 노파의 방에 들어가서 한참 이야기를 나눈 일이라든가, 심지어 내가 가난하고 학비에 쪼들린다는 사실까지도.

하지만 그것들은 모두 후키야가 계획을 세우기 전에 미리 계산에 넣어둔 것이었다. 아무리 생각해도 그 이상은 사이토의 입에서 자신에 대해 불리한 사실이 나올 것 같지 않았다.

후키야는 경찰서에서 돌아와 늦은 아침을 먹고(그때 식사를 가져다준 하녀에게 사건에 대해 이야기해주었다) 평소처럼 학교에 갔다. 학교는 온통 사이토에 대한 이야기뿐이었다. 그는 꽤 의기양양해져 소문에 대해 누구보다 신나게 떠들어댔다.

3

독자 여러분, 탐정소설의 속성에 통달한 여러분이라면 결코 이야기가 이렇게 끝나지 않으리라는 것을 잘 아시리라. 정말 그렇다. 솔직히 말해 지금까지의 이야기는 전제에 불과하며, 작가 입장에서 독자가 부디 읽었으면 하는 이야기는 지금부터다. 다시 말해 계획적으로 실행에 옮긴 후키야의 범죄가 어떻게 발각되었는가 하는 자초지종 말이다.

이 사건을 담당한 예심판사[48]는 유명한 가사모리笠森 씨였다.

그는 일반적인 의미에서도 명판사였지만 꽤 이색적인 취미를 가지고 있는 것으로도 유명했다. 일종의 아마추어 심리학자였던 그는 보편적인 방법으로 판단하기 어려운 사건의 경우 풍부한 심리학적 지식을 이용해 성공적으로 해결했다. 경력이 일천하고 나이도 젊었지만 지방법원의 예심판사로 있기에는 아까울 정도로 우수한 인재였다. 이번 노파 살인사건도 다들 가사모리 판사가 맡았으니 손쉽게 해결될 것이라 믿었다. 당사자인 가사모리 씨 역시 그렇게 생각했다. 여느 때와 마찬가지로 이번 사건도 예심법정에서 철저히 조사해서 공판 때 문제없이 잘 처리할 생각이었다.

그런데 조사를 진행할수록 아주 골치 아픈 사건이라는 것을 알게 되었다. 경찰에서는 단순히 사이토 이사무의 유죄를 주장했다. 가사모리 판사도 이 주장에 일리가 있다고 인정했다. 생전에 노파의 집에 드나들었던 흔적이 있는 사람은 그녀의 채무자이거나 임차인, 또는 단순한 지인들이었는데, 그들을 모두 소환해 치밀한 조사를 끝냈지만 의심스러운 사람이 아무도 없었기 때문이다. 후키야 세이치로도 물론 그중 한 명이었다. 그러나 달리 용의자가 나오지 않는 이상 결국 가장 혐의가 짙은 사이토 이사무를 범인으로 판단할 수밖에 없었다. 본래 심약한 사람이다 보니 법정 분위기에 지레 겁을 먹고 심문에도

<hr>

48_ 지방법원 소속으로, 검사의 예심청구에 의해 피고의 심문 및 증거 조사를 실시하여 공판 개시 여부를 판단하는 것이 주 임무이다. 사실상 예심은 검사의 조사를 따랐으며, 검사의 방침에 큰 영향을 받았다.

제대로 대답하지 못한 점이 무엇보다 그에게 불리하게 작용했다. 사이토는 바짝 긴장해서 자꾸 앞서 말한 진술을 번복하거나 빤히 아는 일들까지 잊어버리기도 하고 엉겁결에 불리한 진술을 했다. 그는 긴장할수록 점점 혐의만 더 짙어졌다. 그에게는 노파의 돈을 훔쳤다는 약점이 있었기 때문에 긴장할 수밖에 없던 것이다. 그것만 아니었다면 사이토가 아무리 심약한 사람이라 해도 머리가 좋기 때문에 그런 바보짓을 하지는 않았을 것이다. 사실 그의 입장은 동정 받을 만했다. 가사모리 씨는 사이토를 그대로 범인으로 인정할 자신이 없었다. 단지 의혹만 있을 뿐이었다. 물론 본인도 자백하지 않았고 또 이렇다 할 확증도 없었다.

사건이 일어난 지 한 달이 흘렀다. 예심은 아직 종결되지 않았다. 판사는 조바심이 나기 시작했다. 그즈음 노파 살인사건 관할 경찰서장에게 귀가 솔깃해지는 보고를 받았다. 사건 당일 노파의 집에서 멀지 않은 ○○초町에서 5천2백 몇 십 엔이 든 지갑을 습득하여 신고한 사람이 있다고 했다. 그가 바로 용의자인 사이토의 친구 후키야 세이치로라는 학생이었는데 담당자가 제대로 파악하지 못해 지금까지 그 사실을 몰랐다는 것이다. 그런데 그 큰돈을 잃어버린 사람이 한 달이 지나도록 나타나지 않자 혹시 어떤 의미가 있지 않을까 해서 이제야 보고를 했다는 것이었다.

그동안 아주 난처한 상황이었던 가사모리 판사는 보고를 받자 한 줄기 희망을 찾은 듯했다. 그는 곧장 후키야 세이치로의 소환 수속을 진행시켰다. 하지만 후키야를 심문한 결과 판사의 충만했던 의욕과는 달리 별 소득이 없었다. 사건 당시 수사를 받을 때 그 큰돈을 습득한 사실을 왜 밝히지 않았느냐는 질문에 그는 살인사건과 관계가 있으리라고는 생각지도 못했다고 대답했다. 충분히 일리가 있는 대답이었다. 노파의 돈은 사이토의 복대에서 발견되었으니 그 이외의 돈이, 특히 길에서 잃어버린 돈이 노파의 돈이라고 누가 상상이나 했겠는가.

하지만 과연 우연일까. 사건 당일 현장에서 그리 멀지 않은 곳에, 심지어 제1용의자의 친한 친구가(사이토의 주장에 따르면 후키야는 화분에 돈이 숨겨져 있다는 걸 알고 있었다) 그런 큰돈을 습득한 사실이 과연 우연일까. 판사는 어떻게든 그 부분에서 어떤 의미를 찾으려고 애썼다. 판사가 가장 안타깝게 생각했던 것은 노파가 지폐의 일련번호를 적어두지 않은 점이었다. 그 번호만 있으면 이 수상한 돈이 사건과 관계가 있는지 없는지를 바로 알 수 있기 때문이었다.

'아무리 사소한 것이라도 뭔가 확실한 실마리 하나만 잡으면 되는데.' 판사는 온 힘을 쥐어짜서 생각했다. 현장조사도 몇 번씩이나 다시 했다. 노파의 친족관계도 충분히 조사했다. 그러나 아무 소득이 없었다. 보름 남짓한 시간이 그렇게 또 부질없이 지나갔다.

판사는 가능성이 하나밖에 없다고 추정했다. 후키야가 노파의 돈 중 반만 훔친 후 나머지는 원래대로 숨겨놓는다, 그리고 훔친 돈을 지갑에 넣은 다음 길에서 주운 척하는 것이다. 하지만 그런 얼토당토않은 일이 과연 일어날 수 있을까. 당연히 지갑도 조사해봤지만 별다른 단서는 나오지 않았다. 게다가 후키야는 그날 산책 도중 노파의 집 앞을 지나갔다고 아무렇지도 않게 진술했다. 과연 그가 범인이라면 그런 식으로 대담하게 말할 수 있을까. 무엇보다도 가장 중요한 흉기의 행방을 알 수 없었다. 후키야가 거처하는 하숙집도 수사해 보았는데 아무것도 나오지 않았다. 하지만 흉기라면 사이토도 마찬가지였다. 그렇다면 대체 누구를 의심해야 하는가.

확증할 만한 것이 전혀 없었다. 경찰서장 말대로 사이토를 의심하면 사이토 같았다. 하지만 또 후키야를 의심하면 의심스러운 구석이 없는 것도 아니었다. 한 달 반 동안 수색한 결과 밝혀낼 수 있었던 것은 그 두 사람을 제외하고는 어떤 용의자도 존재하지 않는다는 점이었다. 모든 방법이 바닥난 가사모리 판사는 슬슬 비장의 무기를 꺼낼 때가 왔다고 생각했다. 지금까지 종종 성공을 거두었던 적이 있는 심리시험을 두 용의자에게 시행하기로 결심한 것이었다.

4

후키야 세이치로는 사건 2~3일 후 첫 번째로 소환되었을 때 담당 예심판사가 유명한 아마추어 심리학자 가사모리 씨라는 걸 알게 되었다. 그리고 그때 이미 이 마지막 수단을 예상하고 적잖이 당황했다. 비록 판사의 개인적인 취미일지라도 일본에서 심리시험을 시행하리라고는 전혀 예상하지 못했기 때문이다. 그는 다양한 책들을 통해 심리시험을 접했기에 심리시험이 어떤 것인지 너무 잘 알고 있었다.

이에 큰 타격을 입은 그는 더 이상 평정심을 유지하며 학교를 다닐 여유가 없었다. 그는 아프다는 핑계로 하숙집에 틀어박혀 있었다. 하지만 어떻게든 이 난관을 극복해야 한다고 생각했다. 그는 범죄를 실행하기 전에 그랬던 것처럼, 아니 그 이상으로 열심히 치밀하게 검토했다.

가사모리 판사가 대체 어떤 심리시험을 시행할지 도무지 알 수 없었다. 후키야는 알고 있는 모든 방법을 생각해내 하나씩 대책을 강구해보았다. 하지만 원래 심리시험은 허위진술을 밝혀내기 위해 고안된 것이기 때문에 이론상으로는 그걸 다시 조작하는 것이 불가능해 보였다.

후키야의 생각으로는 심리시험은 특성에 따라 크게 두 가지로 나뉘었다. 하나는 단순히 생리상의 반응에 의한 것이고, 또 하나는 언어 반응을 통해 밝혀내는 것이었다. 전자의 경우 시험자가 범죄와 관련된 여러 질문을 한 결과 피험자에게 나타나게 되는 미세한 신체적 반응들을 적당한 장치를 이용하여 기록함으로써 일반적인 심문으로는 도저히 알아낼 수 없는 사실을 포착해내는 방법이다. 인간이 아무리 말이나 표정으로는 거짓말을 할 수 있어도 신경 자체의 흥분까지는 숨길 수 없기 때문에 반드시 신체에 미세한 징후가 나타날 수밖에 없다는 이론에 기초하고 있다. 자동운동기록기Automatograph 따위의 힘을 빌려 손의 미세한 떨림을 측정하는 방법, 어떤 장치를 통해 안구의 떨림을 확인하는 방법, 호흡운동기록기Pneumograph로 호흡의 깊이와 빠르기를 측정하는 방법, 맥파계Sphygmograph를 통해 맥박의 높낮이와 빠르기를 측정하는 방법, 혈량계Plethysmograph로 사지四肢의 혈량을 측정하는 방법, 검류계Galvanometer로 손바닥의 미세한 발한發汗을 감지하는 방법, 무릎 관절을 가볍게 쳐서 근육의 수축량을 확인하는 방법들을 비롯해 그 외에도 여러 가지 비슷한 방법이 있다.

예를 들어 느닷없이 "자네가 노파를 죽인 거지?"라는 질문을 받는다면, 그는 아무렇지 않은 얼굴로 "무슨 증거로 그런 말씀을 하시죠?" 라고 되받아칠 자신은 있었다. 하지만 그때 부자연스럽게 맥박이 높아지거나 호흡이 빨라지는 것까지 제어하기는 불가능할 것 같았다. 그는 온갖 경우를 가정하고 마음속으로 시험해 보았다. 하지만 신기하게도 스스로 하는 심문은 아무리 위태롭고 난데없는 발상이라도 신체적인 변화가 전혀 일어나지 않는 듯했다. 물론 미세한 변화를 측정하는 도구가 없어 확신할 수 없었지만, 신경이 흥분하지 않으면 그 결과인 신체적인 변화도 당연히 일어날 리가 없었다.

그렇게 이런저런 실험과 추측을 계속하는 동안 후키야는 불현듯 어떤 생각이 떠올랐다. 미리 연습하면 심리시험의 효과를 방해할 수 있지 않을까. 다시 말해 같은 질문에도 처음보다는 두 번째가 두 번째보다는 세 번째가 신경의 반응이 더 약해지지는 않을까 하는 것이었다. 한마디로 말해 익숙해지기로 한 것이다. 다른 여러 경우를 생각해보아도 알 수 있듯이 꽤 가능성이 있었다. 스스로의 심문에 아무 반응이 없었던 것도 결국에는 같은 이치인 듯했다. 심문을 하기 전부터 이미 예상할 수 있었기 때문이다.

그래서 그는 「지린」[49]에 있는 몇 만 단어를 하나도 빠뜨리지 않고 조사해서 질문받을 가능성이 있는 단어는 모조리 뽑아냈다. 그리고 일주일 동안 그 단어들에 대응하는 신경 '연습'을 했다.

다음은 언어를 통해 시험하는 방법이 있다. 이 역시 그렇게 겁먹을 필요는 없다. 아니 오히려 언어인 만큼 더 속이기 쉬울 수도 있다. 여기에도 많은 방법이 있는데, 가장 많이 이용되는 방법은 정신분석가들이 환자를 진찰할 때 사용하는 연상진단법이다. '장지', '책상', '잉크', '펜'같이 의미 없는 용어를 하나씩 차례로 읽어준 다음 가능한 한 빨리, 아무 생각도 하지 말고 바로 그 단어에서 연상되는 단어를 말하게 하는 방법이다. 예를 들어 '장지'라고 하면 '창'이나 '문틀', '종이', '문'과 같이 여러 단어가 연상되겠지만 아무 단어라도 상관없이 그때그때 떠오른 단어를 말한다. 그리고 그 의미 없는 단어들 사이에 '나이프'나 '피' '돈' '지갑'같이 범죄와 관련된 단어를 눈치채지 못하게 섞어놓고 그에 대한 연상반응을 조사하는 것이다.

....

49_ 辭林. 1907년 국어학자 가나자와 쇼자부로가 편집한 산세이도三省堂의 국어 사전.

우선 생각이 아주 모자란 사람이라면 노파 살인사건의 경우 '화분'이라는 단어를 듣고 무심코 '돈'이라고 대답할지도 모른다. 즉 '화분' 바닥에 있던 '돈'을 훔친 것이 가장 인상 깊기 때문이다. 결국 자신의 죄를 자백하는 셈이다. 조금 생각이 깊은 자라면 설령 '돈'이라는 단어가 떠올라도 그것을 억제하고 '도자기' 같은 대답을 할 것이다.

이런 거짓을 가려내는 방법은 두 가지가 있다. 하나는 한 차례 시험한 단어를 잠시 시간을 두고 다시 한 번 반복하는 것이다. 그 경우 자연스럽게 나온 대답은 대부분 전후가 다르지 않지만, 의도적으로 조작한 대답은 십중팔구 처음과 달라진다. 예를 들어 '화분'이라는 단어에 대해 처음에는 '도자기'라고 대답했다가 두 번째는 '흙'이라고 대답하는 식이다.

또 하나의 방법은 질문을 하고 나서 대답을 얻을 때까지의 시간을 어떤 장치로 정확히 기록하여 그 반응 속도에 따라 판단하는 것이다. 예를 들어 '장지'에 대해 '문'이라고 대답한 시간이 1초였는데 '화분'에 대해 '도자기'라고 대답한 시간이 3초나 걸렸다면(실제로는 이렇게 단순하지 않지만), '화분'에서 처음 떠올랐던 연상을 억제하느라 시간을 지체한 것으로 판단되니 그 피험자는 의심스러울 수밖에 없다. 이런 시간적 지연은 해당 단어뿐만 아니라 그 다음에 나오는 의미 없는 단어에서 일어나기도 한다.

또한 범죄 당시의 상황에 대해 자세히 이야기를 들려주고 똑같이 복창하게 하는 방법도 있다. 진범이라면 복창할 때 미세한 지점에서 무심코 자신이 들은 말이 아닌 진실을 말하기도 한다. (심리시험에 대해 아는 독자에게는 이런 번거로운 서술을 한 데 대해 사과한다. 하지만 이를 생략하면 다른 독자들 입장에서는 이야기 전체가 모호하다고 느끼기 때문에 어쩔 수 없다.)

이런 종류의 시험도 앞의 경우와 마찬가지로 당연히 '연습'이 필요하지만, 후키야의 생각으로는 그보다 더 중요한 것이 무구함이다. 쓸데없는 기교를 부리지 말아야 한다는 것이다.

'화분'이라는 말에는 오히려 노골적으로 '돈'이나 '소나무'라는 대답이 가장 안전하다고 생각하는 것이다. 그가 범인이 아닐지라도 후키야는 판사의 심문을 통해 사건에 대해 어느 정도 알게 될 터이고, 화분 바닥에 돈이 있었다는 사실은 최근에 그가 접한 가장 인상 깊은 사건이 분명하기 때문에 그런 식으로 연상 작용을 일으키는 것은 지극히 타당해보였다. (또한 이 방법이라면 현장 상황을 복창해야 하는 경우에도 안전했다.) 다만 문제는 소요시간이었다. 이 문제를 해결하기 위해서는 역시 '연습'이 필요했다. '화분'이라는 단어를 들어도 절대 헤매지 말고 '돈' 아니면 '소나무'라고 대답할 수 있게 미리 연습해둘 필요가 있었다. 그는 이 '연습'을 하느라 또 며칠을 소모했다. 마침내 모든 준비는 완전히 끝났다.

한편 그는 유리한 상황도 계산해두고 있었다. 그 상황을 고려하면 가령 예상하지 못한 심문이라도, 그리고 한발 더 나아가 예상한 질문에 불리한 반응을 보이더라도 전혀 두려워할 필요가 없었다. 왜냐하면 시험을 치러야 하는 것이 후키야 혼자가 아니었기 때문이다. 아무리 그런 일을 한 적이 없다 해도 신경이 과민한 사이토가 수많은 질문에 과연 허심탄회하게 반응할 수 있을까. 그 역시 최소한 후키야와 비슷한 수준의 반응을 보이는 것이 당연하지 않을까.

후키야는 생각할수록 점점 안심이 되었다. 어쩐지 콧노래라도 나올 것 같은 기분이었다. 이제 가사모리 판사의 호출이 기다려질 지경이었다.

5

가사모리 판사의 심리시험은 어떻게 진행되었을까. 신경질적인 사이토는 시험에 어떤 반응을 보였을까. 후키야는 얼마나 침착하게 시험에 응했을까. 그런 이야기를 구구절절하게 늘어놓는 대신 바로 결과를 이야기하겠다.

심리시험을 시행한 다음 날이었다. 가사모리 판사가 자택 서재에서 시험결과가 나온 서류를 앞에 두고 고개를 갸우뚱거리는데 아케치 고고로가 면회를 신청했다.

「D자카 살인사건」을 읽은 사람이라면 아케치 고고로가 어떤 사람인지 어느 정도 알 것이다. 그 후로도 종종 골치 아픈 범죄사건에 개입한 그는 뛰어난 재능을 발휘해서 전문가는 물론 일반인들에게도 당당히 인정받고 있었다. 가사모리 씨도 한 사건을 계기로 그와 스스럼없는 사이가 되었다.

하녀의 안내를 받은 아케치는 빙글빙글 웃으며 판사의 서재로 들어섰다. 이 이야기는 「D자카 살인사건」 이후 몇 년 후의 일이라서 그도 예전의 그 서생이 아니었다.

"무척 열심이시네요."

아케치는 판사의 책상 위를 들여다보며 말했다.

"어쩐지 이번에는 완전히 난처한 상황이 되어버렸네요."

판사가 아케치 쪽으로 몸을 돌리고 말했다.

"노파 살해사건 말씀이군요. 어떻게 나왔나요? 심리시험 결과는?"

아케치는 사건 이후 종종 가사모리 판사를 만나 자세한 상황을 듣고 있었다.

"뭐 결과만 보면 명백하죠." 판사가 대답했다.

"다만 그게 어째 저로서는 선뜻 납득이 되질 않네요. 오늘은 맥박시험과 연상진단을 해보았는데 후키야 쪽은 거의 반응이 없었습니다. 물론 맥박에서는 상당히 의심스러운 부분도 있지만, 사이토에 비하면 전혀 문제가 되지 않을 정도로 미약하거든요. 이것을 보십시오. 여기 질문사항과 맥박을 기록한 것입니다. 사이토는 정말 확실하게 반응을 보이고 있죠? 연상시험도 마찬가지였습니다. '화분'이라는 자극어에 반응한 시간만 봐도 알 수 있습니다. 후키야는 다른 무의미한 단어보다도 오히려 빨리 대답했는데 사이토는 보세요, 6초나 걸리지 않았습니까?"

판사가 보여준 연상진단 기록은 다음과 같았다.

자극어	후키야 세이치로		사이토 이사무	
	반응어	소요시간 (초)	반응어	소요시간 (초)
머리	털	0.9	꼬리	1.2
초록	파랑	0.7	파랑	1.1
물	탕	0.9	물고기	1.3
노래하다	창가	1.1	여자	1.5
길다	짧다	1.0	끈	1.2
○ 죽이다	나이프	0.8	범죄	3.1
배	강	0.9	물	2.2
창	문	0.8	유리	1.5
요리	양식	1.0	생선회	1.3
○ 돈	지폐	0.7	철	3.5
차갑다	물	1.1	겨울	2.3
병	감기	1.6	폐병	1.6
바늘	실	1.0	실	1.2
○ 소나무	분재	0.8	나무	2.3
산	높다	0.9	강	1.4
○ 피	흘리다	1.0	붉다	3.9
새 것	헌 것	0.8	기모노	2.1
싫다	거미	1.2	병	1.1
○ 화분	소나무	0.6	꽃	6.2
새	날다	0.9	카나리아	3.6
책	마루젠	1.0	마루젠	1.3
○ 기름종이	숨기다	0.8	소포	4.0
친구	사이토	1.1	말하다	1.8
순수	이성	1.2	언어	1.7
상자	책장	1.0	인형	1.2
○ 범죄	살인	0.7	경찰	3.7
만족	완성	0.8	가정	2.0
여자	정치	1.0	누이	1.3
그림	병풍	0.9	경치	1.3
○ 훔치다	돈	0.7	말	4.1

○ 표시는 범죄와 관련된 단어. 실제로는 백 단어 정도가 사용되었고, 이와 같은 것을 두세 세트 더 준비해서 차례로 시험해보았다. 위의 표는 알아보기 쉽게 간단히 정리한 것이다.

"매우 명료하군요."

판사는 아케치가 기록을 다 훑어볼 때까지 기다렸다.

"이 기록만 보면 사이토는 고의로 꾸미려 하고 있어요. 가장 확연한 것은 반응시간이 느리다는 점인데 그건 문제의 단어뿐 아니라 바로 뒤, 그리고 그 뒤의 단어에까지도 영향을 미치고 있죠. 또한 '돈'에 대해서 '철'이라고 대답을 한다든지 '훔치다'에 대해 '말'이라고 한다든지 꽤 무리한 연상을 하고 있습니다. '화분'에 대응하는 시간이 가장 길었던 것은 아마도 '돈'과 '소나무'라는 두 연상을 억제하려고 애썼기 때문이겠지요. 그에 비해 후키야는 지극히 자연스럽습니다. '화분'에 '소나무', '기름종이'에 '숨기다', '범죄'에 '살인'이라고 답했는데, 만약 범인이라면 반드시 숨겼어야 할 연상을 짧은 시간 안에 아무렇지도 않게 대답하고 있습니다. 만약 그가 살인을 저지른 당사자이면서 이런 반응을 보인 것이라면 어지간히 저능아일 겁니다. 하지만 그는 실제로 ○○대학 학생인 데다 상당한 수재거든요."

"그런 식으로도 해석할 수 있겠군요."

아케치는 애매한 대답을 했다. 판사는 그의 의미심장한 표정을 전혀 눈치채지 못한 채 말을 이어갔다.

"그게 말이죠, 이제 후키야는 더 이상 의심스러운 점이 없는 것 같긴 합니다. 그런데 또 사이토가 과연 범인일까 생각해보면, 시험 결과가 이렇게 명확한데도 도무지 확신이 들지 않는 겁니다. 예심에서 유죄판결을 내린다 한들 그것이 최종판결도 아니고, 뭐 이 정도 선에서 끝내도 되긴 합니다. 하지만 아시다시피 저는 지기를 싫어해서요. 공판에서 제 판단이 뒤집히는 건 못 참겠거든요. 그래서 사실은 아직도 망설이고 있는 형편입니다."

"이 기록들은 정말 흥미진진하네요."

아케치가 기록지를 손에 들고 이야기하기 시작했다.

"후키야와 사이토 둘 다 꽤 공부를 잘한다고 말씀하셨는데, '책'이라는 단어에 대해 두 사람 모두 '마루젠'[50]이라고 대답한 것을 보면 특성이 잘 드러나는군요. 더 재미있는 점은 후키야의 대답은 어딘지 모르게 물질적이고 이지적인 데 반해 사이토의 경우는 제법 살가운 면이 있지 않습니까? 서정적이지요. 예를 들어 '여자'나 '기모노', '꽃', '인형', '경치', '누이' 같은 대답은 굳이 말하자면 센티멘털하고 유약한 남자를 연상시키는군요. 그리고 사이토는 분명 허약한 체질입니다. '싫어하다'에 '병'이라고 대답하고, '병'에 '폐병'이라고 대답하고 있지 않습니까. 평소 폐병에 걸리지 않을까 두려워한다는 증거지요."

"그런 측면도 있습니다. 연상진단이란 것이 생각하면 할수록 여러 가지로 재미있는 판단이 나오는 법이니까요."

"그런데." 아케치는 다소 어조를 바꾸어 말했다.

"판사님은 심리시험의 약점에 대해 생각해본 적은 없으신지 요. 데 케이로스[51]는 심리시험의 제창자 뮌스터베르크의 생각을

·········

50_ 丸善. 1869년에 창업한 서점이자 문구류 판매점. 제2차 세계대전 이전 일본에 서 서양 원서를 입수할 수 있는 대표적인 서점이었다.

51_ 데 케이로스C. Bernaldo de Queirós, 1873~?. 스페인 범죄학자. 사회개혁협회

비판하면서 이 방법은 고문을 대신하기 위해 고안한 것이니만큼 고문과 마찬가지로 무고한 사람을 죄에 빠뜨리고 죄 있는 자는 사면하는 결과를 낳는다고 했습니다. 뮌스터베르크조차도 심리 시험의 진정한 효능은 용의자가 어떤 장소나 사람, 사물에 대해 아는지 모르는지를 알아내는 경우에 한해서만 결정적일 뿐, 그 외의 경우는 상당히 위험하다고 어딘가에 밝힌 적이 있습니다. 당신에게 이런 말을 하면 부처님 앞에서 설법을 하는 꼴인지도 모르지만 어쨌든 확실히 중요한 지적인 듯한데 어떻게 생각하시는지요."

"좋지 않은 경우를 생각하면 그렇겠지요. 물론 저도 알고는 있습니다."

판사는 약간 불쾌한 표정으로 대답했다.

"그런데 그런 좋지 않은 경우는 의외로 가까이 있다고 할 수 있지요. 이렇게 말씀드려 볼까요. 예를 들어 무고하지만 신경이 심하게 예민한 사람이 범죄혐의를 받고 있다고 가정해 보죠. 그 사람은 범죄현장에서 붙잡히는 바람에 범죄사실도 잘 알고 있습니다. 이 경우 그는 과연 심리시험에 아무렇지도 않게 반응할 수 있을까요? 지금 나를 시험하고 있어. 어떻게 대답하면 의심받지 않을까, 이런 생각이 들면 당연히 흥분하지 않을까요? 그러니까 그런 조건에서 진행한 심리시험이야말로 데 케이로스가 말한 '무고한 자를 죄에 빠뜨린다'에 해당하지

………
주무국 사원을 역임하면서 『근대범죄학설』, 『마드리드시의 하층생활』, 『스페인의 혈통적 범죄』 등의 저서를 남겼다.

않겠습니까?"

"사이토를 말씀하시는 거군요. 저도 어쩐지 그런 생각이 들긴
했습니다. 그래서 조금 전에도 말했다시피 아직 망설이고 있다
고 하지 않았습니까."

판사는 점차 괴로운 표정이 되었다.

"제가 가정한 대로 사이토가 무죄라면(당연히 돈을 훔친 죄는
벗지 못하겠지만) 대체 누가 노파를 죽였을까요……."

판사는 아케치의 말을 중간에 가로막고 거칠게 되물었다.

"그럼 당신은 사이토 말고 범인으로 생각하는 사람이라도
있습니까?"

"있습니다."

아케치는 빙글빙글 웃으며 말했다.

"저는 이 연상시험의 결과를 보고 후키야가 범인이라고 생각
했습니다. 뭐, 아직은 확실하지 않습니다. 그런데 그는 벌써
집으로 돌아갔겠죠? 은근슬쩍 그를 다시 여기로 부르면 어떨까
요? 그러면 제가 반드시 진상을 규명해 드리죠."

"뭡니까, 확실한 증거라도 있다는 말입니까?"

적잖이 놀란 판사가 물었다.

아케치는 우쭐대는 기색도 없이 자신의 생각을 조목조목
이야기했다. 판사는 이야기를 듣고 몹시 감탄했다. 그리고 아케
치가 원하는 대로 후키야의 하숙집으로 급히 심부름꾼을 보냈
다.

"친구 사이토 씨가 결국 유죄로 확정되었네. 그 문제로 좀

이야기할 게 있는데 번거롭지만 우리 집으로 좀 와주겠나?"

그를 호출하기 위한 전갈이었다. 후키야는 마침 학교에서 돌아오는 중이었기에 그 말을 듣자마자 부랴부랴 쫓아왔다. 제아무리 후키야라 할지라도 이 좋은 소식에는 적잖게 흥분했다. 기쁜 나머지 그곳에 무시무시한 덫이 기다리고 있다는 사실은 전혀 눈치채지 못했다.

6

가사모리 판사는 사이토를 유죄로 판단한 이유에 대해 설명하고 난 다음 이렇게 덧붙였다.

"자네를 의심해서 정말 미안하게 생각하네. 사실 오늘은 사과도 할 겸 사정을 자세히 이야기하려고 오라고 했네."

판사는 후키야를 위해 홍차를 내오라고 한 후 아주 편안한 분위기에서 잡담을 나누기 시작했다. 아케치도 이야기에 동참했다. 판사는 그를 아는 변호사라고 소개하며, 죽은 노파의 유산 상속자에게 대여금 처리를 의뢰받았다고 말했다. 물론 반은 거짓말이었지만, 친족회의 결과 시골에 있는 노파의 조카가 유산을 상속받기로 한 것은 사실이었다.

세 사람은 사이토의 거짓말을 비롯해 이런저런 화제로 대화를 나눴다. 마음을 푹 놓게 된 후키야는 그중에서도 가장 뛰어난 언변을 보였다.

어느덧 시간이 흘러 창밖으로 석양이 지고 있었다. 그것을 깨닫고 돌아갈 채비를 하면서 후키야가 말했다.

"그럼 이만 실례하겠습니다. 다른 용건은 없으신 거지요?"

"아, 깜빡 잊고 있었네."

아케치가 쾌활하게 말했다.

"뭐 별 상관없는 일이지만 마침 말이 나왔으니…….아시는지 모르겠지만 그때 살인이 일어난 방에 두 폭짜리 금병풍이 있었는데, 그 병풍에 흠집이 조금 난 게 문제가 되고 있어요. 그 병풍은 할머니 소유가 아니라 돈을 빌려주면서 저당 잡은 물건이었거든요. 원주인은 사건 당시 생긴 흠집이 틀림없으니 변상을 하라는데, 조카 역시 할머니와 마찬가지로 구두쇠더군요. 원래부터나 있던 흠집인지 누가 아느냐며 그렇게는 못하겠다고 하는 겁니다. 사실 별거 아닌 문제인데 기가 막힐 노릇이죠. 병풍은 꽤 값어치가 있는 물건 같긴 합니다. 그나저나 당신도 그 집에 자주 드나들었으니 그 병풍도 잘 아실 것 같은데요, 혹시 전에도 흠집이 있었는지 기억나십니까? 어떤가요, 병풍 같은 건 별로 주의 깊게 보지 않으셨나요? 실은 사이토에게도 물어보았는데 그 친구, 어찌나 흥분하는지 통 기억을 못하더군요. 더구나 하녀는 고향으로 돌아가 버려서 편지로 물어봤지만 무슨 말을 하는지 두서가 없어……상황이 좀 난감합니다."

병풍이 담보였다는 말은 사실이지만 나머지는 물론 다 지어낸 이야기였다. 후키야는 병풍이라는 단어에 자신도 모르게 흠칫 놀랐다.

그러나 잘 들어보니 별일도 아닌 듯해 마음을 놓았다.

'뭘 겁내고 있는 거야. 사건은 이미 다 결판이 났는데.'

그는 어떻게 대답할까 잠깐 고민했으나 지금까지와 마찬가지로 있는 그대로 말하는 것이 가장 좋은 방법이라고 생각했다.

"판사님도 잘 아시겠지만 저는 그 방에 딱 한번 들어갔습니다. 그것도 사건 이틀 전이었어요."

그는 히죽히죽 웃으며 말했다. 그렇게 말하는 것이 유쾌해서 못 견디겠는 모양이었다.

"하지만 그 병풍이라면 기억합니다. 제가 봤을 때는 분명 흠집 같은 건 없었습니다."

"그렇군요. 틀림없는 거지요? 오노노 고마치의 얼굴에 아주 작은 흠집이 있을 뿐이지만요."

"아, 그렇죠. 생각났어요." 후키야는 마치 이제야 생각났다는 듯이 말했다.

"**롯카센** 그림이었습니다. 오노노 고마치도 생각납니다. 설사 그런 흠집이 나 있었다 해도 놓쳤을 리가 없습니다. 극채색으로 된 오노노 고마치 얼굴에 흠집이 있었으면 한눈에 알아봤을 테니까요."

"그렇다면 번거로우시겠지만 증언을 해주실 수 있으신지요. 병풍 소유자가 워낙 탐욕스러워 감당이 안 되거든요."

"네, 괜찮으니 언제든지 필요할 때 부르세요."

후키야는 약간 우쭐해져서 변호사라고 믿고 있는 남자의 부탁에 응하기로 했다.

"감사합니다."

아케치는 구불구불 길게 자란 머리카락을 손가락으로 헝클면서 기쁜 듯이 말했다. 그가 흥분했을 때 하는 버릇이었다.

"사실 저는 처음부터 당신이 병풍에 관해 틀림없이 알고 있다고 생각했습니다. 어제 심리시험의 기록 중 '그림'이라는 질문에 대해 당신은 특이하게 '병풍'이라고 대답하셨더군요. 이거 말입니다. 하숙집에 병풍까지 갖춰놓지 않았을 테고, 사이토 말고는 친한 친구도 별로 없는 듯한데 이런 대답을 한 건 결국 노파 집의 병풍이 어떤 이유든 특별히 깊은 인상을 남겼기 때문이라고 생각했거든요."

후키야는 적잖이 놀랐다. 분명 변호사의 말 그대로였다. 그렇지만 어째서 어제 병풍이라는 말이 입에서 나온 것일까. 게다가 지금까지 그걸 전혀 깨닫지 못하고 있었다니 이상했다. 좀 위험한 것 아닌가. 하지만 어떤 점이 위험한가. 그때 그 흉집을 샅샅이 살펴서 확실한 단서가 되지 않을지 확인했어야 했다. 아니다, 괜찮다. 아무 일도 아니다. 그는 한 번 더 생각한 다음 겨우 안심할 수 있었다.

사실 그는 더 이상 명백할 수 없는 크나큰 실수를 했다는 사실을 전혀 깨닫지 못했다.

"그렇군요, 저는 전혀 깨닫지 못했는데 확실히 말씀하신 그대로네요. 관찰력이 아주 예리하십니다."

후키야는 어디까지나 무기교주의를 잊지 않고 태연하게 대꾸했다.

"아닙니다. 우연히 발견했습니다."

변호사를 가장한 아케치가 겸손하게 말했다.

"그런데 실은 깨달은 게 하나 더 있습니다. 아뇨아뇨, 전혀 걱정하실 만한 건 아닙니다. 어제 연상시험 중에는 위험한 단어가 여덟 개 포함되어 있었는데 당신은 그걸 정말 완벽하게 패스했습니다. 사실 너무 완벽할 정도였죠. 조금이라도 켕기는 구석이 있었으면 그렇게는 못했을 텐데요. 여기 동그라미 표시가 그 여덟 개 단어입니다. 이겁니다."

아케치는 기록지를 보여주었다.

"그런데 당신이 이 단어들에 대해 반응한 시간은 다른 의미 없는 단어보다도 모두 조금씩 빨랐습니다. 아주 근소한 차이긴 하지만요. 예를 들어 '화분'에 대해 '소나무'라고 대답한 시간은 고작 0.6초밖에 되지 않았어요. 아주 보기 드물게 순진무구하네요. 이 서른 단어 중 가장 쉽게 연상할 수 있는 것은 '초록'이나 '파랑' 같은 단어일 텐데 당신은 그조차도 0.7초가 걸렸습니다."

후키야는 몹시 불안해지기 시작했다. 이 변호사는 대체 무엇 때문에 이렇게 쓸데없이 말을 많이 하는 걸까.

호의일까, 아니면 악의일까. 뭔가 심오한 저의가 있는 것은 아닐까. 그는 온 힘을 다해 그 의미를 찾으려 했다.

"'화분'이라든지 '기름종이', '범죄' 같은 이런 여덟 단어는 '머리'라든가 '초록' 같은 평범한 단어보다 더 빨리 연상하기란 절대 쉽지 않습니다. 그런데도 당신은 어려운 연상을 해야 하는 단어에 오히려 더 빨리 답했습니다. 이것은 무슨 의미일까요.

제가 발견했다는 부분이 바로 이 부분입니다. 어디 당신의 심정을 한번 맞춰볼까요? 어떤가요, 그냥 재미로 하는 건데요. 만약 제가 틀렸다면 사과드리죠."

후키야는 부르르 떨었다. 하지만 무엇 때문인지 자신도 깨닫지 못했다.

"당신은 심리시험이 위험하다는 걸 알고 미리 준비했던 것 아닐까요. 범죄와 관계있는 단어에 대해서 이렇게 물으면 이렇게 대답한다고 복안을 마련해 놓았겠죠. 아니, 저는 결코 당신의 방법을 비난하는 건 아닙니다. 실제로 심리시험은 경우에 따라서 매우 위험합니다. 죄가 있는 자를 사면해주고 무고한 자를 죄에 빠뜨릴 가능성이 없다고 단언할 수 없기 때문이죠. 그런데 준비가 너무 철저했나 봅니다. 물론 그렇게 빨리 대답할 생각은 아니었겠지만 그 단어들만 빠르게 반응해 버렸더군요. 확실히 엄청난 실패죠. 당신은 오로지 느리게 반응할까 걱정해서 너무 빨라도 위험하기는 마찬가지라는 것을 전혀 깨닫지 못했습니다. 물론 이건 아주 근소한 시간차였으니 어지간히 주의력이 뛰어난 관찰자가 아니라면 그냥 놓쳐버렸을 테지만요. 좌우지간 일부러 꾸민 일은 결국 어그러지게 마련이죠."

아케치가 후키야를 의심한 논거는 오직 이 한 가지였다.

"하지만 당신은 왜 '금'이나 '살인', '숨기다'와 같이 혐의를 받기 좋은 단어만 골라서 대답했을까요. 말할 필요도 없겠죠. 그것이 바로 당신의 무구함을 증명한다고 생각했을 테니까요. 만약 당신이 범인이었다면 '기름종이'라고 물을 때 '숨기다'라는 대답은 하지 않았을 겁니다. 그러니까 그런 위험한 단어를 아무렇지도 않게 꺼낼 수 있다는 것은 전혀 양심의 가책을 느낄 만한 일이 없다는 증거겠죠. 그렇지 않습니까, 내 말이 맞죠?"

후키야는 아케치의 눈을 물끄러미 바라보고 있었다. 어떻게 된 영문인지 눈을 돌릴 수 없었다. 그리고 코에서부터 입 주변까지 근육이 경직되었다. 울 수도 웃을 수도 놀랄 수도 없었다. 그는 어떤 표정도 지을 수 없었다.

물론 입도 뻥긋할 수 없었다. 만약 무리하게 말을 한다면 그 말은 즉시 공포에 찬 비명으로 변할 것 같았다.

"이런 무구함, 그러니까 잔재주를 부리지 않는다는 것이 당신의 두드러진 특징입니다. 저는 그걸 파악했으니까 그 질문을 한 것입니다. 이제 아시겠습니까? 병풍 말입니다. 저는 물론 당신이 순진무구하게 있는 그대로 대답해줄 거라고 믿어 의심치 않았습니다. 실제로 그랬고요. 가사모리 씨에게 질문이 있는데, 문제의 롯카센 병풍은 언제 노파의 집에 들여온 건가요?"

아케치는 시치미를 떼고 판사에게 물었다.

"살인사건 전날입니다. 그러니까 지난달 4일이죠."

"어, 전날이라고요? 그게 정말입니까? 이상하지 않습니까? 방금 후키야 군은 사건 전전날, 즉 3일에 노파의 방에서 병풍을 보았다고 분명히 말했는데요. 말도 안 됩니다. 둘 중 한쪽이 잘못 알고 있는 건가요?"

"후키야 군이 뭘 착각하고 있는 거지요."

판사가 히죽히죽 웃으며 말했다.

"4일 저녁때까지 그 병풍이 원소유자의 집에 있었던 것은 확실합니다."

아케치는 흥미진진한 얼굴로 후키야의 표정을 관찰했다. 후키야는 마치 금방이라도 울음을 터뜨릴 듯한 소녀처럼 얼굴이 이상하게 일그러졌다. 아케치가 처음부터 계획한 덫이었다. 사건 이틀 전에는 노파의 집에 병풍이 없었다는 말을 판사에게 들어 알고 있었던 것이다.

"거참 난처하게 되었네요."

아케치는 짐짓 난처한 목소리로 말했다.

"이미 돌이킬 수 없는 큰 실책입니다. 왜 당신은 보지도 않은 것을 보았다고 말했습니까? 사건 이틀 전부터는 그 집에 가신 적이 없어야 하는 거 아닌가요? 특히 롯카센 그림을 기억한 것은 치명적이었습니다. 당신은 사실대로 말하려다가 그만 거짓말을 하고 말았던 겁니다, 그렇죠? 사건 이틀 전에 그 방에 들어갔을 때 병풍이 있는지 주의해서 보셨습니까? 물론 신경 쓰지 않았을 겁니다. 사실 병풍은 당신의 계획과는 아무런 관계가 없었으니까요. 만약 병풍이 있었다 해도, 아시다시피 그건 낡고 빛이 바랜 물건이라 다른 여러 세간 중에서 특별히 눈에 띌 이유가 없었습니다. 하지만 사건 당일 본 병풍이 이틀 전에도 그곳에 똑같이 있었을 거라는 추측은 지극히 자연스럽지요. 게다가 내가 그런 생각이 들게끔 질문했으니까요. 일종의 착각 같은 것인데 가만 생각해보면 일상다반사이긴 합니다. 그러나 여느 범죄자였다면 결코 당신처럼 대답하지 않았을 겁니다. 보통 무조건 숨기기만 하면 된다고 생각하기 때문이죠. 저는 마침 운이 좋았죠. 당신은 여느 판사나 범죄자보다 열 배 스무 배는 뛰어난 머리를 가졌어요. 그러니까 당신은 급소만 건드리지 않으면 되도록 솔직하게 말하는 편이 오히려 안전하다는 신념을 가지고 있었습니다. 상대가 허를 찌르려 하니 그걸 역이용한 거죠. 그래서 저도 그걸 또 역이용해 보았습니다. 설마 이 사건과 아무 관계도 없는 변호사가 당신에게 자백을 받아내려고 덫을 놓았을 거라고는 상상조차 못했을 테니까요. 하하하하하."

새파랗게 질려 이마가 온통 땀으로 흠뻑 젖은 후키야는 아무 말도 못하고 꼼짝 않고 있었다. 이렇게 된 이상 변명할수록 허점이 드러날 뿐이라고 생각했다. 머리가 좋은 만큼 자신의 실언이 얼마나 설득력 있는 자백이었는가를 잘 알고 있었다. 그의 머릿속에는 이상하게도 어린 시절부터 지금까지의 일들이 주마등처럼 어지럽게 나타났다가 사라졌다.

긴 침묵이 이어졌다.

"들리십니까?" 아케치가 잠시 후 말했다. "사각사각하는 소리가 나지요? 아까부터 옆방에서 우리의 대화를 받아 적는 소리입니다……. 이제 그만 충분하니 그걸 여기로 가지고 오시겠습니까?"

맹장지가 열리더니 서생처럼 보이는 남자가 종이다발을 들고 들어왔다.

"그걸 한번 읽어주십시오."

아케치의 지시에 따라 그 남자는 처음부터 낭독했다.

"그럼 후키야 군, 여기 서명하고 지장이라도 괜찮으니까 찍어 주세요. 설마 싫다고는 안 하겠지요. 아까 병풍 관련해서라면 언제든 증언하겠다고 약속하지 않았습니까? 물론 이런 식의 증언일 줄은 상상하지 못했겠지만요."

후키야는 이제 와서 서명을 거부해도 아무 소용이 없다는 것을 잘 알고 있었다. 그는 아케치의 놀랄 만한 추리를 인정한다는 의미까지 더해 서명을 날인했다. 그리고 이제 만사를 다 포기한 사람처럼 고개를 푹 숙였다.

"아까도 말씀드린 대로."

아케치는 마지막으로 설명했다.

"뮌스터베르크는 심리시험의 진정한 효능은 용의자가 어느 장소, 사람, 또는 사물에 대해 알고 있는지 여부를 시험할 경우에만 결정적이라고 했습니다. 이번 사건의 경우는 후키야 군이 병풍을 보았는지 여부가 그에 해당했지요. 이 문제가 아니었다면 백날 심리시험을 해봐야 소용없었을 겁니다. 어찌 되었건 상대는 후키야 군같이 모든 것을 예상해서 치밀하게 준비한 사람이기 때문이죠. 그리고 한 가지 더 말씀드리고 싶은 것은 심리시험은 반드시 책에 나온 대로 일정 자극어를 사용하고 일정 기계를 준비해야 할 수 있는 것이 아니라 지금 제가 직접 실험해보인 것처럼 지극히 일상적인 대화를 통해서도 충분히 가능합니다. 예로부터 명판사들, 이를테면 오오카 에치젠노카미와 같은 사람들은 스스로는 몰랐겠지만 최근 심리학이 발명한 방법을 제대로 활용했으니까요.”

천장 위의 산책자

屋根裏の散歩者

1925년 8월 『신청년』 하계증간호에 발표되었다. 세상에 대한 무료함을 견디지 못해 범죄에 매혹된 고다 사부로의 범죄행각에 중점을 둔 도서추리倒叙推理. 타인의 비밀을 마음대로 엿볼 수 있는 천장 위의 세계에서 자신의 범죄를 완성시키려 하는 고다 사부로는 에도가와 란포 소설에 자주 등장하는 '고등유민'의 전형으로, 외딴섬에 이상향을 구축하려 하는 『파노라마섬 기담』(1927)의 히토미 히로스케와도 겹쳐진다. 작품 속의 연대는 1923년 봄으로 추정된다.

1

　그것은 아마 일종의 정신병이었는지도 모릅니다. 고다 사부로郷田三郎는 유희든 직업이든 무엇을 하더라도 이 세상이 재미없었습니다.

　학교를 졸업한 후—— 학교라고 해도 출석한 날은 손에 꼽을 수 있을 정도로 얼마 되지 않았지만—— 할 수 있는 일은 닥치는 대로 다 해보았습니다. 하지만 일생을 바쳐도 되겠다 싶은 일은 아직 한번도 만나지 못했습니다. 어쩌면 이 세상에 그를 만족시킬 만한 직업 같은 건 존재하지 않는지도 모릅니다. 길어야 일 년, 짧으면 한 달 남짓 그는 이 직업 저 직업을 전전했습니다. 하지만 결국 포기했는지 요즘에는 더 이상 새로운 일자리조차 찾지 않고, 말 그대로 아무것도 하지 않으며 무료하게 하루하루를 보냈습니다.

유희도 마찬가지였습니다. 카드, 당구, 테니스, 수영, 등산, 바둑, 장기, 하물며 각종 도박에 이르기까지 여기에는 미처 다 쓸 수 없을 정도로 유희란 유희는 하나도 빼놓지 않고 다 해보았습니다. 심지어 오락백과전서 같은 책까지 사들고 찾아다 녔지만 직업과 마찬가지로 흡족한 것을 찾지 못하고 언제나 실망으로 끝나기 일쑤였습니다. 하지만 이 세상에는 '여자'와 '술'이라는, 인간이라면 평생 질리지 않을 엄청난 쾌락이 있지 않느냐, 분명 그런 말씀을 하시는 분도 계실 줄 압니다. 하지만 이상하게도 우리의 고다 사부로는 그 두 가지에는 흥미를 보이지 않았습니다. 술은 체질에 맞지 않는지 한 방울도 마시지 않았으며, 여자의 경우는 물론 그런 욕망이 없는 것은 아니었습니다. 실제로 여자들과도 어지간히 놀아보았지만 그것 또한 인생의 희열을 느낄 정도는 아니었던 모양입니다.

'이런 따분한 세상에서 오래 살기보다는 차라리 죽어버리는 편이 낫겠다.'

그는 걸핏하면 그런 생각을 했습니다. 그랬던 그도 본능적으로 목숨이 귀한 것은 아는지 죽는다는 말을 입에 달고 다녔지만 스물다섯이 된 이날까지 결국 죽지 않고 삶을 연명하고 있습니다.

부모님이 매달 돈을 부쳐주었기 때문에 그는 직업이 없어도 생활이 곤란하지는 않았습니다. 어찌 보면 그런 안정감이 그를 이렇게 제멋대로인 사람으로 만들었는지도 모릅니다. 그래도 그 생활비 덕분에 그나마 조금이라도 재미있게 살아보려고 애쓰는 듯했습니다. 예를 들어 새로운 직업이나 유희를 찾는 것과 마찬가지로 뻔질나게 숙소를 옮기는 것도 그런 이유였습니다. 좀 과장하자면 그는 도쿄의 하숙집을 한 곳도 빼놓지 않고 다 알고 있었습니다. 보름이나 한 달만 지나면 바로 다른 하숙집으로 거처를 옮겼기 때문입니다. 물론 그 사이사이 방랑자처럼 여행을 하기도 했습니다. 또는 깊은 산속에 들어가 신선놀음을 한 적도 있었습니다. 하지만 도시가 익숙한 그는 한적한 시골에는 오래 머물지 못했습니다. 잠시 여행을 떠났다가도 어느새 도시의 등불과 번잡함에 홀리기라도 한 듯이 도쿄로 돌아왔습니다. 그리고 당연하다는 듯이 그때마다 하숙집을 옮겼습니다.

최근에 옮긴 도에칸東栄館이라는 하숙집은 아직 벽도 채 마르지 않은 신축건물이었는데, 그는 여기에서 기막힌 희열을 발견하게 됩니다. 그리고 지금부터 할 이야기는 이 발견과 연관된 살인사건이 주제입니다. 하지만 그 이야기를 하기 전에 주인공인 고다 사부로가 아마추어 탐정 아케치 고고로 —— 아마 이이름은 아시겠지요—— 와 알게 된 이후에 과거에는 전혀 인지하지 못했던 '범죄'를 어떻게 흥미의 대상으로 여기게 되었는지부터 먼저 이야기하겠습니다.

두 사람은 한 카페에서 우연히 만난 것을 계기로 알게 되었습니다. 사부로와 동행했던 친구가 아케치와 아는 사이여서 아케치를 소개받은 것입니다. 사부로는 아케치의 총명해 보이는 용모와 말투, 몸놀림 등에 완전히 매료되었습니다. 그 후 그는 아케치를 자주 찾아갔고 때로는 아케치가 그의 하숙집에 놀러올 정도로 친해졌습니다. 아케치의 경우 어쩌면 사부로의 병적인 성격이—— 일종의 연구 소재로서—— 흥미로웠을지 모르지만 사부로는 아케치가 이야기해주는 매력적인 범죄담犯罪談을 듣는 것이 그저 재미있었을 따름입니다.

예를 들면, 동료를 살해해서 그 시체를 실험실 아궁이에 넣고 재로 만들려고 했던 웹스터 박사,[52] 여러 나라 언어에 통달하여 언어학적 대발견을 한 살인자 유진 아람,[53] 보험금을 노린 살인마이면서 동시에 뛰어난 문예평론가이기도 한 웨인라이트,[54] 어린아이의 엉덩잇살을 달여 처남의 문둥병을 치유하려 했던 노구치 오사부로,[55] 숱한 여자들을 아내로 맞이하여 차례로

....

52_ 존 웹스터John Webster, 1793~1850. 매사추세츠공대 교수. 화학 및 광물학 전공. 조지 파크먼 교수를 빚 때문에 살해하고 시체를 연구실 보일러에 소각했다. 1850년 교수형에 처해졌다.

53_ Eugene Aram1704~1759. 영국 살인범. 요크셔 고스웨스트 학교 교장이면서 절도와 장물매매를 행했다. 윌리엄 하우스만과 공모하여 다니엘 클라크를 살해하고 200파운드를 빼앗아 14년간 도주생활을 하면서 학생들에게 라틴어를 가르쳤다. 요크에서 교수형에 처해졌다.

54_ 토마스 G. 웨인라이트Thomas Griffiths Wainewright, 1794~1847. 문예평론가로 활약하며 찰스 램, 워즈워드 등과 교류했다. 조부를 독살해서 재산을 상속받았다. 보험금을 노리고 장모와 처제 이외에도 두 명을 더 독살하였지만 보험금을 타내는 데는 실패했다. 1831년 체포되었으며 문서위조죄로 종신형을 선고받았다. 호주 타스마니아섬에서 사망했다.

55_ 野口男三郎1880~1908. 1902년에 일어난 미제 살인사건의 유력 용의자. 초등학생 가와이 소스케가 살해당해 둔부살이 도려진 채 도쿄 고지마치구에서 발견되었다. 사건 당시 둔부살이 흥분제로서 약효가 있다는 미신 때문에 벌어진 범죄라는 설이 있었지만 사건은 표류했다. 사건이 다시 표면화된 것은 1905년 약방 주인을 살해한 노구치 오사부로가 체포되면서부터였다. 노구치 오사부로는 약방 주인 살해 용의 외에도 한센병에 걸린 처남에게 둔부살을 끓여 먹이기 위해 가와이를 살해하였고, 처와 이혼하게 되자 처남도 살해하였다는 혐의를 받았다. 세 건은 모두 기소되었으나 둔부 사건과 처남

죽인 속칭 푸른 수염의 사나이 앙리 랑드뤼[56]나 암스트롱[57]의 잔혹한 범죄담이 따분하기 짝이 없었던 고다 사부로를 얼마나 기쁘게 해주었는지 모릅니다. 아케치의 뛰어난 언변을 듣고 있노라면 그런 범죄 이야기가 아주 매력적으로, 마치 현란한 극채색 두루마리 그림처럼 사부로의 눈앞에 생생히 떠오르는 듯했습니다.

아케치를 알고 난 후 두세 달 동안 사부로는 세상의 무료함을 완전히 잊은 듯했습니다. 그는 범죄 관련 서적들을 잔뜩 사들여서 매일같이 탐독했습니다. 그런 서적 중에는 호프만,[58] 가보리오,[59] 부아고베,[60] 그리고 여러 탐정소설들이 섞여 있었습니다.

'아, 세상에는 아직 이렇게 재미있는 것들이 있구나.'

그는 책의 마지막 페이지를 덮을 때면 그런 생각을 하며

....

살해 사건은 증거불충분으로 무죄, 약방 주인 살해는 유죄로 선고되어 결국 사형에 처해졌다.

56_ 앙리 D. 랑드뤼Henri Désiré Landru, 1869~1922. 다수의 여성을 유혹해 별장에 끌고 가서 금품을 빼앗고 살해한 후 시체를 소각하는 강도 살인범. 피해자 수가 200명 이상에 달한다. 1919년 체포되어 1922년 사형에 처해졌다.

57_ 허버트 R. 암스트롱Herbert Rowse Armstrong, 1869~1922. 영국의 퇴역 소령이 자 변호사. 1920년 아내에게 비소를 먹여 독살하고 다음 해 업무상 라이벌인 마틴 변호사도 살해하려 했으나 미수에 그쳤다. 1922년 교수형을 언도받았다.

58_ E. T. A. 호프만Ernst Theodor Amadeus Hoffman, 1776~1822. 독일 로망파 대표작가로 오펜바흐의 오페라 「호프만 이야기」의 원작자.

59_ 에밀 가보리오Émile Gaboriau, 1832~1873. 1863년 『르루주 사건』이 신문에 게재되어 큰 반향을 일으킨 후 『오르시발의 범죄』(1867), 『서류 113호』, 『르콕 탐정』(1869) 등을 발표한 프랑스 소설가.

60_ 포르튀네 뒤 부아고베Fortuné du Boisgobey, 1821~1891. 대표작 『철가면』 (1878)을 비롯하여 『죄수 대령』(1872), 『신 파리의 비밀』(1876) 등이 높은 판매부수를 기록하면서 에밀 가보리오와 함께 19세기 프랑스 대중작가로서 입지를 굳힌다.

안도의 한숨을 쉬었습니다. 그리고 가능하다면 자신도 그런 범죄 이야기의 주인공처럼 현란한 유희를 펼쳐보고 싶다는 아주 그릇된 생각까지 하게 되었습니다.

하지만 그런 사부로라도 역시 법적으로 죄인이 되는 것만은 아무리 생각해도 싫었습니다. 그는 부모나 형제, 친척, 지인들이 느낄 비탄과 모욕을 무시하면서까지 쾌락에 몰입할 용기는 없었습니다. 책을 보니 아무리 교묘한 범죄라도 반드시 어딘가는 어긋나서 그것이 범죄 발각의 단서가 되었습니다. 특별한 경우를 제외하고는 평생 경찰의 눈을 피해서 사는 것도 불가능해 보였습니다. 그는 오직 그것이 두려웠습니다. 그의 불행은 세상만사에 흥미를 느끼지 못하면서 하필이면 '범죄'에 이루 말할 수 없는 매력을 느낀다는 것이었습니다. 또한 그보다 더 큰 불행은 범죄가 발각되는 것이 두려워 그런 '범죄'를 저지르지 못한다는 것이었지요.

그는 구해 놓은 책들을 다 훑고 나서 일단 '범죄자' 흉내를 내보았습니다. 단지 흉내를 내는 것이니 물론 처벌을 두려워할 필요는 없겠죠. 예를 들면 이런 것입니다.

그는 한참 전에 싫증났던 아사쿠사浅草가 다시 흥미롭게 느껴졌습니다. 장난감 상자를 죄다 쏟아놓고 그 위에 아주 강렬한 색의 그림물감을 뚝뚝 떨어뜨려 놓은 듯한 아사쿠사 유원지는 범죄애호자들에게 더할 나위 없는 무대였던 것입니다. 그는 아사쿠사로 가서 활동사진관 사이에 있는, 겨우 한 사람만 통과할 수 있는 좁고 어두운 골목길을 어슬렁거렸습니다. 여기에도 이렇게 한적한 곳이 있나 의아할 정도로 텅 비어 있는 공동변소 뒤편 공터 같은 곳도 배회했습니다. 범죄자가 무리와 접선할 때 하는 것처럼 백묵으로 주변 벽에 화살표를 그리며 돌아다녔고, 자신이 소매치기라도 된 양 부자처럼 보이는 사람을 보면 끝까지 미행하기도 했습니다. 또한 묘한 암호문을 적은 종이쪽지를—쪽지에는 언제나 무시무시한 살인과 관련된 일들이 적혀 있었죠—공원 벤치의 나무판 사이에 끼워두고 나무 그늘에 숨어 누군가 쪽지를 발견할 때까지 기다리기도 했습니다. 그 밖에도 이와 비슷한 다양한 유희들을 실행해 보며 남몰래 즐거워했습니다.

또한 종종 변장을 하고 이 동네 저 동네를 돌아다니기도 했습니다. 노동자가 되었다가 거지도 되고 학생도 되어 보았는데 그중에서도 그의 병적인 성향을 만족시키기에는 여장만 한 것이 없었습니다. 그는 여장을 하기 위해 옷이나 시계를 팔아치우고 그 돈으로 여자의 가발과 헌옷을 사 모았습니다. 그리고 오랜 시간 공들여 자신이 좋아하는 취향의 여자로 변장한 후에 외투를 머리끝까지 뒤집어쓰고 밤늦게 하숙집을 나섰습니다. 적당한 장소를 찾아 외투를 벗고 때로는 한적한 공원을 어슬렁거렸으며, 때로는 상영이 끝날 즈음 활동사진관에 들어가 일부러 남자들 좌석에 섞여 앉아서 기어이 음란한 장난을 치기도 했습니다. 복장으로 인한 착각 때문인지 자신이 사악한 달기 오햐쿠[61]나 이무기 오요시[62] 같은 악녀라도 된 듯이 여러 남자들을 자유자재로 희롱하는 모습을 상상하며 기뻐했습니다.

범죄 흉내는 어느 정도 그의 욕망을 충족시켜 주었고 때로는 재미있는 사건을 일으키기도 해서 당장은 충분히 위로가 되었습니다. 하지만 흉내는 어디까지나 흉내라서 위험하지 않은 만큼 —— 관점에 따라서는 '범죄'의 매력이야말로 바로 그 위험성에 있다고 할 수 있기 때문에 —— 흥미 역시 떨어지기 마련이라서 그에게 언제까지나 주체할 수 없는 기쁨을 선사할 위력은 없었습니다. 기껏 세 달밖에 지나지 않았는데 그는 벌써 이런 유희에서 관심이 멀어졌습니다. 그리고 그토록 매력적이던 아케치와도 점점 소원한 사이가 되었습니다.

2

지금까지의 이야기를 통해 독자들께서는 고다 사부로와 아케치 고고로의 친분 관계나 사부로의 범죄애호증 같은 문제에 대해 이해하셨을 테니, 이제 본 주제로 돌아가 도에칸이라는 새 하숙집에서 고다 사부로가 어떤 유희를 발견했는지 말씀드리겠습니다.

....
61_ 에도 후기 강담이나 실록물에서 악독한 요부로 자주 등장하는 오햐쿠는 교토 기온의 유녀 출신으로 아키타 소동秋田騒動에도 휘말리는 등 파란만장한 삶을 살았다. 중국의 대표적인 악녀 달기에 비유된다.
62_ 에도시대 악녀로 유명하며 그녀를 소재로 가부키가 만들어지기도 했다. 주군을 위해 몸을 팔았지만 남편은 살해당하고 돈은 빼앗긴다. 그 후 악녀로 변신하여 남편의 원수를 갚는다.

사부로는 도에칸 공사가 끝나기 무섭게 첫 번째로 이사했습니다. 그가 아케치와 교류하던 시절로부터는 일 년이 훌쩍 지났을 때였죠. 이미 '범죄' 흉내에 전혀 흥미를 느끼지 못하던 때였지만 그렇다고 그걸 대체할 만한 다른 유희도 찾지 못했기 때문에 그는 매일매일 따분하고 긴 시간을 주체하지 못했습니다. 도에칸으로 이사하니 당장은 새로운 친구도 생기고 기분도 전환되는 듯했으나 인간이란 본디 극도로 따분한 존재 아니겠습니까. 어디를 가보아도 모두 비슷한 생각을 비슷한 표정과 비슷한 말로 그저 반복적으로 표출할 뿐이었습니다. 모처럼 하숙집을 바꾼 관계로 새로운 사람들을 만날 수 있었지만 일주일도 지나지 않아 그는 다시 끝없는 권태 속으로 빠져들었습니다.

도에칸으로 이사한 지 열흘쯤 지난 어느 날이었습니다. 그는 너무 따분한 나머지 문득 이상한 생각이 들었습니다.

그의 방—이층이었습니다—은 싸구려 장식단 옆의 1간이 벽장이었는데, 그 내부는 벽장보다 더 견고해 보이는 선반이 중간에 가로놓여 칸이 나뉘어 있었습니다. 아래 칸에는 고리짝 몇 개를 넣어두고 위 칸에는 이불을 넣을까 했으나, 매번 이불을 꺼내서 방에 펴는 대신 침대처럼 항시 선반에 쌓아두고 그 위에서 잠을 자도 괜찮을 것 같았습니다. 예전에 살던 하숙집 벽장에도 비슷한 선반이 있기는 했지만 벽이 매우 더러웠고 천장에는 거미줄이 쳐져 있어서 그 안에서 잠을 자고 싶은 적은 없었습니다. 하지만 이곳은 신축건물이라 벽장이 무척 깨끗하고 천장도 새하얀 데다 누런 칠을 해놓은 벽도 얼룩

하나 없이 매끄러웠습니다. 게다가 선반의 만듦새 때문인지 전체적인 분위기가 배에 설치된 침대 같아 묘하게 그 위에서 한번 자보고 싶다는 유혹이 느껴졌습니다.

그는 당장 그날 밤부터 벽장 속에서 잠을 잤습니다. 이곳 하숙집은 방마다 안에서 문을 잠글 수가 있어 하녀가 무단으로 들어올 수 없었기에 그는 안심하며 기행을 계속할 수 있었습니다. 그곳에서 잠을 자보니 생각보다 기분이 더 좋았습니다. 이불 넉 장을 쌓아놓고 그 위에 사뿐히 드러누워 바로 2자 앞의 천장을 바라보고 있노라면 꽤 특별한 감흥이 느껴졌습니다. 벽장문을 모두 단단히 닫고 그 사이로 스며들어 오는 실낱같은 전등 빛을 보고 있으면 자신이 탐정소설 속 인물이라도 된 듯 유쾌했습니다. 또 그 모습을 실눈으로 바라보노라면 자신의 방인데도 마치 도둑이 타인의 방을 엿보는 기분이라서 이런저런 격정적인 장면을 상상해보는 것도 흥미로웠습니다. 때로는 낮부터 벽장에 들어가 다다미 1조 크기의 직사각형 상자 속에서 그토록 좋아하는 담배를 뻐끔뻐끔 피우며 부질없는 망상에 잠기기도 했습니다. 그럴 때는 마치 벽장 안에 화재가 난 것처럼 꽉 닫힌 벽장문 틈으로 하얀 연기가 엄청나게 새어 나왔습니다.

그런데 같은 기행을 2~3일 반복하다 보니 그의 관심이 또 묘한 데로 향하는 것이었습니다. 싫증을 잘 내는 그답게 사흘쯤 지나자 이미 벽장 침대에도 흥미를 잃고 손이 닿는 대로 천장 합판이나 벽에 하릴없이 낙서나 하고 있었는데 문득 눈에 띈 것이 있었습니다. 머리 바로 위에 있던 천장 합판이 못을 박는 걸 빠뜨렸는지 덜렁덜렁 움직이는 것처럼 보였습니다. 어찌할까 생각하다가 합판을 힘껏 밀어 올려보니 위쪽으로 쉽게 들렸습니다. 그건 그렇다 해도 못으로 고정된 곳이 없는데 손을 떼면 마치 용수철 장치같이 원위치로 되돌아가는 것이 이상했습니다. 아무래도 누군가 위에서 누르고 있는 것처럼 느껴졌습니다.

혹시 이 천장 합판 위에 생명체, 이를테면 커다란 구렁이 같은 것이 있을지도 모른다고 생각하니 사부로는 갑자기 기분이 섬뜩해졌습니다. 하지만 그대로 줄행랑치는 것도 석연치 않아서 천장 합판을 더 힘껏 밀어보았더니 묵직한 느낌인 데다 합판이 움직일 때마다 뭔가 드르륵 드르륵 구르는 듯한 둔탁한 소리가 나는 것 아니겠습니까. 점점 이상했습니다. 그는 눈을 딱 감고 힘을 실어 천장 합판을 밀어젖혔습니다. 바로 그 순간 쿵쾅 소리와 함께 위에서 뭔가 떨어졌습니다. 사부로가 재빨리 한쪽 구석으로 몸을 피해 다행이었지 만약 그 자리에 그대로 있었으면 그 물체에 맞아 크게 다쳤을 것입니다.

"뭐야, 별거 아니잖아."

떨어진 물체가 기괴한 것이기를 적잖이 기대했지만 너무 시시한 것이라서 기가 막혔습니다. 채소절임용 누름돌보다 좀 작은 돌덩이였던 것입니다. 생각해보면 그리 이상한 일도 아니었습니다. 전기기사가 천장 위로 올라가는 통로를 만들기 위해 일부러 천장 합판을 한 장 빼놓으면서 부스러기 같은 것이 벽장 안으로 떨어질까 봐 돌덩이로 눌러놓았던 것입니다.

정말 어처구니없는 희극 같았습니다. 하지만 그 희극을 계기로 고다 사부로는 엄청난 유희거리를 발견하게 됩니다.

그는 잠시 자신의 머리 위에 동굴 입구처럼 뚫려 있는 천장을 바라보던 중에 아니나 다를까 특유의 호기심이 발동했습니다. 도대체 천장 위는 어떻게 생겼을까 궁금해져 그는 조심스럽게 천장에 머리를 집어넣고 사방을 둘러보았습니다. 때마침 아침이라 지붕 위로 햇살이 따갑게 내리쬐는지 무수히 많은 지붕 틈새로 가느다란 햇살이 탐조등 불빛처럼 빈 공간을 비추고 있었기 때문에 뜻밖에도 천장 위는 밝았습니다.

우선 그의 눈에 띈 것은 마룻대였습니다. 마룻대는 천장을 세로로 길게 가로지르고 있어 마치 굵고 구불구불한 뱀처럼 보였습니다. 아무리 밝다고 해도 천장 위였기에 그렇게 멀리까지는 시야가 확보되지 않은 데다가 세로로 긴 건물이었기에 마룻대는 정말 길어보였습니다. 실제로도 길긴 했지만 반대편이 부옇게 보일 정도로 끝없이 뻗어 있는 것처럼 보였습니다. 또한 마룻대의 직각 방향으로는 뱀으로 치면 갈비뼈나 다름없는 들보가 양쪽 지붕의 경사면을 따라 무척 많이 돌출해 있었습니다. 이미 그것만으로도 꽤 웅장한 풍경이었지만 들보에는 천장을 지탱하기 위한 가는 봉이 무수히 많이 매달려 있어 마치 종유굴鐘乳窟 속에 들어온 듯한 감흥마저 들었습니다.

"멋지군."

사부로는 일단 천장 위를 둘러보고 나서 무심코 중얼거렸습니다. 병적인 그는 세상 사람들의 보편적인 흥미에는 관심이 없고 보통 사람들이 하찮게 보는 것들에서 말할 수 없는 매력을 느꼈습니다.

그날부터 그는 '천장 위의 산책'을 시작했습니다. 틈이 나는 대로 밤낮없이 도둑고양이처럼 발소리를 죽이고 마룻대와 들보 밑을 걸었습니다. 다행히 지은 지 얼마 되지 않은 집이어서 천장 위에는 흔한 거미줄 하나 없는 데다 그을음이나 먼지도 별로 쌓이지 않았고 더러운 쥐의 흔적도 없었습니다. 따라서 옷이나 손발이 더러워질까 봐 걱정할 필요도 없었습니다. 그는 셔츠 바람으로 마음껏 천장 위를 활보했습니다. 때마침 봄이었기 때문에 천장 위라 해도 그다지 덥거나 춥지 않았습니다.

3

도에칸 건물은 다른 많은 하숙집들과 마찬가지로 중앙 정원을 끼고 방들이 사각형으로 빙 둘러 있는 구조였습니다. 천장 위도 같은 구조인지라 막힌 곳이 없었습니다. 자신의 방 천장에서 출발해 한 바퀴를 빙 돌면 다시 자신의 방으로 되돌아올 수 있었습니다.

천장 아래 방들은 엄연히 벽으로 나뉘어져 있었고 출입구에는 문단속하는 금속장치까지 붙어 있었지만 천장 위로 올라가면 뚫려 있는 구조였습니다. 어떤 방이든 자유자재로 걸어 다닐 수 있었죠. 만약 그럴 마음만 있으면 사부로의 방과 마찬가지로 돌덩이로 눌러놓은 곳이 요소요소에 있었기 때문에 그곳을 통해 다른 사람의 방으로 잠입해서 도둑질을 할 수도 있었습니다. 복도를 이용해 그런 짓을 했다가는 사각형 건물이라 네 방향에서 모두 지켜볼 수도 있고 언제 어느 하숙생이 지나갈지 모르기 때문에 위험천만한 일이었지만 천장 위의 통로에서는 절대 들킬 위험이 없었습니다.

게다가 그곳에서는 타인의 비밀도 마음대로 엿볼 수 있었습니다. 신축이라고는 하지만 날림공사로 인해 하숙방 천장 도처에는 틈이 많았거든요.── 방 안에 있으면 알 수 없지만 어두운 천장 위에서 살펴보면 그 틈이 의외로 커서 깜짝 놀랐습니다.── 드물게는 옹이구멍 같은 것도 있었고요.

천장 위 공간이라는 궁극의 무대를 발견하고 나니 사부로는 한동안 잊고 있던 범죄애호증이 마음속에서 다시 도지는 듯했습니다. 이런 무대가 생기면 당연히 전에 시도했던 것보다 훨씬 자극적인 '범죄 흉내'를 낼 수 있을 것 같아 기쁨을 참을 수 없었습니다. 어찌 이리 가까운 장소에 이토록 흥미로운 일이 있다는 걸 지금껏 모르고 살았을까. 마물魔物 같은 어둠의 세계를 거닐며 스무 명에 가까운 도에칸 2층 하숙생들의 비밀을 차례로 엿보는 것만으로도 사부로는 이미 충분히 유쾌했습니다. 그리고 오랜만에 삶의 희열을 느꼈습니다.

그는 또 이 '천장 위의 산책'을 더욱 흥미진진하게 만들기 위해 잊지 않고 복장도 실제 범죄자같이 차려 입었습니다. 몸에 딱 맞는 진한 갈색 모직셔츠와 같은 색 내복바지를 입고──가능하면 예전에 활동사진에서 봤던 여도적 프로테아[63]처럼 새까만

셔츠를 입고 싶었지만, 공교롭게도 그런 옷이 없었기에 참기로 하고— 양말을 신고 장갑까지 갖춰 끼고— 천장 위는 목재였기 때문에 지문이 남을 염려는 거의 없었지만— 그리고 한 손에는 권총을 들고 싶었으나……가지고 있지 않은 관계로 대신 회중전등을 들기로 했습니다.

밤이 깊어지면 낮과는 달리 새어 나오는 불빛이 아주 희미해서 그런 차림으로 한치 앞도 보이지 않는 어둠 속을 소리 나지 않도록 주의해가며 마룻대 위를 기다 보면 자신이 마치 굵은 나무줄기를 기어가는 뱀처럼 느껴져 이상하게 오싹했습니다. 하지만 그는 어떤 연유에서인지 그런 오싹함이 가슴 떨릴 정도로 좋았습니다.

사부로는 며칠간 기쁨을 주체하지 못하며 '천장 위의 산책'을 했습니다. 그동안 기대를 저버리지 않고 그를 기쁘게 해준 여러 가지 소소한 사건들이 있었습니다. 그 이야기들만 기록해도 소설 한 편은 충분히 쓸 수 있지만 아쉽게도 이야기의 본 주제와는 직접적인 관계가 없으니 생략하고 간단히 두세 가지만 이야기하겠습니다.

천장에서 엿보기가 얼마나 이색적인 흥밋거리인지 실제로 경험해본 사람이 아니라면 상상하지 못할 것입니다. 설령 특별한 사건이 일어나지 않는다 해도 인간이란 누가 보지 않는다고 생각하면 자신의 본성을 낱낱이 드러내는 존재이기에 그 모습을

....

63_ 1913년 프랑스에서 제작된 인기 연작 활극영화 <프로테아Protéa>의 주인공으로 같은 해 12월에 일본에서도 개봉되었다.

관찰하는 것만으로도 충분히 흥미로웠습니다. 주의 깊게 살펴보니 어떤 사람들은 옆에 사람이 있냐 혼자냐에 따라 행동거지는 물론 얼굴 표정까지도 완전히 바뀐다는 사실을 알고 적잖이 놀랐습니다. 게다가 서로 같은 높이에서 보는 것과는 달리 위에서 내려다보면 눈의 각도 차이 때문에 평범한 방인데도 꽤 이상한 풍경처럼 느껴졌습니다. 사람의 경우 대개 머리 꼭대기와 양쪽 어깨만 보이고, 책장, 책상, 옷장, 화로 같은 사물은 윗부분만 보였습니다. 또한 벽은 거의 보이지 않는 대신 다다미가 모든 사물의 배경으로 펼쳐져 있었습니다.

아무 일이 일어나지 않아도 이토록 흥미로웠지만 그와 더불어 종종 우스꽝스럽거나 비참한, 또는 무서운 광경이 벌어지기도 했습니다. 평소에는 과격하게 반자본주의적 견해를 토로하던 회사원이 아무도 보지 않는 곳에서는 방금 수령한 진급 통지서를 가방에서 꺼냈다가 다시 집어넣기를 몇 번씩이나 지겹도록 반복하며 흐뭇하게 바라보는 광경, 오메시[64] 기모노를 평상복으로 대충 걸쳐 입고 쓸데없이 호사를 부리던 투기꾼이 정작 잠자리에 들 때는 낮에 마구 입었던 옷을 계집애처럼 정성껏 접어 이불 밑에 고이 깔아놓을 뿐 아니라 어쩌다 얼룩이라도 눈에 띄면 입으로 세심하게 핥아가며 —— 오메시에 얼룩이 졌을 때는 입으로 핥아서 없애는 것이 가장 좋다고 합니다 —— 일종의 클리닝을 하는 광경, 어느 대학 야구선수라는 여드름투성이

....
64_ お召し. 염색한 숙사로 짠 표면이 오글쪼글한 고급 견직물.

청년이 운동선수답지 않게 소심한 성격인지 다 먹은 저녁밥상에다 하녀에게 쓴 연애편지를 머뭇거리며 올려놓았다 거둬들이기를 몇 번씩이나 되풀이하는 광경. 그중에는 대담하게도 매춘부인 듯한 여자를 불러들여 이 글에 기록하기 꺼려질 정도로 엄청난 광란을 연출하는 광경도 있었는데, 그런 것조차 남의 눈을 의식하지 않고 보고 싶은 만큼 다 볼 수 있었습니다.

또한 하숙생들 사이의 감정적인 갈등을 연구해보는 것도 흥미로웠습니다. 상대가 누구냐에 따라 매번 태도를 바꾸는 유형도 있었고, 방금 전까지 웃는 얼굴로 이야기를 나누다가 상대방이 다른 방으로 들어가자 마치 불구대천 원수라도 되듯 마구 욕을 하는가 하면, 어디를 가나 사람들 앞에서는 자신에게 유리한 말로 적당히 얼버무리지만 뒤에 가서는 돌변하여 상대방을 비웃는 박쥐 같은 유형도 있었습니다. 여자 하숙생——도에 칸 2층에 여자 미술학도가 한 명 살았습니다——의 경우는 더욱 흥미진진했습니다. '삼각관계' 정도가 아니라 오각 육각은 될 것 같은 복잡한 연애 관계가 손에 잡힐 듯이 보였습니다. 그뿐 아니라 경쟁자들조차 알지 못하는 그녀의 진의가 제3자인 '천장 위의 산책자'에게는 확실히 전달되었습니다. 그러니까 천장 위의 사부로는 옛날이야기에 나오는, 몸에 걸치면 모습이 보이지 않는 요술 도롱이를 입고 있는 셈이었습니다.

만약 더 나아가 다른 사람 방의 천장 합판을 떼어내고 방 안에 잠입하여 장난을 친다면 더 재미있을 테지만 사부로는 그럴 용기까지는 없었습니다. 사부로의 방과 같이 돌덩이로 통로를 눌러놓은 방이 대충 셋 중 하나 꼴로 있어서 잠입 자체는 어려울 것이 없었습니다. 하지만 방주인이 언제 돌아올지 모르고, 돌아오지 않더라도 창이 모두 투명 유리라서 밖에서 들여다보일 위험이 있었습니다. 게다가 천장 합판을 뜯은 다음 벽장으로 내려가 벽장문을 통해 방으로 들어갔다가 다시 벽장 선반으로 기어 올라가서 원래대로 천장 위까지 되돌아가야 하는데 그동안 소리가 나지 않으리라는 보장도 없었습니다. 만약 복도나 옆방에서 눈치챘다면 끝장이었겠죠.

어느 늦은 밤이었습니다. 사부로는 한 바퀴 '산책'을 마치고 자신의 방으로 돌아가기 위해 들보를 따라 걷던 중이었습니다. 정원을 사이에 두고 자신의 방과 정반대 방향에 있는 동棟이었는데 한쪽 천장에서 지금까지 전혀 의식하지 못했던 아주 작은 틈을 발견했습니다. 직경이 두 치밖에 되지 않는 구름 모양의 틈에서 실보다도 가는 빛이 새어 나오고 있었던 것입니다. 무엇인지 궁금해 살며시 회중전등을 켜고 조사해보니 상당히 큰 나무옹이였습니다. 합판에서 절반 이상이 떨어져 나왔으나 나머지 반 정도가 붙어 있어 가까스로 구멍이 뚫리는 걸 피한 듯했습니다. 손끝으로 톡 치기만 해도 쉽게 빠질 것 같았습니다. 사부로는 다른 틈새를 통해 방주인이 잠들었는지 확인한 후 소리가 나지 않도록 주의하며 천천히 옹이를 빼냈습니다. 그러고 나서 구멍을 들여다보니 다행히 술잔처럼 아래로 좁아지는 형태였습니다. 옹이를 원래대로 끼워놓으면 아래로 떨어지지 않으면서도 이런 큰 구멍이 있다는 걸 아무도 눈치채지 못할 것 같았습니다.

그는 운이 좋다고 생각하며 옹이구멍을 통해 아래를 살펴보았습니다. 세로로는 깊어도 가로 폭은 고작 1푼[65] 내외밖에 안 되어 들여다보기 불편한 다른 틈새들과 달리 옹이구멍은 아래쪽 좁은 부분도 직경이 1치 이상은 되는 것 같아 방의 전경을 수월히 둘러볼 수 있었습니다. 사부로는 의도치 않게 곁길로 새서 그 방을 들여다보게 된 셈인데 우연히도 엔도의 방이었습니다. 엔도는 치과대학 졸업생으로 현재는 치과의사 조수 노릇을 하고 있었는데, 사부로가 도에칸 하숙생을 통틀어 가장 재수 없게 생각하는 인간이었습니다. 그런데 그 엔도가 자신의 눈 바로 아래에서 자고 있는 것이었습니다. 불쾌하기 짝이 없는 밋밋한 얼굴을 더욱 평퍼짐하게 하고 말입니다. 그는 평소에도 꽤 빈틈이 없어 보였는데 방 안의 정리 상태 역시 다른 어떤 하숙생보다 깔끔했습니다. 책상 위에 있는 문방구 위치, 서가 안의 책 배치, 이불 펴는 방식, 베갯머리에 박래품으로 보이는 독특한 모양의 자명종 시계, 칠기에 들어 있는 궐련담배, 색유리 재떨이, 어느 것을 보아도 물건의 주인공이 정리정돈을 좋아하고 찬합의 구석구석까지 이쑤시개로 후벼가며 때를 빼낼 정도로 예민한 성격인 듯했습니다. 엔도는 자는 자세 역시 매우 반듯했습니다. 다만 그는 그런 방 안 풍경에 어울리지 않게 입을 크게 벌린 데다 천둥이 울리는 것처럼 코를 골고 있었습니다.

사부로는 불결한 것이라도 본 듯 눈살을 찌푸리며 엔도의

....
65_ 1푼分=약 3.3mm.

자는 얼굴을 바라보았습니다. 그의 얼굴은 멀끔하다면 멀끔하다고도 할 수 있었습니다. 스스로 떠벌리고 다니는 대로 여자들이 좋아하는 얼굴인지도 모릅니다. 하지만 사부로의 눈에는 그의 기다란 얼굴이 왠지 모르게 멍청해 보였습니다. 짙은 머리카락, 긴 얼굴에 비해 이상하게 좁은 M자형 이마, 짧은 눈썹, 가는 눈, 늘 웃는 듯한 눈꼬리 주름, 긴 코, 그리고 이상하게 큼직한 입. 사부로는 그 입이 도무지 마음에 들지 않았습니다. 윗턱과 아래턱이 전방으로 돌출되어 코 아래 부분에 층이 져 있었습니다. 그런데 그 부분만 유독 창백한 얼굴과 묘하게 대조적이었으며 자줏빛 입술이 크게 벌어져 있었습니다. 그리고 비후성비염 때문에 계속 코가 막히는지 그 큰 입을 떡 벌린 채 숨을 쉬고 있었습니다. 코골이도 역시 비염 탓이겠지요.

엔도의 얼굴을 계속 보고 있자니 사부로는 왠지 등이 근질근질해져 그의 밋밋한 **뺨따귀**를 한 대 갈기고 싶었습니다.

4

엔도의 잠든 얼굴을 보면서 사부로는 문득 이상한 생각이 들었습니다. 옹이구멍에 침을 뱉으면 혹시 그 침이 엔도의 커다랗게 벌려진 입으로 떨어지지 않을까 하는 상상이었습니다. 일부러 맞추기라도 한 듯 옹이구멍 바로 밑에 그의 입이 있었기 때문입니다. 사부로는 이색 취향을 가진 사람답게 속옷 고무줄을 빼서 그 고무줄을 구멍에서 수직으로 늘어트린 채 한쪽 눈을 고무줄에 딱 붙이고 총구를 겨냥하듯이 가늠해보았습니다. 그런데 정말 신기한 우연이 다 있었습니다. 고무줄과 옹이, 그리고 엔도의 입이 완전히 하나의 점으로 보였던 것입니다. 그러니까 옹이구멍에서 침을 뱉으면 반드시 그의 입으로 떨어질 수밖에 없었습니다.

사부로는 정말로 침을 뱉으려는 건 아니었기에 옹이구멍을 원래대로 메꿔놓고 일어났는데 그때 퍼뜩 무서운 생각이 그의 뇌리에 스쳤습니다. 그는 어두운 천장 위에서 새파랗게 질려 자신도 모르게 부르르 떨었습니다. 아무 원한도 없는 엔도를 살해하고 싶다는 생각이 든 것입니다.

그는 엔도에게 어떤 원한도 없었을뿐더러 엔도와 알게 된 지도 보름밖에 되지 않았습니다. 더구나 우연히도 두 사람은 같은 날에 이사해서 그것을 인연으로 서로의 방을 두세 번쯤 방문했을 뿐 깊은 교분을 나누는 사이도 아니었습니다. 그렇다면 왜 엔도를 죽이고 싶다고 생각했을까요. 아까도 말했듯이 그의 용모나 언동이 패주고 싶을 정도로 재수 없다는 점도 어느 정도 일조하기는 했습니다. 하지만 사부로가 그 생각을 하게 된 주된 동기는 상대 때문이 아니라 그저 살인행위 자체에 흥미가 있었던 것입니다. 앞서 말씀드린 대로 사부로의 정신 상태는 매우 변태적이었습니다. 그는 범죄애호증이라는 병이 있는 데다 범죄 중에서도 살인에 가장 큰 매력을 느꼈기에 그런 생각을 떠올린 것도 결코 우연은 아니었습니다. 다만 지금까지는 종종 살의를 느꼈더라도 죄가 발각될까 봐 두려운 나머지 한번도 행동으로 옮길 엄두를 내지 못했을 따름이지요.

그런데 엔도의 경우는 의심을 받거나 발각될 위험이 전혀 없어 보였기 때문에 그를 죽여도 될 것 같았습니다. 사부로는 자신의 신상만 위험해지지 않는다면 설령 상대가 일면식도 없는 사람일지라도 전혀 상관없었습니다. 오히려 살인행위가 잔혹하면 잔혹할수록 그의 괴이한 욕망을 더 잘 채울 수 있겠지요. 그렇다면 엔도의 경우 어째서 살인죄가 발각되지 않는지—적어도 사부로가 왜 그렇게 믿고 있는지—물으신다면 거기에는 다음과 같은 사정이 있었습니다.

도에칸으로 이사하고 4~5일쯤 지났을 무렵이었죠. 사부로는 친해진 지 며칠 되지 않은 하숙집 동료와 근처의 카페에 간 적이 있습니다. 그날 마침 엔도도 그곳에 있었던 터라 셋은 합석하여 술을—술을 싫어하는 사부로는 당연히 커피를—마시고 상당히 기분이 좋아져 하숙집으로 돌아왔습니다.

"자, 내 방에 가자고요."

술에 많이 취했던 엔도는 그렇게 말하며 두 사람을 억지로 자신의 방으로 끌고 갔습니다. 엔도는 혼자 신이 나서 떠들었습니다. 밤이 깊었는데도 아랑곳하지 않고 하녀에게 차를 내오라고 하면서 카페에서 늘어놓던 팔불출 같은 이야기를 반복했습니다.—사부로가 그를 싫어하게 된 것도 그날 밤부터였습니다.—그때 엔도는 새빨갛게 피가 몰린 입술을 혀로 날름날름 핥으며 자랑스럽게 이야기했습니다.

"그 여자와 말이죠 나는 한번 동반자살을 시도한 적이 있었어요. 아직 학생 때였죠. 맞다, 저는 의대를 다녔잖아요. 약을 입수하는 건 문제없었거든요. 두 사람이 편하게 죽을 수 있을 만큼 모르핀을 준비해서 시오바라塩原로 갔어요."

그는 그렇게 말하고 비틀거리며 일어나 벽장으로 갔습니다. 그리고 문을 드르륵 열더니 안에 쌓여 있던 고리짝에서 새끼손톱만 한 작은 갈색 병을 찾아서 이야기를 듣던 두 사람에게 내밀었습니다. 병 바닥에 아주 조금 뭔가 반짝반짝 빛나는 가루가 들어 있었습니다.

"이겁니다. 겨우 요만큼이면 두 사람은 충분히 죽어요. 하지만 다른 사람에게는 이런 이야기를 하면 안 돼요. 절대로."

그 뒤에도 그는 그런 팔불출 같은 이야기를 계속 장황하게 했습니다. 지금 사부로는 우연히 그때 그 독약이 생각난 것입니다.

'천장 옹이구멍에서 독약을 떨어뜨려 살해한다! 참으로 기상천외하고 멋진 범죄야.'

묘안이 떠오르자 너무 기뻐 주체를 못할 정도였습니다. 잘 따져봤다면 그 방법은 너무 드라마틱해서 되레 가능성이 희박하다는 것을 알아챘을 수도 있었을 테지만 그의 생각에 이렇게 힘들이지 않고 간단히 살해할 수 있는 방법은 없을 것 같았습니다. 일단 괴이한 생각에 현혹되고 나니 더 이상 생각할 여유가 없었습니다. 그의 머릿속에는 오직 살인 계획에 대한 그럴듯한 논리만 계속 떠올랐습니다.

먼저 약을 훔쳐낼 필요가 있었습니다. 그건 아주 쉬운 일이었습니다. 엔도의 방으로 찾아가 이야기를 나누다 보면 그가 변소에 가거나 자리를 비울 때가 있을 텐데 그 틈에 전에 봤던 고리짝에서 작은 갈색 병을 꺼내면 되는 것이었습니다. 매일 고리짝 안을 살펴보지 않을 테니 그도 2~3일 내로는 없어진 것을 눈치채지 못하겠지요. 만약 눈치챈다고 해도 이미 독약의 입수경로가 위법이었으니 사건이 표면화될 리 없을뿐더러 잘하면 누가 훔쳐간 사실조차 모를 수도 있습니다.

그러지 말고 천장으로 잠입하는 방법을 쓰는 게 편하지 않겠냐고요? 아닙니다. 그건 위험합니다. 아까도 말씀드렸듯이 방주인이 언제 돌아올지 모르고 유리창을 통해 밖에서 누가 볼 염려도 있습니다. 무엇보다도 엔도 방의 천장에는 사부로의 방처럼 돌덩이로 눌러놓은 통로가 없었습니다. 절대 안 됩니다. 못이 박혀 있는 천장 합판을 떼어내고 잠입하다가는 위험한 일이 생길 수 있기 때문이죠.

그러니까 그런 방식으로 입수한 가루약을 물에 용해해서 비염 때문에 늘 벌어져 있는 엔도의 커다란 입에 떨어뜨려 넣으면 그걸로 끝입니다. 다만 염려되는 것은 엔도가 잘 삼켜줄까 하는 것인데 그것도 문제없을 것 같았습니다. 왜냐하면 약이 매우 소량인 데다 용액의 농도가 진해서 몇 방울만 있어도 충분하기 때문에 깊이 잠든 상태라면 감지하지 못할 테니까요. 만에 하나 감지한다 해도 뱉어낼 틈도 없을 것입니다. 모르핀 맛이 쓰다는 건 사부로도 잘 알고 있었습니다. 하지만 아무리 쓰다고 해도 용량이 극소량인지라 설탕을 탄다면 절대 실패할 염려가 없었습니다. 설마 어느 누가 천장에서 독약이 떨어질 것이라고 상상이나 하겠습니까. 그 짧은 순간에 엔도가 그것을 알아차릴 리는 없었습니다.

　문제는 약이 얼마나 잘 들을까 하는 점이었습니다. 양이 너무 많거나 너무 적어서 고통스러워하기만 하고 정작 죽지 않으면 문제였습니다. 만약 그렇게 된다면 정말 유감이긴 하겠지만, 사부로의 신변이 위험해질까 봐 걱정할 필요는 없습니다. 왜냐하면 원래대로 옹이구멍을 막아놓을 것이고, 천장 위는 먼지가 쌓여 있지 않은 상태라 어떤 흔적도 남지 않기 때문입니다. 지문은 장갑을 끼면 방지할 수 있습니다. 설사 천장에서 독약이 떨어진 것을 알아낸다고 해도 누구의 소행인지는 절대 알아낼 수 없습니다. 특히 그와 엔도는 최근에 알게 된 사이이기 때문에 서로 원한을 가질 틈이 없었다는 것은 하숙집 사람이라면 누구나 알고 있는 사실이어서 그에게 혐의를 씌울 수 없습니다. 아니, 그렇게까지 생각하지 않아도 숙면에 빠진 엔도가 어느 방향에서 약이 떨어졌는지 알 리 없습니다.

　이것이 바로 사부로가 천장 위에서, 그리고 방으로 돌아가서 생각해낸 뻔뻔스러운 논리였습니다. 이미 독자 여러분은 사부로의 계획대로 모든 것이 다 잘된다고 해도 여기에는 중대한 착오가 하나 있다는 사실을 눈치채셨으리라 사료됩니다. 하지만 이상하게도 사부로는 실행에 옮길 때까지 그걸 알아채지 못했습니다.

5

    사부로가 기회를 노려 엔도의 방을 방문한 것은 그로부터
4~5일이 지났을 때였습니다. 물론 그동안 그는 이 계획에 대해
거듭 생각한 끝에 위험요소는 없다는 판단을 내렸습니다. 그뿐
아니라 오히려 새로운 생각들을 추가할 수 있었죠. 예를 들어
독약 병의 뒤처리 방법 같은 것 말입니다.

    만약 엔도를 살해하는 데 성공한다면 그는 그 병을 옹이구멍
아래로 떨어뜨리기로 했습니다. 그 방법을 쓰면 그에게 이중의
이익이 생기기 때문입니다. 혹시라도 발견된다면 중대한 단서
가 될 병을 번거롭게 따로 은닉해야 하는 수고를 덜어낼 수
있고, 아울러 죽은 사람의 곁에 독극물 용기가 떨어져 있으면
모두들 엔도가 자살했다고 생각할 테니까요. 그 병이 엔도의
물건이었다는 것은 언젠가 그 팔불출 같은 이야기를 사부로와
함께 들었던 사람이 잘 증언해줄 테죠. 게다가 다행스럽게도
엔도는 매일 잠자리에 들기 전에 문단속을 철저히 했습니다.
입구는 물론 창문도 안에서 금속장치로 잠글 수 있었기에
외부에서는 어느 누구도 들어올 수 없었습니다.

    그날 사부로는 굉장한 인내력을 발휘하여 얼굴만 봐도 구역질
나는 엔도와 장시간 잡담을 나눴습니다. 이야기 도중 넌지시
살의를 내비치며 겁을 주고 싶다는 위험천만한 욕망이 여러
차례 분출하려 하는 것을 가까스로 참았습니다.

    '가까운 시일 내에 증거가 전혀 남지 않는 방법으로 자네를

죽여버릴 걸세. 여자처럼 나불나불 재잘대는 것도 얼마 남지 않았지. 지금 실컷 떠들어두는 게 좋을 거야.'

사부로는 쉴 새 없이 움직이는 엔도의 큼직한 입술을 바라보며 마음속으로 그렇게 되뇌었습니다. 이 남자가 곧 시체가 되어버릴 거라고 생각하니 기쁨을 주체할 수 없었습니다.

그렇게 이야기에 열중하는 동안 예상대로 엔도가 변소에 갔습니다. 이미 밤 10시쯤은 되었을까요, 사부로는 주변을 빈틈없이 경계하며 유리창 밖까지 충분히 살핀 후 소리가 나지 않게 재빨리 벽장을 열고 고리짝 안에서 약병을 찾았습니다. 어디 보관하는지 잘 봐두었기에 쉽게 찾을 수 있었습니다. 그렇지만 가슴이 두근거렸고 겨드랑이에서는 식은땀이 흘렀습니다. 솔직히 말해 그의 이번 계획에서 가장 위험한 일은 독극물 훔치기였습니다. 엔도가 불시에 돌아올 수도 있었고 엿보는 사람이 없을 거라고 장담할 수도 없었기 때문입니다. 하지만 그는 이렇게 생각했습니다. 혹시 들키면, 아니 들키지 않는다고 해도 엔도가 약병이 없어진 것을 발견하면 —— 그건 주의 깊게 살펴보면 바로 알 수 있는 일이었습니다. 게다가 그에게는 천장 틈으로 엿볼 수 있는 무기가 있었습니다 —— 살해 계획을 접으면 되는 일이었습니다. 단순히 독약을 훔친 건 큰 죄가 아니기 때문입니다.

하지만 결과적으로 누구에게도 들키지 않고 감쪽같이 약병을 입수할 수 있었습니다. 그는 엔도가 변소에서 돌아오자 슬며시 이야기를 끊고 자신의 방으로 돌아왔습니다. 그리고 창문 커튼을 빈틈없이 치고 문단속을 한 후 책상 앞에 앉아 두근거리는 마음으로 품 안에서 소중한 갈색 병을 꺼내 지그시 바라보았습니다.

MORPHINUM HYDROCHRICUM(0.Xg.)

작은 라벨에는 이런 글자가 있었습니다. 아마 엔도가 써놓은 거겠죠 사부로는 독극물 서적을 읽은 적이 있어 모르핀에 대해서는 어느 정도 알고 있었지만 실물을 직접 본 건 이번이 처음이었습니다. 아마도 염산 모르핀인 것 같았습니다. 병을 들고 전등 앞에서 비춰보니 작은 스푼으로 반도 되지 않는, 아주 소량의 하얀 가루가 반짝반짝 아름답게 빛났습니다. 이런 것으로 인간이 죽는다니 정말 신기했습니다.

사부로는 가루를 잴 만한 정밀한 저울이 없어서 양에 관해서는 엔도의 말을 믿을 수밖에 없었는데, 그때 엔도가 술에 취하긴 했어도 그의 언동을 고려하면 결코 빈말은 아닌 것 같았습니다. 게다가 라벨 숫자도 사부로가 알고 있는 치사량의 딱 두 배였기 때문에 틀림없었습니다.

그는 책상 위에 병과 준비해둔 설탕 그리고 깨끗한 물을 올려놓고 약제사같이 정확하게 배합하려 애썼습니다. 하숙생들은 벌써 다 잠이 들었는지 주위는 쥐 죽은 듯이 고요했습니다. 성냥개비를 물에 담가두었다가 조심스레 한 방울 한 방울 병 속으로 떨어뜨리는데, 자신의 호흡이 마치 악마의 한숨처럼 아주 끔찍하게 들렸습니다. 그런 상황은 사부로의 변태적인 취향을 너무도 잘 충족시켜주었습니다. 그의 눈앞에는 자꾸 옛날이야기에 나오는 마귀할멈의 모습이 떠올랐습니다. 어두컴컴한 동굴 안에서 거품이 펄펄 끓는 독약 솥을 바라보며 히죽히죽 웃는 마귀할멈의 모습 말입니다.

그런데 그때부터 마음 한구석에서는 예상치 못한 공포의 감정이 샘솟기 시작했습니다. 그리고 시간이 지날수록 조금씩 그 감정이 확산되었습니다.

MURDER CANNOT BE HID LONG,
A MAN'S SON MAY, BUT AT THE
LENGTH TRUTH WILL OUT[66]

누군가가 인용한 글에서 보았던 셰익스피어의 저 불길한 구절이 섬광처럼 그의 뇌리에 각인되었습니다. 이 계획이 절대 어그러질 리 없다고 믿으면서도 시시각각 커져가는 불안에 어찌할 바를 몰랐습니다.

아무 원한도 없는 한 인간을 단지 살인의 쾌락 때문에 죽이겠다니 진심인가. 악마가 씐 건가, 정신이 잘못된 건가, 도대체 너는 네 마음이 두렵지도 않은가.

그는 밤이 깊어가는 것도 모르고 배합했던 독약 병을 앞에 둔 채 오래도록 깊은 생각에 잠겼습니다. 차라리 이 계획을 중단시켜버릴까. 몇 번이나 그런 결심을 했는지 모릅니다. 하지

....
66_ "살인은 오래 숨길 수 없다. 인간의 아들이여, 진실은 오래지 않아 드러날 것이다." 『베니스의 상인』 2막 2장에 등장하는 대사.

만 무슨 일이 있더라도 살인이 주는 매력을 단념하고 싶지 않았습니다.

이와 같은 생각을 하고 있는데, 문득 치명적인 사실이 그의 머릿속에 번득였습니다.

"으흐흐흐흐……."

돌연 사부로는 우스워 참을 수 없다는 듯이, 그러나 모두 잠들어 조용했기에 내심 주위를 의식하며 웃기 시작했습니다.

'바보 같으니라고, 너는 영락없는 어릿광대다! 진지하게 그런 계획을 세우다니 머리가 굳어버려 우연과 필연조차 구별하지 못하는 것이냐. 엔도의 커다랗게 벌어진 입이 옹이구멍 밑에 한번 있었다고 그 다음에도 계속 같은 위치에 있을지 어찌 알겠는가. 아니, 오히려 그런 일은 불가능할 것이다.'

정말 우스꽝스러운 착오였습니다. 그의 계획은 출발부터 이미 대혼란에 빠졌던 것입니다. 하지만 어째서 그는 이런 빤한 것을 이제껏 몰랐을까요. 정말 이상할 따름이었습니다. 영특한 줄 알았던 그의 머리에 실은 엄청난 결함이 있다는 증거 아닐까요. 여하튼 자신의 착오를 발견한 사부로는 매우 실망했지만 이상하게 마음이 편해지는 것을 느꼈습니다.

"덕분에 이제 나는 무시무시한 살인죄를 범하지 않게 되었다. 이제 살았다."

말은 그렇게 했지만 그는 바로 다음 날부터 '천장 위의 산책'을 할 때마다 미련이 남은 듯 그 옹이구멍을 열어 부지런히 엔도의 동정을 살폈습니다. 자신이 독약을 훔쳤다는 사실을 엔도가 눈치를 채지 않았을까 걱정도 했지만, 혹시 저번처럼 그의 입이 옹이구멍 바로 밑에 오지 않을까 하는 우연을 애타게 기다렸습니다. 실제로 그는 '산책'을 할 때 항상 셔츠 호주머니에 독약을 넣고 다녔습니다.

6

어느 날 밤―― 사부로가 '천장 위의 산책'을 시작한 지 벌써 열흘이나 지났을 때였습니다. 열흘이나 아무에게도 들키지 않고 하루에도 몇 번씩 천장 위를 기어 다니는 동안 그의 고심은 이만저만이 아니었습니다. 물샐 틈 없는 주의 같은 진부한 말로는 도저히 설명할 수 없었습니다.―― 사부로는 엔도 방의 천장 위에서 배회하고 있었습니다. 그리고 오미쿠지[67]라도 뽑은 심정으로 길일까 흉일까, 오늘이야말로 어쩌면 길이 나오지 않을까 신에게 기도까지 하면서 옹이구멍을 열어보았습니다.

그런데 그의 눈이 좀 이상해진 거 아닐까요. 전에 봤을 때와 똑같이 옹이구멍 바로 밑에 코를 고는 엔도의 입이 있었습니다. 사부로는 몇 번씩이나 눈을 비비고 다시 보며 고무줄을 빼서 눈어림도 해보았지만 틀림없었습니다. 줄과 구멍과 입이 똑바로 일직선상에 있는 것이었습니다. 그는 엉겁결에 환호성이 나오려

....
67_ 御神籤. 일본의 신사, 절 등에서 길흉을 점치기 위해 뽑는 제비.

는 걸 간신히 참았습니다. 하지만 마침내 기회가 왔다는 기쁨과 더불어 한편으로는 공포 때문에 말도 안 나올 지경이었습니다. 이 두 가지 감정이 뒤섞여 이상하게 흥분하는 바람에 그는 어둠 속에서 새파랗게 질렸습니다.

그는 주머니에서 독약 병을 꺼내 떨리는 손끝을 가만히 다잡으며 마개를 빼고 줄로 눈어림을 하여——아아, 그때 느꼈던 형언할 수 없는 심정이란!——똑 똑 똑 몇 방울을 떨어뜨렸습니다. 그게 고작이었습니다. 그는 바로 눈을 감아버렸습니다.

'깼나. 분명 깼겠지. 깼을 거야. 지금이라도, 아, 지금이라도 큰 소리로 비명을 지르려나.'

그는 양손이 비어 있으면 귀라도 막고 싶은 심정이었습니다.

하지만 그런 걱정까지 했는데도 아래 있는 엔도는 아무 소리도 내지 않았습니다. 독약이 입 안으로 떨어지는 것은 확실히 봤습니다. 그것만은 틀림없었습니다. 하지만 왜 이렇게 조용한 걸까요. 사부로는 잔뜩 겁먹은 채로 눈을 뜨고 옹이구멍을 들여다보았습니다. 엔도는 뭔지 모를 소리를 중얼거리며 양손으로 입술을 문지르는 듯한 동작을 취하더니 갑자기 동작을 멈추고 또다시잠이 드는 것 아니겠습니까. 이래서 막상 해보면 별것 아니라는 말을 하는가 봅니다. 잠꼬대까지 하는 것을 보면 엔도는 자신이 무시무시한 독약을 삼킨 것도 전혀 모르는 모양이었습니다.

사부로는 꼼짝하지 않고 불쌍한 피해자의 얼굴을 뚫어져라 쳐다봤습니다. 그는 꽤 긴 시간이라고 느꼈을지 모르지만 사실은 채 20분도 되지 않았습니다. 하지만 두세 시간은 그러고 있었던 것 같았습니다. 그런데 그때 엔도가 별안간 눈을 떴습니다. 그리고 상반신을 일으키더니 정말 이상한 행동을 하며 방안을 돌아다녔습니다. 현기증이 나는지 고개를 흔들고 눈을 비비더니 의미를 알 수 없는 말을 헛소리하듯 중얼거렸습니다. 그는 그렇게 정신 나간 듯한 행동을 하다가 간신히 다시 잠자리에 들었는데 이번에는 몸을 세차게 뒤척이는 것이었습니다.

이윽고 뒤척이는 힘이 점차 약해지는 모습을 보며 이제 더 이상 몸을 움직이지 못하겠구나 생각했는데 그 대신에 코 고는 소리가 천둥 치듯 울리기 시작했습니다. 자세히 보니 그의 얼굴이 술 취한 것처럼 시뻘게지면서 콧잔등과 이마에 구슬 같은 땀이 송글송글 맺혀 있었습니다. 숙면을 취하던 그의 몸속에서 정말 무시무시한 생사의 투쟁이 시작된 모양이었습니다. 그런 생각이 들자 모골이 송연했습니다.

잠시 후 시뻘건 얼굴이 서서히 식어 종잇장처럼 하얘지는가 싶더니 점점 퍼렇게 변했습니다. 어느새 코골이가 멈추고 들숨 날숨의 횟수도 줄어들었습니다. ……갑자기 가슴 부분이 움직이지 않아 슬슬 죽음을 맞이하는가 보다 했습니다. 그런데 잠시 후 뭔가 생각났다는 듯이 입술을 실룩거리더니 호흡이 돌아왔는지 다시 거칠게 숨을 쉬었습니다. 그러기를 두세 차례 반복하고 나서야 모든 것이 끝났습니다. ……더 이상 그는 움직이지 않았습니다. 녹초가 된 채 베개에 떨궈져 있는 그의 얼굴에는 이승에서와는 차원이 다른 미소가 떠올랐습니다. 그는 마침내 이른바 '망자亡者'가 된 것이었습니다.

손에 땀을 쥐고 숨을 죽인 채 그 광경을 지켜보던 사부로는 처음으로 안도의 한숨을 내쉬었습니다. 드디어 그는 살인자가 된 것이었습니다. 그래도 어떤 면에서는 매우 편안한 죽음이었지요. 희생자는 소리 한번 지르지 않고, 고통스러운 표정도 짓지 않고 코를 골며 죽어갔으니까요.

'뭐야, 살인이 이렇게 허망하다니.'

사부로는 왠지 실망스러운 마음이 들었습니다. 상상의 세계에서는 더할 나위 없이 매력적이던 살인이었지만 막상 직접 해보니 다른 일상다반사와 별 차이가 없었습니다. 이 정도라면 몇 명이라도 더 죽일 수 있겠다는 생각도 들었습니다. 하지만 긴장이 풀리자 정체를 알 수 없는 두려움이 그의 마음을 서서히 엄습했습니다.

괴물 같은 마룻대와 들보가 가로 세로로 교차되어 있는 어두운 천장 위에서 도마뱀같이 바닥에 달라붙어 인간의 시체를 바라보고 있는 자신의 모습이 별안간 섬뜩하게 여겨졌습니다. 이상하게 목덜미 주위가 오싹해졌습니다. 귀를 기울이면 어딘가에서 자신의 이름을 나지막이 부를 것 같았습니다. 옹이구멍에서 눈을 떼고 무심히 어둠 속을 둘러보았습니다. 긴 시간 밝은 방을 엿보고 있었던 탓인지 눈앞에 크고 작은 누런 고리 같은 것이 차례로 나타났다 사라졌습니다. 지켜보다 보니 고리 뒤에서 불쑥 엔도의 커다란 입술이 나타나는 듯했습니다.

그는 틀림없이 처음에 계획했던 대로 다 실행했습니다. 약병 ──그 안에는 아직 십여 방울 정도의 독약이 남아 있었습니다

── 을 밑으로 떨어뜨린 후 옹이구멍을 막았고, 혹시 천장 위에 흔적이 남아 있는지 회중전등을 켜고 살펴보았으며, 실수가 없었는지 확인한 후에 서둘러 마룻대를 따라 자신의 방으로 돌아왔습니다.

'이제 다 끝났다.'

머리도 몸도 이상하게 피곤했습니다. 뭔가 잊은 듯한 불안한 기분을 지우기 위해 그는 벽장 안에서 옷을 갈아입었습니다. 하지만 그때 문득 눈어림을 위해 사용한 고무줄이 떠올랐습니다. 혹시 거기에 놓고 온 것은 아닐까 하는 생각에 다급히 허리 주변을 찾아보았습니다. 하지만 아무래도 없는 듯했습니다. 당황한 그는 온몸을 뒤지며 생각했습니다. 이런 것을 잊어버리다니 확실히 셔츠 주머니 속에 넣은 것 같은데. 아이구, 다행이다. 그는 안도하며 호주머니에서 고무줄과 회중전등을 꺼내려는데 놀랍게도 그 속에는 다른 물건도 들어 있었습니다. ……독약 병의 작은 코르크 마개 말입니다.

아까 독약을 떨어뜨릴 때 분실하면 큰일이라고 생각해서 일부러 호주머니에 넣어두고는 그 사실은 까맣게 잊은 채 병만 아래로 떨어뜨린 듯했습니다. 사소한 것이긴 했지만 그대로 두면 범죄 발각의 단초가 될 수도 있었습니다. 떨리는 마음을 가다듬고 다시 현장으로 돌아가 그것을 옹이구멍 밑으로 떨어뜨리고 와야만 했습니다.

그날 밤 사부로가 잠자리에 든 것은── 혹시 몰라 한참 전부터 벽장에서 자는 것을 그만두었습니다 ── 오전 3시경이었습니다. 너무 흥분한 나머지 좀처럼 잠이 오지 않았습니다. 마개를 떨어뜨리는 것을 잊어버리고 올 정도라면 다른 실수가 있을지도 모른다는 생각을 하니 이미 제정신이 아니었습니다. 그는 뒤죽박죽이 된 머릿속을 정리하기 위해 그날 밤의 행동을 순서대로 하나하나 복기했습니다. 실수가 없었는지 살펴보았지만 적어도 그의 머리로는 아무것도 발견할 수 없었습니다. 아무리 생각해봐도 그의 범죄에는 작은 실수조차 없었습니다.

결국 그는 새벽까지 생각을 멈출 수 없었습니다. 어느덧 아침 일찍 일어난 하숙생들이 세면장으로 가느라 복도를 지나가는 발소리가 들리기 시작했습니다. 그는 벌떡 일어나 외출준비를 했습니다. 엔도의 시체가 발견되는 상황이 두려웠기 때문입니다. 그때 자신이 어떤 태도를 취해야 하는지 알 수 없었습니다. 나중에 의심받을 만한 이상한 행동을 하면 큰일이었기에 그동안 외출해 있는 편이 가장 안전할 것 같았습니다. 그런데 생각해보니 아침밥도 먹지 않고 외출하는 것은 더 이상할 것 같았습니다.

'아, 그렇구나. 그것을 깜빡했었네.'

그래서 그는 다시 잠자리로 기어들어갔습니다.

그때부터 아침식사 시간까지 약 2시간 동안 사부로는 얼마나 벌벌 떨면서 시간을 보냈는지 모릅니다. 하지만 그가 서둘러 식사를 마치고 하숙집에서 도망쳐 나올 때까지 다행히 아무 일도 일어나지 않았습니다. 그는 목적지도 없이 그저 시간을 때우기 위해 이 동네 저 동네를 헤매고 다녔습니다.

7

결국 그의 계획은 완벽히 성공을 거두었습니다.

그가 낮에 돌아와 보니 엔도의 시체는 이미 깨끗이 처리되었고, 경찰의 현장조사도 완전히 끝나 있었습니다. 듣자 하니 누구 하나 엔도의 자살을 의심하는 사람은 없었고, 당국에서도 그저 형식적인 조사만 하고 바로 돌아갔다고 했습니다.

엔도가 왜 자살했는지 그 이유는 전혀 모르지만 그의 평소 행실로 추정컨대 치정의 결과라는 것이 일치된 의견이었습니다. 실제로 최근 어떤 여자에게 실연당한 사실이 드러나기도 했습니다. 그런데 '실연을 당했다'와 같은 말은 엔도 부류의 남자들에게는 일종의 입버릇 같은 것이어서 크게 의미가 있을 리 만무했지만 달리 원인이 없었기 때문에 결국 그것으로 결론을 내린 모양이었습니다.

그뿐 아니라 원인이 있건 없건 그의 자살에는 한 점 의혹도 없었습니다. 입구도 창도 내부에서 잠겨 있었고, 독약 용기가 머리맡에 뒹굴고 있었던 데다 그 용기도 그의 물건이라는 사실이 밝혀졌기 때문에 의심의 여지가 없었습니다. 엉뚱하게 혹시 천장에서 독약을 떨어뜨렸을지도 모른다는 의심을 하는 사람은 아무도 없었습니다.

그렇지만 왠지 완전히 마음을 놓을 수 없었던 사부로는 그날 하루 종일 벌벌 떨었습니다. 하지만 하루 이틀 지나자 마음이 점점 가라앉게 되었고 마침내 자신의 능력을 자랑스러워 할 여유도 생겼습니다.

'어떤가, 역시 나답지 않은가. 봐라, 여기 하숙생들 중에 무시무시한 살인범이 있다고 눈치채는 사람이 없지 않은가.'

이런 상황을 보면 세상에는 처벌받지 않은 숨겨진 범죄가 얼마나 많을지 명약관화하다고 생각했습니다. '하늘의 법망이 성긴 것 같지만 악인을 빠짐없이 걸러낼 수 있다'[68]와 같은 말은 예로부터 위정자의 선언이나 인민의 미신에 불과할 뿐 실제로는 교묘하게 행동하면 어떤 범죄든 영원히 드러나지 않을 수 있다는 생각이 들었습니다. 그래도 역시 밤에는 죽은 엔도의 얼굴이 눈앞에 아른거렸고 왠지 기분이 섬뜩해서 그날 밤 이후로는 '천장 위의 산책'도 중단한 상황이었습니다. 하지만 그건 그저 내면적인 문제인지라 곧 잊을 수 있었습니다. 실제로 죄가 발각되지만 않는다면 그걸로 충분한 것이니까요.

그런데 엔도가 죽은 지 딱 사흘째 되던 날이었습니다. 사부로가 저녁식사를 마치고 이를 쑤시면서 콧노래를 부르고 있는데 오랜만에 아케치 고고로가 불쑥 찾아왔습니다.

"어이."

"오랜만이네."

그들은 꽤 허물없이 인사를 주고받았지만, 사부로는 때가 때이니만큼 이 아마추어 탐정의 방문을 다소 꺼림칙하게 여길 수밖에 없었습니다.

....
68_ 天網恢恢疏而不失. 출전은 『노자』 73장 임위편任爲篇.

190

"하숙집에서 독을 마시고 죽은 사람이 있다고 하지 않았나?"

아케치는 자리에 앉자마자 사부로가 피하고 싶은 주제를 화제로 삼았습니다. 탐정취미를 주체하지 못하는 아케치가 자살 이야기를 듣고 마침 그 하숙집에 사부로도 있다고 하니 찾아온 것 같았습니다.

"아, 모르핀이었네. 그 일로 시끄러울 때 그곳에 있지 않아서 자세히는 모르지만 치정이라는 결과가 나온 것 같던데."

사부로는 화제를 피하고 싶은 마음을 들키지 않기 위해 자신도 흥미가 있다는 듯이 대답했습니다.

"대체 어떤 사람이었나?"

곧바로 아케치가 물었습니다. 그리고 잠시 그들은 엔도의 사람됨과 사인, 자살 방법에 대하여 문답을 이어갔습니다. 아케치의 질문에 처음에는 두려워하며 대답하던 사부로도 질문에 익숙해지자 점점 **뻔뻔해졌고** 마침내 아케치를 놀려주고 싶은 생각마저 들었습니다.

"자네는 어떻게 생각하나? 혹시 타살 아닐까. 뭐, 딱히 근거가 있는 건 아니지만 명백한 자살이라고 믿었던 것도 실제로는 타살인 경우가 종종 있으니까."

어떠냐, 제아무리 명탐정이라도 이것만은 모를 것이다. 사부로는 마음속으로 비웃으며 그렇게 떠보기까지 했습니다.

그는 유쾌해서 못 견딜 지경이었습니다.

"뭐라 말하기가 힘드네. 실은 나도 이 이야기를 들었을 때 사인이 좀 애매하다는 생각이 들었거든. 어떤가, 엔도 군의 방을 좀 볼 수 없을까?"

"문제없지."

사부로는 오히려 우쭐대며 대답했습니다.

"옆방에 엔도의 동향 친구가 있네. 엔도 아버지가 그 친구에게 물건을 보관해달라고 부탁했다더군. 자네 얘기를 하면 기꺼이 보여줄 걸세."

두 사람은 엔도의 방으로 갔습니다. 그때 복도를 앞장서 걸으며 사부로는 문득 기분이 묘해졌습니다.

'범인이 직접 살인 현장으로 탐정을 안내하다니 고금을 통틀어 있을 수 없는 일이 아닌가.'

히죽히죽 웃음이 나는 걸 겨우 참았습니다. 사부로는 평생 이때만큼 뿌듯했던 적도 없었나봅니다.

'최고인걸.'

자화자찬이라도 하고 싶을 정도로 악당 노릇이 수준급이라는 생각이 들었습니다.

엔도의 친구——기타무라北村라는 친구로 엔도가 실연당했다고 증언한 남자였습니다——는 아케치의 이름을 익히 들었던 터라 흔쾌히 엔도의 방으로 안내했습니다. 그날 오후에야 엔도의 부친이 고향에서 올라와 가매장을 끝마쳤기 때문에 아직 짐을 꾸리지 않은 엔도의 물건들이 그대로 방 안에 놓여 있었습니다.

엔도의 변사체가 발견된 것은 기타무라가 회사에 출근한 후여서 발견 당시의 상황은 잘 몰랐지만, 그는 사람들에게 들은 말을 종합해서 되도록 자세히 설명해주었습니다. 사부로도 마치 제3자처럼 그에 대한 소문들을 이야기해주었습니다.

아케치는 두 사람의 설명을 들으면서 어지간히 베테랑 탐정 같은 눈매로 방 안 여기저기를 둘러보았는데, 책상 위에 놓여 있던 자명종 시계를 발견하더니 무슨 생각인지 한참을 바라보았습니다. 아마 진기한 장식이 그의 눈길을 끈 것 같았습니다.

"이건 자명종 시계군요."

"그렇습니다."

기타무라는 장황하게 설명했습니다.

"엔도가 아끼는 물건입니다. 그는 꼼꼼한 사람이거든요. 아침 여섯시에 울리도록 매일 밤 잊지 않고 맞추어 놓았죠. 저도 항상 옆방에서 그 벨소리에 눈을 뜰 정도였어요. 엔도가 죽은 날도 그랬습니다. 그날 아침도 역시 벨이 울려서 설마 그런 일이 일어났을 거라고는 상상조차 할 수 없었거든요."

그 말을 듣자 아케치는 길게 자란 머리카락에 손가락을 집어넣고 헝클면서 또 뭔가 열심히 생각하는 듯했습니다.

"그날 아침 자명종이 울린 건 틀림없지요?"

"네, 그건 틀림없습니다."

"당신은 그걸 경찰에게 말씀하셨습니까?"

"아니요. ……하지만 왜 그런 걸 물으시는지요."

"왜냐면, 이상하지 않나요? 그날 밤 자살을 결심한 사람이 다음 날 아침 자명종을 맞춰 놓는다는 게."

"과연 그러네요. 이상합니다."

기타무라는 아둔하게도 방금 전까지 그것을 전혀 알아차리지 못한 모양이었습니다. 그리고 아케치가 무슨 의미로 그런 말을 하는지 아직 확실히 이해를 못하는 눈치였습니다. 하지만 그러는 것도 결코 무리는 아니었습니다. 입구가 잠겨 있었고 독약 용기가 시체 옆에 떨어져 있는 등 그 밖의 모든 사정이 엔도의 자살을 자연스럽게 보이도록 만들었으니까요.

사부로는 그들의 대화를 들으며 발을 디디고 있던 지반이 불시에 무너진 것처럼 놀랐습니다. 그리고 왜 여기로 아케치를 데리고 오는 우를 범했는지 몹시 후회했습니다.

아케치는 한층 더 면밀하게 방 안을 조사하기 시작했습니다. 물론 천장도 **빼놓지** 않았습니다. 그는 천장 합판을 한 장씩 다 두드려보며 사람이 들고 난 흔적이 없는지 조사했습니다. 하지만 사부로는 안도했습니다. 제아무리 아케치라도 옹이구멍에서 독약을 떨어뜨리고 그것을 다시 원래대로 막아놓는 수법까지는 생각하지 못한 것 같았습니다. 아케치는 천장 합판이 한 장도 떨어져 있지 않다는 것을 확인하자 더 이상은 파고들지 않았습니다.

결국 그날은 특별한 것을 발견하지 못했습니다. 아케치는 엔도의 방을 다 살펴보고 나서 사부로의 방에 들러 잠시 잡담을 나누다가 그냥 돌아갔습니다. 다만 그 잡담 사이에 다음과 같은 대화가 있었다는 것을 놓쳐서는 안 됩니다. 언뜻 보면 너무 사소해 보이겠지만 이 대화는 사실 이 이야기의 결말과 매우 중요한 관계를 맺고 있기 때문이죠.

잡담 중에 아케치는 소맷자락에서 꺼낸 에아싯프[69]에 불을 붙이면서 이제야 발견했다는 듯이 다음과 같이 말했습니다.

"자네는 아까부터 전혀 담배를 피우지 않는군. 끊었나?"

그 말을 듣고 사부로는 요 2~3일 동안 마치 까맣게 잊은 듯이 그렇게 좋아하던 담배를 단 한 대도 피우지 않았다는 사실을 깨달았습니다.

"이상하군. 완전히 잊고 있었네. 게다가 자네가 이렇게 담배를 피우고 있는데도 전혀 피우고 싶다는 생각이 안 드는걸."

"언제부터?"

"생각해보니 벌써 한 2~3일 피우지 않은 것 같네. 여기 있는 시키시마[70]를 산 게 아마 일요일이었으니까 벌써 꼬박 사흘 동안 한 대도 피우지 않은 셈이네. 대체 어찌 된 걸까."

"그럼 딱 엔도 군이 죽은 날부터군."

그 말을 듣자 사부로는 자신도 모르게 화들짝 놀랐습니다. 그러나 설마 엔도의 죽음과 그가 담배를 피우지 않는 것 사이에 인과관계가 있으리라고는 생각하지 않았기에 그냥 웃어 넘겼습니다. 하지만 나중에 생각해보니 그건 결코 우스갯소리로 받아들일 무의미한 말이 아니었습니다 —— 또한 희한하게도 사부로의 담배 기피는 그 후로도 계속되었습니다.

....
69_ エアシップ. 일본 전매공사가 1910년부터 1939년까지 발매한 담배.
70_ 敷島. 일본 전매공사가 1904년부터 1943년까지 발매한 담배.

8

　사부로는 당장 자명종 시계 건이 걱정되어 밤에도 편히 잘
수 없었습니다. 설사 엔도가 자살하지 않았다는 사실이 밝혀진
다 해도 그가 살인범으로 의심받을 만한 증거는 하나도 없었기에
그렇게 걱정할 필요는 없었지만, 그 내용을 아는 사람이 아케치
라고 생각하니 좀처럼 안심할 수 없었습니다.

　그로부터 보름 정도는 아무 일 없이 지나갔습니다. 걱정했던
아케치도 그 후로는 한번도 오지 않았습니다.

　"휴, 이것으로 드디어 대단원의 막이 내린 건가."

　사부로는 마침내 경계심을 풀었습니다. 종종 무서운 꿈에
시달리기도 했으나 대체적으로 유쾌한 나날을 보낼 수 있었습니
다. 특히 살인죄를 범한 이후 신기하게도 이제까지 전혀 관심이
없었던 여러 유희들이 재미있어진 것은 참으로 기쁜 일이었습니
다. 그런 까닭에 그는 요즘 매일같이 집을 멀리하고 여기저기
놀러 다녔습니다.

　그러던 어느 날, 그날도 밤늦도록 밖에서 놀다가 10시쯤 방으
로 돌아왔습니다. 그런데 잠자리에 들기 위해 이불을 꺼내려고
아무 생각 없이 벽장문을 열었을 때였습니다.

　"으악."

　그는 갑자기 두려운 듯 소리를 지르며 두세 걸음 뒷걸음쳤습니
다.

　꿈을 꾼 걸까요. 아니면 정신이 이상해진 걸까요. 어두컴컴한

벽장 천장 아래로 죽은 엔도가 머리를 다 풀어헤치고 거꾸로 매달려 있는 것이었습니다.

사부로는 도망치려고 일단 입구 쪽으로 달려갔으나 불현듯 자신이 뭔가 잘못 본 것은 아닌가 하는 생각이 들었습니다. 그래서 슬금슬금 되돌아가 다시 한 번 살며시 벽장 안을 들여다 보았더니 엔도가 틀림없었습니다. 게다가 그가 느닷없이 빙긋 웃기까지 하는 것 아니겠습니까.

사부로는 다시 으악 하고 소리를 지르며 한달음에 입구까지 달려가 장지문을 열었습니다.

"고다 군, 고다 군."

밖으로 나가려는데 벽장 안에서 자꾸 사부로의 이름을 부르는 소리가 들렸습니다.

"나야, 나. 도망치지 말게."

하지만 그건 엔도의 목소리가 아니라 왠지 귀에 익은 다른 사람의 목소리였습니다. 사부로는 도망치던 발길을 멈추고 조심 스럽게 뒤를 돌아보았습니다.

"이런이런, 실례했네."

그렇게 말하며 전에 사부로가 그랬던 것처럼 벽장 천장에서 내려온 사람은 뜻밖에도 아케치 고고로였습니다.

"놀라게 해서 미안하네."

벽장에서 나온 양복 차림의 아케치가 빙글빙글 웃으며 말했습니다.

"자네 흉내를 좀 내본 거라네."

그 모습은 정말 유령보다도 훨씬 현실적이면서도 훨씬 무서운 실제였습니다. 아케치는 분명 뭔가 알아낸 것 같았습니다.

그때 사부로는 정말이지 말로 표현할 수 없는 심정이었습니다. 온갖 일들이 풍차처럼 머릿속에서 빙빙 돌아 더 이상 아무것도 생각할 수 없었습니다. 그는 그저 멍하니 아케치의 얼굴을 바라볼 뿐이었습니다.

"갑작스러울지 모르겠지만 이건 자네 셔츠 단추겠지."

아케치는 너무도 사무적인 어투로 말했습니다. 그러면서 손에 들고 있던 작은 단추를 사부로의 눈앞에 내밀었습니다.

"다른 하숙생들도 조사해봤는데 아무도 이런 단추를 잃어버린 사람이 없었어. 아, 그 셔츠인가? 보라구, 두 번째 단추가 떨어져 있잖아."

깜짝 놀라 셔츠를 훑어보니 단추가 하나 떨어져 있었습니다. 사부로는 단추가 언제 떨어졌는지조차 몰랐습니다.

"모양도 같고, 틀림없군. 그런데 이 단추를 어디서 주웠다고 생각하나? 천장 위에서였네. 게다가 바로 엔도 군 방 위에서."

그런데 어째서 사부로는 단추를 떨어뜨리고도 전혀 모르고 있었을까요. 분명 회중전등으로 샅샅이 다 살펴보았는데 말입니다.

"자네가 죽이지 않았을까? 엔도 군을."

아케치는 천진난만하게 웃으며 ── 이런 경우에는 그런 모습이 훨씬 섬뜩하죠 ── 어디에 시선을 둬야 할지 곤란해 하는 사부로의 눈을 바짝 들여다보며 마지막 숨통을 끊어버리듯 말하는 것이었습니다.

사부로는 이제 다 틀렸다고 생각했습니다. 아케치가 어떤 기막힌 추리를 하더라도 그것이 그저 추리라면 얼마든지 항변할 수 있었습니다. 하지만 이런 예기치 못한 증거물을 내밀면 더 이상 어쩔 도리가 없었습니다.

사부로는 어린애같이 당장이라도 울음을 터트릴 듯한 표정으로 입을 꾹 다물고 서 있었습니다. 점점 부옇게 흐려지는 눈앞에는 묘하게도 먼 옛날, 이를테면 소학교 시절의 사건 같은 것이 환영처럼 떠올랐다 사라졌습니다.

그로부터 두 시간쯤 지났는데도 사부로의 방에서 두 사람은 그 긴 시간을 거의 미동도 없이 원래 있던 상태 그대로 마주보고 있었습니다.

"고맙네, 진실을 다 털어놓아 주어서."

마지막으로 아케치가 말했습니다.

"나는 결코 자네를 경찰에 신고하지 않을 걸세. 그냥 내 판단이 맞는지 그걸 확인하고 싶었어. 자네도 알다시피 내 흥미는 단지 '진실을 밝히는 것'이기 때문에 나머지는 실상 어떻게 되어도 상관없거든. 게다가 이 범죄에는 증거라고 할 만한 것이 하나도 없었네. 셔츠 단추? 하하하하, 그건 내 트릭이야. 뭔가 증거품이 없으면 자네가 받아들이지 않을 것 같아서. 전에 자네를 찾아왔을 때 두 번째 단추가 떨어져 있는 것을 발견했지. 그 상황을 좀 이용해 본 것이라네. 이것은 내가 단추가게에 주문한 것이지.

단추가 언제 떨어졌는지는 아무도 모를 테고, 게다가 자네는 흥분했을 때니까 아마 잘 넘어갈 수 있지 않을까 해서.

내가 엔도 군의 자살을 의심했던 건, 자네도 잘 알겠지만 그 자명종 시계 때문이었네. 그 후 여기 관할 경찰서장을 찾아갔지. 현장조사를 나왔던 형사에게 당시 상황을 자세히 들었는데 그에 따르면 모르핀 병이 담배 상자 속에 굴러들어가 그 내용물이 궐련에 흘렀다더군. 경찰 쪽 사람들은 그다지 주의를 기울이지 않았지만, 생각해보면 너무 이상하지 않나? 들어보니 엔도는 매우 꼼꼼한 사람이라고 하던데 잠자리에서 죽으려고 치밀하게 준비한 사람이 독약 병을 담배 상자 속에 넣고 거기다 내용물까지 흘렸다고? 그건 아무래도 부자연스러웠지.

내 의심이 점점 깊어지던 중 문득 엔도가 죽은 날부터 자네가 담배를 피우지 않았다는 사실이 생각났어. 그 두 가지 사정은 우연의 일치라고 하기에는 좀 묘하지 않나? 나는 자네가 전에 범죄자 흉내를 내며 희열을 느끼곤 했던 일이 떠올랐네. 자네에게는 변태적인 범죄애호증이 있었지.

나는 그때부터 때때로 자네 모르게 이 하숙집에 와서 엔도의 방을 조사한 결과 범인이 출입할 곳은 천장밖에 없다는 걸 알게 되었지. 그래서 자네처럼 이른바 '천장 위의 산책'을 하며 하숙생들의 모습을 살펴보았다네. 특히 자네 방 천장 위에서 긴 시간을 쪼그리고 앉아 있기도 했지. 자네의 그 초조해 하는 모습을 다 엿볼 수 있었던 거지.

살펴보면 살펴볼수록 모든 정황이 자네를 가리키더군. 하지만 확실한 증거가 하나도 없어서 유감이었지. 그래서 나는 그런 연극을 생각해낸 거야. 하하하하하하. 그럼 이만 실례하겠네. 아마 나를 더 이상 볼 수 없을 거네. 왜냐하면, 자네는 지금 자수를 해야겠다고 단단히 결심했을 테니까."

사부로는 어느덧 아케치의 트릭에 대해서도 별다른 감정이 생기지 않았습니다. 그는 아케치가 나가는 것도 모르는 척하며 그저 멍하니 다음과 같은 생각에 빠져 있었습니다. '사형에 처해지는 순간이 되면 대체 기분이 어떨까.'

독약 병을 옹이구멍으로 떨어뜨릴 때 그 병이 어디에 떨어졌는지 보지 못했다고 생각했지만, 사실 그는 독약이 궐련에 묻은 것까지 확실히 다 봤습니다. 그리고 그것이 의식 아래에 억압되어 심리적으로 담배를 기피하게 된 것이었죠.

작가의 말

트릭이 언급된 부분이 있으니
주의하시기 바랍니다.

D자카 살인사건

1. 「탐정소설 10년」 중

부자연스럽다고 비판하는 사람도 있었지만, 「D자카 살인사건」은 줄무늬 유카타와 격자 트릭에서 비롯된 작품이다. 당시 나는 교토─오사카 전차 철로가 지나가는 모리구치守口라는 동네에 살고 있어서 매일 전차로 오사카까지 출퇴근했다. 어느 날 저녁 전차에서 내려 집으로 돌아가느라 선로 옆 시골길을 걷고 있을 때였다. 철도 선로와 인도 사이에 설치되어 있던 진입금지 철책이 눈에 띄었다. 오래된 침목枕木[1]을 검게 그을려 만든 기둥을 죽 세워놓고 그 사이사이에 철조망처럼 철사를 끼운 평범한 철책이었는데, 그 길을 걷다보니 검은 철책이 어른

....
1_ 선로 아래에 까는 나무토막.

어른 잔상으로 남았다. 나무 기둥 사이로 건너편 지면이 보였다 안 보였다 했는데, 그 기둥이 착각의 근원인 듯했다.

그 후 어떤 연상을 거쳐 줄무늬 유카타를 떠올렸는지는 기억이 나지 않지만 하여튼 그 철책을 따라 걸으며 머릿속에 굵은 줄무늬 유카타가 떠올랐다. 그리고 유카타 줄무늬에는 오사카식 장지문인 마이라문舞良戶이 맞겠다는 생각이 떠올라 트릭을 완성할 수 있었다.

철도 선로의 철책은 전에도 봤지만 그때 마침 트릭이 떠오른 것은 순전히 '운'이 좋아서였다. 나는 '운'이 따르지 않으면 탐정소설을 쓰기 힘든 사람이다. 나중에 생각해보면 최초의 모티브가 의외로 시시해서 완성해 보니 오히려 소설의 결점으로 작용한 경우도 많았지만, 소설을 쓰고 싶다는 열의는 언제나 최초의 모티브에서 생긴다. 완성된 소설이 좋을지 나쁠지는 내가 그 모티브에 얼마나 도취되는가에 달려 있다고 생각할 정도다.

이 소설에는 아케치 고고로라는 아마추어 탐정을 등장시켰다. 모델은 강담사 하쿠류였다. 그 무렵 처음으로 하쿠류의 강담을 들었는데 매우 감동적이었다. 얼굴도 전체적인 모습도 마음에 들었다. 당시 그는 지금보다 훨씬 말랐고 좋은 의미로 상당히 기이한 느낌이 있었다. 그래서 자연스럽게 하쿠류를 아마추어 탐정의 모델로 쓰게 되었다. 한번만 쓸 생각이었는데 "좋은 주인공을 만드셨네요"라는 말을 듣고 '아케치 고고로물'을 계속 쓰게 되었다. 하지만 아케치도 「난쟁이」 이후의 장편에서는 매우 세속적이 되었다. 하쿠류 군에게 면목이 없다.

　어떤 사람 말로는 얼마 전 사망한 강담사 하쿠치가 「난쟁이」를 무대에 올렸다고 하는데(나는 전혀 몰랐다), 그때 하쿠치가 "이 소설을 쓴 에도가와 선생님께서는 같은 업계의 하쿠류와도 잘 아십니다"라는 말을 한 모양이다. 내가 하쿠류를 모델로 한 것은 본인은 물론 강담계에서도 모를 것이라고 생각했는데, 이 이야기를 들으니 의외로 그쪽 업계에서도 화제가 된 듯하다. 하쿠류를 모델로 쓴 것은 친분 때문이 아닌데 하쿠치가 잘못 알고 말한 듯싶다. 나는 하쿠류 군과 말 한마디 나눈 적이 없다.

　하쿠류는 아직도 좋아한다. 이제 더 이상 덴잔[2]의 강담을 들을 수가 없기 때문에 지금은 강담계에서 하쿠류를 능가하는 사람이 없다. 노련하거나 실력 있는 강담사는 얼마든지 있지만 하쿠류만큼 매력적이지 않다. 약간 거들먹거리는 듯한 태도가 몹시 호감이 간다. 내가 하쿠류에 대해 처음 알게 된 것은 그의 실명이 등장하는 고지마 마사지로[3] 씨의 걸작 소설 「주연배우一枚看板」를 통해서였다. 이 소설을 읽고 그의 예술세계에 흥미를 가지게 되었다.

....
2_　긴죠사이 덴잔錦城斎典山. 1863~1935. 강담사. 서민극과 시대극에 능했으며 특히 심리묘사를 중요시했다.
3_　小島政二郎1894~1994. 1922년 친분이 있던 강담사 간다 하쿠류를 소재로 한 소설 「주연배우一枚看板」로 문단에서 인정을 받았다. 1927년 「녹색의 기사緑の騎士」로 인기를 얻어 대중작가로 자리매김했다.

2. 이와야쇼텐岩谷書店판 『애벌레蟲』 후기 중

「D자카 살인사건」은 『신청년』 1925년 1월호에 게재된 작품으로 본격탐정소설이다. 이 작품에서 처음으로 아케치 고고로를 등장시켰는데 평이 좋아 이후에도 이 아마추어 탐정을 계속 쓰게 되었다. 엄밀한 의미의 밀실살인은 아니지만 그와 비슷한 요소를 이 소설에 도입했다. 그 무렵 건축재로 나무와 종이를 쓰는 일본 건축물에서는 「모르그가 살인사건」처럼 밀실탐정소설을 쓸 수 없다, 일본에 탐정소설이 부재한 이유는 그런 생활양식 탓이 크다는 식의 주장이 있었다. 하지만 나는 반드시 그렇지 않다는 것을 보여주고 싶었다. 나처럼 쓴다면 일본 건축물에서도 밀실 구성이 가능하다는 예시를 보여주고 싶었다. 예전에 학생 때 습작한 「화승총火繩銃」에서도 밀실살인을 시도한 적이 있었다. 그때는 양관 밀실이었지만, 「D자카 살인사건」에서는 완전한 일본식 건물에서 일어난 밀실살인을 다루었다. 그 후에도 나는 밀실트릭을 종종 썼다. (1950년 2월)

3. D자카 살인사건에 관해

1924년에 「D자카 살인사건」, 「심리시험」, 「흑수단」 3편을 완성했다(게재는 1925년에 되었다). 「D자카 살인사건」을 송고하자 당시 『신청년』 주간인 모리시타[4] 씨가 좋은 반응을 보였다.

....
4_ 모리시타 우손森下雨村, 1890~1965. 1920년부터 『신청년』 편집장으로 일하며 에도가와 란포를 비롯하여 여러 추리작가들을 발굴하였다. 하쿠분칸博文館에서 발간하던 『신청년』은 국내외 탐정소설을 소개함으로써 당시 도시 인텔리

다소 자신감을 갖고 다음 작품인 「심리시험」을 썼는데 그 정도면 기본은 되지 않을까 생각했다. 게다가 나는 싫증을 잘 내는 성격이라 당시 일하던 오사카 마이니치신문사 광고부도 지겨워졌다. 이 작품을 시금석 삼아 '직업 작가'의 길로 들어서도 될 것 같아 「심리시험」 원고를 고사카이 후보쿠[5] 박사에게 보내 판단을 부탁드렸는데 다행히 호의적인 답장을 받았다.

이런저런 외부적인 사정 외에도 「D자카 살인사건」과 「심리시험」 두 작품 덕분에 이 정도면 글을 계속 써도 되겠다는 자신감이 들었다. 이른바 내게는 이정표가 된 작품이다.

「D자카 살인사건」에서 처음으로 아케치 고고로라는 아마추어 탐정을 등장시켰다. 모델은 강담사 하쿠류였는데 그 무렵 나는 오사카의 극장에서 하쿠류의 강담을 듣고 크게 감명 받았다. 얼굴이나 전체적인 모습도 마음에 들었고 좋은 의미에서 상당히 독특한 느낌을 받았다. 그래서 자연스럽게 모델로 삼게 되었다. 아케치 고고로는 한번만 쓸 생각이었지만 누군가가 "좋은 주인공을 만드셨네요"라고 말해주어 계속 시리즈로 쓰게 되었다. 하쿠류는 종전 이후 어떤 좌담회에서 처음 만나게 되었는데 그때 비로소 자네가 모델이라는 이야기를 했다. (1951년 12월 증간호 『후지富士』[6])

....
청년들에게 큰 인기를 모았다.

5_　小酒井不木1890~1929. 의학박사이자 수필가. 『살인론殺人論』, 『서양범죄 탐정담西洋犯罪探偵譚』, 『범죄와 탐정犯罪と探偵』 등의 평론을 남겼을 뿐 아니라 해외 탐정소설을 번역했고, 추리작가로서 『붉은색 다이아紅色ダイヤ』 등 다수의 소설을 집필하는 등 일본 추리소설에 큰 공헌을 했다.
.

4. 가와데쇼보河出書房 『탐정소설 명작전집 1』 해설 중

D자카는 단고자카団子坂이다. 내가 소설을 쓰기 2~3년 전에 혼교本郷의 단고자카에서 '산닌쇼보三人書房'라는 작은 헌책방을 운영했다. 가게의 모습이나 구조는 그 헌책방을 떠올리며 썼다. 또한 이 소설을 통해 "일본의 가옥은 개방적이기 때문에 밀실사건을 쓸 수 없다. 일본에서 탐정소설이 발전할 수 없는 것은 우리 생활양식 때문이다"라는 주장에 반박하고 싶었다. 이 소설은 일본 주택에서도 밀실 구성이 가능하다는 논증이다. 오난보쿠[7]의 범죄극과 구로이와 루이코[8]의 번역 탐정소설에 심취하는 일본인들인데, 종이와 대나무로 된 집에서 생활하더라도 결코 탐정소설을 싫어하지는 않는다는 점을 주장하고 싶었다. (1956년 7월)

5. 도겐샤桃源社판 『에도가와 란포 전집』 후기 중

『신청년』 1925년 1월 증간호에 발표했다. 이 작품에서 처음으로 아케치 고고로를 등장시켰다. 원래는 주인공으로 계속 쓸

....

6_ 1925년 고단샤에서 창간한 대중오락잡지 『킹キング』. 일본 출판 사상 최초로 발행부수 100만 부를 돌파했을 정도로 인기를 모았다. 1943년 『후지』로 잡지명이 바뀐 것은 군부가 적성어敵性語라고 문제 삼았기 때문이다.

7_ 오난보쿠大南北는 에도 후기에 활약했던 가부키 작가인 쓰루야 난보쿠鶴屋南北, 1755~1829를 가리킨다.

8_ 黒岩涙香1962~1920. 『철가면鉄仮面』, 『암굴왕巌窟王』, 『유령탑幽霊塔』 등 서양 탐정소설을 번안하여 일본에 소개했으며, 『천인론天人論』 등의 평론집을 남겼다. 1892년 직접 창간한 일간지 <요로즈초호万朝報>는 그의 번안소설들뿐 아니라 정계의 스캔들을 가차 없이 폭로한 기사를 게재하는 것으로도 유명했다.

생각이 없었다. 하지만 "좋은 주인공을 생각해내셨네요"라는 말을 들으니 괜찮을 듯싶어 아케치 고고로를 계속 등장시키기로 했다. 「D자카 살인사건」 시절 아케치는 담배 가게 2층 하숙집에서 책에 파묻혀 사는 가난한 청년에 불과했다.

「D자카 살인사건」을 1월 증간호에 발표하고 나서 그해 여름까지 매달 『신청년』에 단편을 발표했다. 이후에도 종종 기획되었던 『신청년』 6개월 연속단편의 첫 사례였다. 당시 상황이 「D자카 살인사건」 다음 작품으로 「심리시험」을 쓰고 나서 전업작가가 되기로 결심했었는데, 마침 『신청년』 편집부의 모리시타 우손 씨가 6개월 연속단편을 기획해서 나를 도와준 셈이었다. 그때 썼던 연속단편은 다음과 같았다. 「심리시험」(2월호), 「흑수단」(3월호), 「붉은 방赤い部屋」(4월호), 「유령」(5월호), 「백일몽白昼夢」, 「반지指環」(7월호), 「천장 위의 산책자」(8월 증간호).

중간에 한번 연재를 중단했지만 6개월 동안 쉬지 않고 쓰기는 했다. 그중에서 「흑수단」과 「유령」 같은 태작도 있었지만 「D자카 살인사건」, 「심리시험」, 「붉은 방」, 「천장 위의 산책자」와 같이 내 대표작들도 있어 이 연속단편은 점차 성공을 거뒀다. 그해 『신청년』에 쓴 일곱 편 외에도 『구라쿠苦楽』(두 편 발표, 그 한 편이 「인간의자人間椅子」였다), 『신소설新小説』, 『사진호치写真報知』, 『영화와 탐정映画と探偵』 등에 아홉 편의 단편을 썼는데 모두 합치면 열여섯 편이 된다. 작품을 많이 쓴 한 해였고 내 초기 단편을 대표하는 작품 중에 절반 가까이가 당해에 발표되었다 해도 과언이 아니었다. (1962년 2월)

유령

1. 「탐정소설 10년」 중

6개월 예정으로 시작한 연속단편의 네 번째 작품이다. 도저히 생각이 떠오르지 않았지만 무리하게 펜을 들고 겨우 시간에 맞춰 쓴 졸작이다. 이 한 편 때문에 너무 절망해서 연속단편도 유야무야 끝나버렸다. 그런 생각을 하면 작년에 6개월 연속단편을 성공적으로 끝마친 운노 주자[9] 군이 참 부럽다. (1932년 5월)

2. 도겐샤판 『에도가와 란포 전집』 후기 중

『신청년』 1925년 5월호에 발표했다. 내가 작가로 데뷔했을 때 『신청년』 편집부의 모리시타 우손 씨가 6회 연속으로 단편을 써보라고 했는데 그중 한편이었다. 그 연속단편은 「심리시험」, 「흑수단」, 「붉은 방」, 「유령」, 「백일몽」, 「천장 위의 산책자」였는데, 「유령」은 그중에서도 가장 형편없는 작품이다. (1963년 6월)

9_ 海野十三[1897~1949]. 체신성遞信省 전기기사로 근무하며 추리소설을 집필하였다. 대표작으로는 트릭 중심의 『파충관 사건爬虫館事件』(1932), 과학적 지식을 활용한 SF 추리 『포로俘囚』(1934), 『심야의 시장深夜の市長』(1936) 등이 있다.

흑수단

1. 「탐정소설 10년」 중

「흑수단」은 아이디어라고 내세울 만한 것이 없었다. 다시
말해 시작부터 좀처럼 매력이 느껴지지 않았다. 이 소설은 실패
작이었다. 「심리시험」 다음 작품이었는데, 발표 당시 이 소설에
실망을 느낀 독자가 꽤 있었던 모양이다. 작년에 이치가와 고다
유[10] 군이 가부키歌舞伎로 각색을 해서 각지를 돌며 무대에 올렸
다. 올해에도 나고야 신모리자新守座 등에서 상연했다. 각색한
작품을 입수해서 훑어보니 예상했던 것보다는 시시하지 않았다.
물론 탐정극으로는 성공적이라 할 수 없었다. (1932년 5월)

2. 도겐샤판 『에도가와 란포 전집』 후기 중

『신청년』 1925년 3월호에 발표하였다. 「심리시험」에 이어
두 번째로 쓴 연속단편이었는데, 실패작이었다. 암호문이 좀
어려웠을 뿐 무미건조했다. 마찬가지로 암호문이 나오는 「2전
짜리 동전二銭銅貨」과도 비교가 되지 않는다. 만약 이 작품에서
건질 것이 있다면 발자국 수수께끼 정도이다.

이 소설은 1931년 7월 제국극장에서 이치가와 고다유가 무대
에 올렸다. 고다유 군은 그 후 「음울한 짐승陰獣」도 스스로 각색해
서 신바시 연무장에서 상연했는데, 이에 대해서는 졸저 『탐정소

10_ 市川小太夫[1902~1972]. 다이쇼와 쇼와 초기에 활약한 가부키 배우로, 처음으
로 탐정극을 가부키에 도입해서 화제를 모았다.

설 40년』에 자세히 서술되어 있다. (1962년 2월)

심리시험

1. 「이 작품 저 작품(뒷이야기)」중

「두 폐인二癈人」을 쓰고 약 일 년 후에 「심리시험」을 썼다. 그 사이에 대여섯 편을 썼는데 이 책에는 실리지 않았다.

「심리시험」무렵 나는 또 정체기였다. 처음에는 쓸 만한 소재는 얼마든지 있지만 소설을 실어줄 잡지가 없다고 생각했는데 정말 말도 안 되는 착각이었다. 막상 지면을 받아보니 매월 한 편 쓰기도 빠듯했고, 아직 본격적으로 작가의 길로 들어서기 전이라서 소설만 써서는 먹고살기도 쉽지 않은 형편이었다. 오히려 한숨이 저절로 나올 지경이었다.

당시 모리시타 씨의 호의로 『신청년』에 연속단편을 게재하게 되었는데, 첫 작품 「D자카 살인사건」이후 「심리시험」, 「흑수단」, 「붉은 방」, 「백일몽」, 「유령」순으로 반년 정도 발표했다. 하지만 졸작 「유령」에 스스로가 너무 실망한 나머지 도저히 펜을 들 수가 없어서 연속단편도 그만 중단되고 말았다. 게다가 두 번째 작품인 「심리시험」에서 벌써 주춤했기 때문에 무기력함이 이루 말할 수 없었다.

「심리시험」을 쓴 과정을 털어놓자면 한참 전부터 관심을 갖고 있었던 프로이트의 정신분석에서 소재를 얻을 수 있지 않을까 생각했다. 그러던 차에 고베 여행을 갔는데(아마 니시다 마사지[11] 군과 요코미조 세이시[12] 군을 만나러 갔을 것이다), 헌책방에서 뮌스터베르크의 『심리학과 범죄』라는 책을 발견하고 몹시 기뻐하며 구입했다. 나중에 돌아와서 읽어보니 제법 재미있었다. 고사카이 씨가 쓴 수필 「심리적 탐정법」의 원본이라는 것도 알 수 있었다. 이런 내용으로 한 편 쓰면 좋겠다고 생각했는데 심리시험만 다루면 뮌스터베르크 그대로라서 특색이 없고, 창작이라 할 수도 없었다. 그래서 결국 반전을 생각해냈다. 즉, 심리시험에 대해 아는 범인이 시험자의 허를 찌르는 이야기, 그리고 그것을 또다시 역이용해서 명탐정이 범인의 트릭을 발견하는 이야기를 만들어보기로 했다.

그런데 이 이중 트릭이 뮌스터베르크의 책에 나와 있는 것이 아니라서 몹시 고심을 했다. 첫 번째 트릭은 '연습'을 통해 시험에 무감각해지는 설정으로 하고, 두 번째 트릭은……아주 까다로워 2~3일씩이나 허비했다. 그동안 도스토옙스키의 『죄와 벌』을 처음부터 끝까지 다시 읽었다. 고백하자면 이 소설에

....

11_ 西田政治[1893~1984]. G. 체스터튼의 단편, 엘러리 퀸, 존 딕슨 카 등의 작품을 다수 번역하였으며, 『신청년』에 필명으로 추리소설 「사과껍질林檎の皮」(1920)을 발표하기도 했다.

12_ 橫溝正史[1902~1981]. 일본 본격추리소설의 대표작가. 에도가와 란포의 권유로 하쿠분칸博文館에 입사하여 편집자로 일했다. 1927년 『신청년』 편집장을 맡은 이래 『문예구락부』, 『탐정소설』 등에서 편집장을 역임하였고, 1932년 퇴사 후 전업 작가의 길을 걸었다. 『혼진 살인사건本陣殺人事件』으로 1948년 제1회 일본탐정작가클럽상 장편상을 수상했으며, 대표작은 『이누가미 일족犬神家の一族』(1946), 『옥문도獄門島』(1947), 『팔묘촌八つ墓村』(1949) 등이 있다.

나오는 훌륭한 모티브를 그대로 빌려 썼다.『죄와 벌』에서 라스 콜니코프는 노파를 살해한 후 아래층 공실에 숨는데, 그때 페인 트공이 벽에 페인트칠을 하던 중이었다. 그런데 그것을 기억하고 있던 라스콜니코프가 나중에 예심판사의 유도심문에 넘어가 페인트칠에 관해 이야기하려다가 깜짝 놀라 식은땀을 흘리는 장면이 있다. 라스콜니코프는 범죄가 일어난 날 그 아파트에 가지 않았다고 거짓말을 하고 있었기 때문이다. 즉, 그 며칠 전에 노파를 찾아간 이후에는 그곳에 간 적이 없다고 주장하던 중이었기 때문에 그가 공실을 볼 수는 있어도 페인트공의 작업을 보았다고 하면 안 되는 상황이었다. 하지만 판사에게 그 공실에 대한 질문을 받자 본 대로 말하는 것이 안전하다고 생각하면서 하마터면 쓸데없이 페인트공 이야기까지 할 뻔한 것이다. 만약 그 말을 했다면 아주 사소한 것 때문에 거짓말이 모두 들통 나서 살인죄가 확정되었을 것이다.

나는 이런 심리적 공포가 못 견디게 재미있었다. 그래서 그 상황을 일본식으로 바꿨다. 벽 대신 롯카센 금병풍으로, 페인트 대신 오노노 고마치 얼굴에 상처를 낸다는 설정으로 바꿔 가급적 『죄와 벌』을 떠올리지 않게끔 했다.

그런데 그때가 마침 오사카 마이니치신문에 입사한 지 1년 정도 지난 시점이었다. 싫증을 잘 내는 성격답게 나는 또 일하기 싫어졌다. 한편으로는 연속단편을 비롯하여 작품 청탁도 많아졌으니 생활비 정도는 벌 수 있을 것 같았다. 그래서 「심리시험」을 쓴 후 전업 소설가로 전향해도 될까 사람들에게 의견을 물어보고 괜찮다는 대답을 들으면 신문사를 그만두어야겠다고 생각했다. 사람들이라고 해도 결국 고사카이 씨와 모리시타 씨 외에는 달리 의논할 사람도 없었으므로 완성한 「심리시험」을 송고하고 두 사람에게 의견을 물어보았다. 고사카이 씨는 정말 좋은 생각이라며 크게 격려해주었다. 모리시타 씨는 신중한 성격이었으므로 기다렸다는 듯 바로 대답해주지는 않았으나 부정적인 반응은 아니었다. 그래서 나는 앞으로의 일을 장담할 수 없었지만 일단 신문사를 그만두었다.

그 후 바로 모리시타 씨가 『신청년』 외에도 호치신문사에서 발행하는 계간잡지 『사진호치』에 나를 소개시켜주었다. 처음으로 『신청년』 이외의 다른 잡지에서 원고청탁을 받은 것이다. 그 원고료가 『신청년』보다 다소 높았으므로(정확히 4엔이다. 아니면 5엔이었을 수도 있다) 그 정도면 어떻게든 먹고살 수 있을 것 같아 가슴을 쓸어내렸다. 이런 추억이 있었다. (1929년 7월)

2. 온도샤雄鷄社판 『석류柘榴 외』 후기 중

「심리시험」은 뮌스터베르크의 『심리학과 범죄』를 토대로 썼다. 물론 그 책을 곧이곧대로 옮긴 것은 아니었다. 범인이 연상진단의 허를 찌른다는 아이디어를 생각해낸 후 탐정이 다시 그 범인의 의도를 간파하여 역으로 심리적 맹점을 찌름으로써 이중의 반전을 꾀하려 했다. 심리적인 맹점에 관해서는 도스토옙스키의 『죄와 벌』에서 힌트를 얻었다. 라스콜니코프가 노파를 살해한 후 잠시 숨어 있으려고 빈방에 들어가는데 무심코 거기에 페인트공이 있었다는 말을 할 뻔했던 장면에 묘사된 심리적 위기에서 힌트를 얻은 것이다.

이 단편은 내 일곱 번째 작품이었는데 고사카이 후보쿠 씨와 모리시타 우손 씨에게 작품을 보여주고 나서 전업 작가로 살아갈 수 있는지 판단을 해달라고 부탁했다. 고사카이 씨는 좋은 생각이라고 명확히 말해주었고, 모리시타 씨도 부정적인 견해는 보이지 않았다. 그래서 나는 이 작품을 쓴 후 당시 근무하던 마이니치신문사를 그만두고 소설 쓰기에 전념했다. (1946년 9월)

3. 이와야쇼텐판 『애벌레』 후기 중

「심리시험」은 1925년 2월호 『신청년』에 게재한 작품이다. 당시에는 직업이 따로 있었고, 탐정소설은 취미로 썼다. 전업 작가로 전향을 결심할 수 있었던 것은 이 작품을 고사카이 후보쿠 박사에게 보여주면서 판단을 부탁한 연후였다. 그리고 모리시타 편집장의 호의로 『신청년』에 6회 연속으로 단편을 게재할 기회를 얻었는데, 첫 번째로 발표한 작품이 「심리시험」이었다. 가장 심혈을 기울인 작품 중 하나이다. (1950년 2월)

4. 가와데쇼보 『탐정소설 명작전집 1』 해설 중

「심리시험」은 「D자카 살인사건」의 속편 격인 작품이다. 「D자카 살인사건」에서는 단어반응에 의한 연상시험을 도입했지만 그에 대해 구체적으로 쓸 시간이 없었다. 그래서 이 작품을 쓰게 되었다. 그 당시 고베 헌책방에서 입수한 뮌스터베르크의 『심리학과 범죄』가 소설의 모티브였다. 아직 거짓말 탐지기가 없는 시절이었지만 거짓말 탐지기의 원리를 이용한 소설이었다. 금병풍은 도스토옙스키의 『죄와 벌』에 나오는 페인트칠의 심리적 착각에서 생각해냈다. 이 소설은 요즘 용어로는 도서(倒敍)탐정소설인데, 당시에는 서양에도 'Inverted Detective Story'라는 명칭이 없었고 그런 방식으로 쓴 작품도 별로 없었다. (1956년 7월)

5. 도겐샤판 『에도가와 란포 전집』 후기 중

『신청년』1925년 2월호에 발표되었다. 이 작품을 모리시타 씨와 고사카이 후보쿠 씨에게 보여주며 내가 전업 작가로 살아갈 수 있겠냐고 상의했다. 두 사람 모두 긍정적인 반응을 보였기에 오사카에서 도쿄로 이주한 후 전업 작가가 되었다. 이 작품에도 아케치 고고로가 나온다. 「D자카 살인사건」 몇 년 후에 일어난 사건이었는데 아케치는 이제 2층 셋방에 사는 가난한 청년이 아니었다. 「D자카 살인사건」에서 연상진단을 통한 심리시험에 대해 썼는데 그 방법을 구체적으로 보여줄 수 없었다. 이를 보충하는 의미로 「심리시험」에는 시험방식에 대해 자세히 썼다. 「D자카 살인사건」과 「심리시험」은 짝을 이루는 작품이라 할 수 있기 때문에 여기 나란히 싣는다. 「심리시험」은 도서탐정소설의 형식을 취하고 있으며 본격물에 속한다. 이 작품은 제임스

해리스 군이 영어로 번역한 터틀사판 단편집『*Japanese Tales of Mystery and Imagination*』(1956)에「The Psychological Test」라는 제목으로 들어가 있다.

「심리시험」은 전쟁 직후 다이에이영화사에서 <팔레트 나이프의 살인^{パレットナイフの殺人}>(이 제목은 당시 다이에이사 사장인 기쿠치 간[13] 씨가 정했다)이란 제목으로 영화화되었다. 프로듀서 가가 시로^{加賀四郎}, 각본 다카이와 하지메^{高岩肇}, 감독 히사마츠 세지^{久松静児}, 주연 우자미 준^{宇佐美淳}이며, 1946년 10월 15일에 개봉했다. 내 원작 영화 중에서는 닛카츠 제작의 <죽음의 십자로^{死の十字路}> 다음으로 잘 만들어졌다. (1964년 2월)

천장 위의 산책자

1. 「이 작품 저 작품(뒷이야기)」 중

「천장 위의 산책자」는 「붉은 방」보다 4개월 후인 1925년 6월에 썼다. 이것도 소재가 떨어져 고심 끝에 쓴 작품이다. 완성했을 때는 몹시 의기소침해져서 다 틀렸다는 생각이 들었는데 의외로 호평을 받고 나니 기분이 나아져서 다음 소설을

13_ 菊池寛^{1888~1948}. 소설가이자 극작가. 문예춘추사를 경영하며 잡지『문예춘추』를 창간하였고, 아쿠다가와상·나오키상을 제정하였다.『진주부인真珠夫人』(1920) 등 통속소설이 인기를 모았으며『옥상의 광인屋上の狂人』,『아버지 돌아오다父帰る』등의 희곡도 남겼다.

쓰기 시작했던 기억이 난다.

다른 사람은 어떤지 모르지만 나는 내가 쓴 글을 판단할 수 없다. 어떤 경우에도 좋다고 생각한 적이 없었다. 매우 시시해 보인다(겸손이 아니다). 발표 후 사람들이 칭찬하면 좋은가 보다 생각하고 비판하면 나쁘다고 확신한다. 다시 말해 자신감 제로이다. 그래도 시류에 영합해서 쓰지는 않는다. 항상 내가 원하는 것만 쓴다. 다만 잘 썼는지 못 썼는지 재미있는지 확실히 잘 모르겠다는 것이다. 도무지 잘 썼다는 생각이 들지 않기 때문이다. 그래서 아무도 칭찬해주지 않으면 나는 항상 의기소침해진다. 생각지 않게 부끄러운 말을 하고 말았다.

「천장 위의 산책자」를 쓸 때 아버지가 중태였다. 의사가 가망 없다고 하자 아버지는 산속에 들어가 수도승이나 신선 같은 사람들을 신앙처럼 믿었다. 내가 한가하게 소설이나 쓸 때가 아니었다. 아버지는 후두암을 앓았는데, 더 이상 손을 쓸 수 없는 상태였다.

아버지가 계신 곳은 미에현의 세키関라는 역에서 오우미近江 쪽 접경 지역으로 올라가는 길에 있었다. 오가는 사람이라곤 나무꾼밖에 없는 한적한 산속이었는데, 마을길인지 지방도로인지는 모르겠지만 돌이 많고 맑은 물이 흐르는 개울을 따라 길이 나 있었다. 그 길을 따라가면 자연 침식으로 생긴 바위산에 사당이 있었다. 작은 집만 한 동굴이었는데 그 안에 신위를 모시고 있었다. 흰옷을 입은 수도승이 신의 가호를 내려 멀리서 온 불치병 환자들을 낫게 해준다는 곳이었다.

맑은 물이 흐르는 개울가에는 오두막집이 있었는데, 병을 치료하러 온 신자가 세웠다고 했다(공가인 걸 보면 그 신자는 신에게 기원한 보람도 없이 세상을 떴던 것이다). 아버지는 그 오두막집을 돈을 주고 사서 어머니와 함께 불편하게 생활하고 있었다. 오사카에 살던 나는 가끔 그곳에 찾아갔는데, 갈 때마다 점점 쇠약해진 아버지를 뵈어야만 했다.

마감은 다가오고 소설이 써지지 않아도 아버지는 꼭 뵈러 갔다. 그런 애타는 심정으로 「천장 위의 산책자」를 썼다. 마감일인데 아버지가 계신 산속 오두막집에 일이 생겨 가지 않으면 안 되는 상황이었다. 낡은 다다미에 엎드려 그 소설의 결말을 완성했으나 시간에 맞추려다 보니 작품이 엉망이었다. 그래서 이루 말할 수 없는 불쾌한 기분으로 몇 리나 떨어진 세키역까지 걸어가 완성된 원고를 우편으로 보냈다.

아버지는 체념이 빠른 분이라 상황이 좋지 않아도 비교적 느긋하셨다. 어차피 죽을 거라면 지금처럼 경치 좋고 조용한 곳이 낫다고 생각하시는 듯했다. 흰옷 입은 수도승은 종파의 보물이라며 오래된 쇠거울을 소중하게 보존하고 있었다. 그 거울의 뒷면에는 '나무아미타불'이라는 글자가 새겨져 있었는데, 표면을 햇빛에 비춰 흰 벽에 반사시키면 신기하게도 뒷면의 글자가 벽에 뚜렷하게 흰색으로 나타났다. 거울 표면을 광낼 때마다 뒷면에 글자가 새겨져 있는 그 부분만 더 많이 닳는 셈이라 그냥 볼 때는 몰라도 햇빛에 반사되면 미세한 요철이 확실히 드러나는 것이었다. 과학적으로 설명이 가능한 현상이지만 처음 보면 순간적으로 신비한 느낌이 든다. 흰옷을 입은 수도승이 그런 사실을 아는지는 모르겠지만 아무튼 그는 그 거울을 신자의 마음을 사로잡기 위한 수단으로 이용하고 있었다. 그는 한 달에 한 번 정도 거울을 꺼냈다. 몸을 정갈히 가다듬고 칼을 빼서 악마를 물리치는 기도를 하며 엄숙한 분위기를 만든 후 거울에 빛을 반사시켜 보여주었다. 나는 병환 중인 아버지와 함께 그걸 보며 기원했다(나중에 이 경험을 활용해 「거울지옥」을 썼다).

「천장 위의 산책자」 이야기를 다시 하자면, 천장 옹이구멍 아이디어는 그보다 한두 해 전부터 마음 한구석에서 꿈틀거리던 것이었다. 하지만 처음 옹이를 생각했을 때는 그것만으로는 쓸 수 없어 마음에만 담아두었다. 그때 생각했던 줄거리는 다음과 같이 일종의 '입구 없는 방'이었다. 한 인물이 여관방에서 문을 잠근 채 총살당한다. 그런데 범인이 잠입한 흔적은 물론 총을 쏠 만한 틈도 발견되지 않았다. 하지만 자살은 아니고 현장에서도 총기가 발견되지 않았다. 언뜻 보면 풀리지 않는 수수께끼 같은 사건이다. 그러나 내막은 다음과 같다.

범인이 그 집 대청소를 도우며 우연히 2층 다다미를 들어 올렸다. 그런데 2층 바닥에 옹이구멍이 있었고, 그 구멍 바로 밑, 그러니까 아래층 방의 천장에도 옹이구멍이 나 있어 두 구멍을 통해 아래층 방이 들여다보이는 것을 발견했다. 그래서 그는 이를 이용해 피해자가 두 옹이구멍과 일직선상에서 자고 있을 때 재빨리 2층으로 올라가 다다미를 들어 올리고 위에서

총을 쏘았다. 이런 아이디어였다. 하지만 너무 어색했다. 이론적으로는 재미있었지만 아무래도 실제로 사용하기는 어려웠다. 그래서 그대로 방치해두었는데, 소재가 너무 없다 보니 미련이 남았다. 자꾸 그 생각을 들추게 되면서 조금씩 이야기가 변형되었고 결국 「천장 위의 산책자」를 쓸 수 있었다.

본격적으로 쓰고 싶은 마음이 생긴 것은 원래 줄거리에 벽장에서 잠을 자는 이상한 사람의 생활을 합쳐보자는 생각이 든 후였다. 그 이상한 사람은 바로 나였다. 스물네댓 살 무렵 도바鳥羽 조선소에 근무할 때 회사 다니기 싫은 병이 또 도져 독신자 기숙사 벽장에 숨은 적이 있었다. 회사에서 찾으러 와도 모르는 척 방문을 안에서 잠그고 깜깜한 장 속에 드러누워 벽에 '아인잠카이트'[14] 같은 낙서를 하며 빈둥거렸다. 나 같은 사람이 병이 심해지면 벽장에서 천장 위로 은신처를 옮길 것 같다는 생각을 했다. 천장 위는 넓었으니 산책을 하면 분명 재미있을 것 같았다. 그런 식으로 내 경험과 천장 옹이구멍 이야기를 조금씩 결합시킨 것이다.

하지만 그때까지 나는 천장 위를 한번도 본 적이 없었다. 그래서 오사카 집 천장을 두드리며 못이 박히지 않은 곳을 찾아보았는데 운 좋게 전등 배선 작업을 한 곳이었는지 장식단 천장을 밀어보니 덜렁거렸다. 그런데 이상하게 무거운 느낌이 들어 불안한 기분으로 좀 더 밀어보았더니 쿵쾅 소리가 나서

....
14_ Einsamkeit. 고독, 은둔, 외로움 등을 의미하는 독일어.

합판 위에 누름돌이 있다는 것을 알게 되었다. 그때의 기분을 좀 과장해서 소설에 그대로 묘사했다. 합판을 떼어낸 후 고개만 들이밀고 캄캄한 천장 위를 둘러보니 그냥 버리기에는 너무나 아까운 장면이었다. 나는 천장 위 풍경을 반시간이나 만끽했다. 그 감상은 소설에 장황하게 묘사해놓았다.

옹이구멍으로 독약을 떨어뜨리는 부분은 크게 비난받았는데, 작가인 나 역시 곤혹스러운 지점이었다. 옹이구멍과 피해자의 입이 우연히 수직선상에 오거나 고무줄로 눈어림을 하는 설정에는 꽤 갑갑한 설명을 추가해야 했다. 또한 독약에 관해서 주의를 준 사람도 있었다. 시중에서 파는 모르핀은 하얀 분말인데 내가 썼던 것은 모르핀이기는 해도 시중에서는 구할 수 없는 것이고, 모르핀 용액 몇 방울로는 죽지 않는다는 것이었다. 물론 그런 것들은 명백히 내 실수다. 그때 일본 약사법을 찾아보며 모르핀 색이나 형태, 치사량 등을 알아낸 것이라 고농도 용액은 대여섯 방울 정도면 충분한 치사량이라고 생각했다. 책에서 얻은 지식이라 크게 자신은 없었다. (1929년 7월)

2. 이와야쇼텐판 『애벌레』 후기 중

「천장 위의 산책자」는 『신청년』 1925년 8월 증간호에 발표된 작품이다. 사람들은 다른 사람 눈을 의식할 때와 보는 눈 없이 혼자 있을 때는 다른 표정을 보이고 다른 행동을 한다. 그런데 그 점을 과장해서 생각해보면 이상한 공포가 느껴진다. 아무도 자신을 보지 않을 것이라고 확신하고 제멋대로 하는 행동을 누군가가 몰래 엿본다고 생각하면 엿보는 입장이든 당하는 입장이든 다 무서워진다. 그때의 공포와 천장 위에서 본 풍경, 그리고 불가능에 가까운 살인수단을 조합해서 이 소설을 썼다. 하지만 살인에 대한 흥미는 부수적인 것이 되어 힘을 잃는 바람에 다른 흥밋거리가 더 두드러진 작품이 되고 말았다. (1950년 2월)

3. 가와데쇼보판 『탐정소설 명작전집 1』 해설 중

「천장 위의 산책자」는 젊은 시절 미에현 도바조선소에서 근무할 때 회사를 빼먹고 한낮에 독신자 기숙사 벽장 안에 이불을 깔고 누워 있던 경험과 오사카 근처 모리구치에 살던 무렵 천장 합판을 떼고 천장 위에 올라가 본 경험이 근간이 된 작품이다. '천장 위의 산책'이라는 아이디어가 매력적이라 쓰게 되었는데, 천장 위 묘사의 비중이 커져 범죄 발각의 논리가 부자연스러워졌다. 논리적인 탐정소설로는 불합격이다. (1956년 7월)

4. 도겐샤판 『에도가와 란포 전집』 후기 중

『신청년』 1925년 8월 증간호에 발표했다. 초기 단편에 속하는 작품인데 「인간의자」와 함께 기발한 발상으로 호평을 받았다. 당시 비평가 히라바야시 하쓰노스케[15] 씨는 본인 집의 천장

....
15_ 平林初之輔1892~1931. 문예평론가. 『유물사관과 문학唯物史觀と文学』(1921) 으로 인정받았고 『무산계급의 문화無産階級の文化』(1923) 등으로 프롤레타리

위를 돌아다닌 후 그 체험을 소설로 쓴 작가는 동서고금 통틀어 나밖에 없을 것이라며 참 신기한 작가라고 강조했다. 그런 의미에서 옛 독자들의 기억에 남아 있는 작품 중 하나였으므로 내 대표작을 모은 단편집에는 언제나 들어간다. 반면에 영역 단편집에는 수록되지 않았는데 서양인들에게는 천장 위라는 공간이 쉽게 이해가 안 되는 모양이었다. (1962년 6월)

....

아 문학운동의 이론적 지주가 되었다. 하지만 『정치적 가치와 예술적 가치政治的価値と芸術的価値』(1929) 등에서 마르크스주의 예술론을 근본적으로 비판하며 예술의 자율성을 추구하려 했다. 이후 프랑스 실증주의 문학이론 정립과 확산에 힘썼다.

옮긴이의 말

    일본 추리소설의 아버지로 불리는 에도가와 란포는 한국 독자들에게도 익숙한 이름일 것입니다. 1923년 『신청년』에 단편 「2전짜리 동전」을 발표한 이래 일본 추리소설의 토대를 마련하였을 뿐만 아니라, 평론활동을 통해 해외 추리소설을 일본에 꾸준히 소개하였으며, 일본탐정작가클럽을 창설하고 자신의 이름을 딴 에도가와 란포상을 제정하여 신인들을 발굴하는 등 에도가와 란포를 빼놓고는 일본 추리소설의 역사를 이야기할 수 없을 정도이기 때문입니다. 아마 그의 작품을 읽어보지 않으신 분도 일본 미스터리를 좋아하는 분이라면 에도가와 란포상 수상작들을 통해서 그 이름을 접하신 경우도 많을 겁니다.

    하지만 한국에서 에도가와 란포는 그 명성에 비해 아직도 그다지 널리 읽히는 작가는 아닙니다. 거기에는 그만한 이유가 있는 듯합니다. 에도가와 란포의 왕성한 작품 활동과 폭넓은 작품세계에 비해 한국에 번역된 작품의 수가 많지 않고 제한적이기 때문입니다. 그 점을 고려하면 아직까지는 에도가와 란포를 제대로 읽을 기회가 없었다고 하는 편이 옳을지도 모르겠습니다. 동양 최초의 탐정이며, 요코미조 세이시의 긴다이치 고스케와 함께 일본의 대표적인 명탐정으로 일컬어지는 아케치 고고로가 주인공인 작품조차 그동안 극히 일부만 소개되었으니까요.

그런 상황에서 도서출판 b로부터 에도가와 란포의 작품들 중에 아케치 고고로가 등장하는 작품들을 16권짜리 시리즈로 기획한다는 소식을 듣고 정말 반가웠습니다. 아케치 고고로 시리즈야말로 에도가와 란포를 읽는 좋은 길잡이가 될 것이라고 생각했기 때문입니다. 잘 알려져 있다시피 에도가와 란포는 일본 추리소설의 역사를 썼다고 해도 과언이 아닐 정도로 매우 폭넓은 작품 활동을 했습니다. 그런데 아케치 고고로 탐정물의 경우 캐릭터 자체가 세월에 따라 진화할 뿐 아니라 본격추리에서 벗어나 여러 변격적인 요소들을 차용하며 다양하게 변형되기 때문에 에도가와 란포의 작품세계를 어느 정도 관통하는 면이 있습니다. 극단적으로 말한다면 어느 작품부터 읽어나가느냐에 따라 각기 다른 에도가와 란포를 볼 수 있는 상황에서, 아케치 고고로 시리즈는 에도가와 란포를 가장 손쉽게 즐기면서도 가장 심층적으로 이해할 수 있는 길을 제시한다고도 할 수 있기 때문입니다.

아케치 고고로 사건수첩 1권에는 아케치가 처음 등장한 「D자카 살인사건」부터 「유령」, 「흑수단」, 「심리시험」, 「천장 위의 산책자」까지 다섯 편이 실려 있습니다. 모두 1925년에 『신청년』을 통해 발표되었으며, 이지적理智的인 탐정소설을 지향했던 초기 단편의 특징이 그대로 드러나 있는 작품들입니다. 이 다섯 편은 국내에 처음 소개되는 작품들은 아니기에 이미 읽으신 독자들도 계시겠지만 명탐정 아케치 고고로의 기원을 찾아본다는 의미에서는 새로운 경험이 될 수도 있을 것입니다. 또한 본 시리즈는 작품의 이해를 돕기 위해 작품에 대해 에도가와 란포가 스스로 해설한 글들을 수록하였으니 함께 보시면 더 큰 재미를 찾을 수 있을 것입니다.

아케치 고고로 사건수첩을 기획할 때 참조한 것은 슈에이샤集英社의 『아케치 고고로 사건부明智小五郎事件簿』 시리즈였습니다. 에도가와 란포 전집은 일본에서도 여러 번 발간되었지만, 『아케치 고고로 사건부』는 특이한 구성을 취하고 있습니다. 아케치가 등장하는 작품들을 발표 연대순이 아니라, 작품 속의 아케치의 행적을 따라가면서 사건 발생 시점을 추정하여 배치한 것이 특징입니다.

하지만 번역 저본으로 삼은 것은 슈에이샤의 『아케치 고고로 사건부』가 아니라 고분샤光文社의 『에도가와 란포 전집』입니다. 2004년 발간된 30권짜리 고분샤판의 경우 처음 발표 당시의 판본 그대로 전집을 출간했던 헤본샤平凡社판 등이 저본인 반면, 슈에이샤판의 『아케치 고고로 사건부』는 1961년 발간된 도겐샤桃源社의 『에도가와 란포 전집』을 저본으로 하고 있기 때문입니다. 도겐샤판은 새로운 시대에 새로운 독자들이 보기에 용이하도록 에도가와 란포 스스로가 교정을 한 판본이기에 과거의 시대상이 드러나는 어휘나 표현은 1950~60년대 통용되는 말들로 바뀌었고, 초판본에서 덜어내거나 수정한 문장들도 간혹 보였습니다. 이러한 점들은 사실상 내용에는 큰 영향을 미치지 않았지만 1960년대에 발간된 도겐샤판 역시 현재와는 시차가 많이 벌어져 있기에 오히려 집필 당시의 시대적 분위기가 더 잘 느껴지는 고분샤판을 저본으로 삼는 편이 효과적이라고 생각했습니다.

　에도가와 란포를 번역하다 보면 읽을 때와는 달리 바로 그 시차 때문에 가끔 그의 낯선 얼굴과 마주할 때가 있습니다. 그 때문에 번역이 쉽지는 않았지만, 역설적으로 그렇기 때문에 그만큼 즐거운 작업이기도 했습니다. 번역자는 결국 최초의 독자라고 한다면, 아케치 고고로의 행적을 따라 에도가와 란포를 읽는다는 건 매우 특별한 경험이었습니다. 제게 그 기회를 주신 조영일 선생님과 도서출판 b 식구들께 깊이 감사드립니다. 그리고 아케치 고고로의 세계에 첫발을 들이신 여러분, 진심으로 환영합니다.

2018년 8월
이종은

작가 연보

1894년
- 10월 21일 미에三重현 나가名賀군 나바리초名張町에서 아버지 히라이 시게오平井繁男와 어머니 기쿠きく의 장남으로 태어남. 본명은 히라이 타로平井太郎.

1897년(3세)
- 아버지의 전근으로 나고야名古屋 소노이초園井町로 이사. 평생 이사가 잦았으며 그 회수가 총 46회에 달함.

1901년(7세)
- 4월 나고야 시라가와 진조소학교白川尋常小学校 입학.

1903년(9세)
- 이와야 사자나미巖谷小波의 동화에 심취. 어머니가 읽어준 기쿠치 유호菊池幽芳의 번안 추리소설 『비밀 중의 비밀秘密中の秘密』을 학예회에서 구연하려다 실패. 환등기에 매혹되었으며 이후 렌즈와 거울에 빠짐.

1905년(11세)
- 4월 나고야 시립 제3고등소학교名古屋市立第3高等小学校에 입학. 친구와 등사판 잡지 제작.

1907년(13세)
- 4월 아이치 현립 제5중학愛知県立第5中学에 입학. 여름방학 때 피서지인 아타미熱海에서 구로이와 루이코黒岩涙香가 번안한 『유령탑幽霊塔』을 읽고 감탄. 나쓰메 소세키夏目漱石, 고타 로한幸田露伴, 이즈미 교카泉鏡花의 작품을 읽기 시작.

1908년(14세)
- 활자를 구입하여 잡지를 제작. 아버지는 히라이 상회平井商店를 창업.

1910년(16세)
- 친구와 만주 밀항을 위해 기숙사를 탈출, 정학처분을 받음.

1912년(18세)

- 3월 중학교 졸업.
- 6월 히라이 상회의 파산으로 고등학교 진학을 포기. 일가가 한국의 마산으로 이주.
- 9월 홀로 귀국하여 와세다대학早稲田大学 예과 2년에 편입.

1913년(19세)

- 3월 <제국소년신문帝国少年新聞>을 기획하여 소설 집필 시도.
- 9월 와세다대학 정치경제학과에 입학.

1914년(20세)

- 친구들과 회람잡지 『흰 무지개白虹』를 제작. 가을에 에드거 앨런 포, 코난 도일 등 해외 탐정소설에 흥미를 가짐.

1915년(21세)

- 아르바이트를 하며 해외 추리소설 탐독. 코난 도일 번역을 위해 고대 로마 이래 암호를 연구. 가을에 탐정소설 초안 기록을 수제본 『기담奇譚』으로 엮음. 습작으로 「화승총火縄銃」 집필.

1916년(22세)

- 8월 와세다대학을 졸업. 미국에 가서 탐정작가가 되려는 꿈을 단념하고 오사카의 무역회사 가토양행加藤洋行에 취직.

1917년(23세)

- 5월 이즈伊豆의 온천장을 방랑. 다니자키 준이치로谷崎潤一郎의 『금빛 죽음金色の死』에 감동, 이후 사토 하루오佐藤春夫와 우노 고지宇野浩二의 작품들을 가까이함. 「화성의 운하火星の運河」를 집필.

1918년(24세)

- 미에현 도바조선소鳥羽造船所 기관지 편집을 맡음. 도스토옙스키에 경도.

1919년(25세)

- 2월 도쿄에 상경. 동생들과 혼고本郷 단고자카団子坂에 헌책방 산닌쇼보三人書房를 개업했으나 1년 만에 폐업. 사립탐정, 만화잡지 『도쿄퍽東京パック』 편집장, 중화소바 노점상 등 여러 직업을 전전. 겨울에 조선소 근무 중 알게 된 사카테지마坂手島 출신의 무라야마 류村山隆와 결혼.

1920년(26세)

- 2월 도쿄시 사회국에 입사. 만화잡지에 만화를 기고.
- 5월 조선소 시절 동료와 지적소설간행회知的小說刊行会를 창설, 동인잡지『그로테스크グロテスク』를 기획하였으나 좌절. 한자를 달리 표기한 江戸川藍峰를 필명으로 사용.「영수증 한 장」의 바탕이 되는「석괴의 비밀石塊の秘密」착수.
- 10월 오사카로 이주. 오사카 시사신문사時事新聞社 기자로 재직.

1921년(27세)

- 2월 장남 류타로隆太郎 탄생.
- 4월 상경하여 일본공인구락부日本工人倶樂部 기관지 편집장으로 취업.

1922년(28세)

- 7월 오사카 아버지 집에서 기거.「2전짜리 동전二銭銅貨」과「영수증 한 장一枚の切符」을 집필.『신청년新青年』에 기고.

1923년(29세)

- 4월『신청년』에 고사카이 후보쿠小酒井不木 추천사와 함께「2전짜리 동전」게재. 7월호에는「영수증 한 장」게재.
- 7월 오사카 마이니치신문사每日新聞社 광고부에 취직.

1924년(30세)

- 6월『신청년』에「두 폐인二癈人」게재.
- 10월『신청년』에「쌍생아双生児」게재.
- 11월 전업 작가가 되기로 결심하고 오사카 마이니치신문사 퇴사.

1925년(31세)

- 1월『신청년』신년증대호에「D자카 살인사건D坂の殺人事件」을 게재.
- 2월『신청년』에「심리시험心理試驗」게재 이후 편집장 모리시타 우손森下雨村이 기획 연속단편을 제안, 이후「흑수단黒手組」(3월호),「붉은 방赤い部屋」(4월호),「유령幽霊」(5월호),「천장 위의 산책자屋根裏の散歩者」(8월 여름증대호) 등을 발표.
- 4월 오사카에서 요코미조 세이시橫溝正史와 탐정취미회探偵趣味会를 발족.
- 7월 슌요도春陽堂에서 단편집『심리시험』발간.
- 9월 아버지 히라이 시게로 사망.『탐정취미探偵趣味』창간호 발간.
- 10월『구라쿠苦樂』에「인간의자人間椅子」발표.

- 11월 JOAK(현 NHK) 라디오에서 「탐정취미에 관하여」를 방송. 대중문예작가21일회大衆文芸作家二十一日会에 참가, 『대중문예大衆文芸』 창간.

1926년(32세)
- 1월 『선데이 마이니치サンデー毎日』에 「호반정 살인湖畔亭事件」, 『구라쿠』에 「어둠 속에서 꿈틀대다闇に蠢く」 연재 시작.
- 2월 <아사히신문朝日新聞>에 「난쟁이一寸法師」 연재 시작.
- 7월 『신소설』에 「모노그램モノグラム」 게재.
- 10월 『신청년』에 「파노라마섬 기담パノラマ島奇談」 연재 시작. 『대중문예』에 「거울지옥鏡地獄」 게재.

1927년(33세)
- 3월 나오키 산주고의 연합영화예술협회 제작의 <난쟁이> 개봉. 시모도츠카下戸塚에 하숙집 치쿠요칸築陽館 개업.
- 6월 자신의 작풍에 절망해 절필을 선언하고 일본해 연안을 방랑.
- 10월 헤본샤平凡社판 현대대중문학전집 제3권 『에도가와 란포집』 발간, 16만 부 이상이라는 판매기록 수립. 교토, 나고야를 방랑.
- 11월 『대중문예』 동인들과 함께 대중문예합작조합인 단기사耽綺社 결성.

1928년(34세)
- 8월 『신청년』에 「음울한 짐승陰獣」 연재 시작, 인기를 얻음.

1929년(35세)
- 4월 고사카이 후보쿠 사망 후 『고사카이 후보쿠 전집』 간행에 매진.
- 6월 『신청년』에 「압화와 여행하는 남자押絵と旅する男」 게재.
- 8월 『고단구락부講談倶楽部』에 「거미남蜘蛛男」 연재 시작. 국내외 동성애문헌 수집에 착수.

1930년(36세)
- 1월 『문예구락부文芸倶楽部』「엽기의 말로猟奇の果」 연재 시작.
- 7월 『고단구락부』에 「마술사魔術師」 연재 시작.
- 9월 『킹キング』에 「황금가면黄金仮面」 연재 시작. <호치신문報知新聞>에 「흡혈귀吸血鬼」 연재 시작.

- 10월 고단샤講談社에서 『거미남』 출간, 인기리에 판매.

1931년(37세)
- 5월 헤본샤판 『에도가와 란포 전집』 전 13권으로 발간 시작.
- 8월 에스페란토어 역본 『황금가면』 발간.

1932년(38세)
- 3월 집필을 중단한 후 각지를 여행.
- 11월 오카도 부헤岡戸武平가 대필한 『꿈틀거리는 촉수蠢〈触手』를 신초사新潮社에서 발간.
- 12월 이치가와 고다유市川小太夫가 「음울한 짐승」을 연극으로 상연.

1933년(39세)
- 1월 오츠키 겐지大槻憲二의 정신분석연구회精神分析研究会에 참가.
- 11월 『신청년』에 「악령悪靈」 연재 시작(3회로 중단).
- 12월 『킹キング』에 「요충妖虫」 연재 시작.

1934년(40세)
- 1월 『히노데日の出』에 「검은 도마뱀黒蜥蜴」 연재 시작. 『고단구락부』에 「인간표범人間豹」 연재 시작.
- 9월 『중앙공론中央公論』에 「석류柘榴」 발표.

1935년(41세)
- 1월 『란포 걸작선집』 전 12권 헤본샤에서 발간 시작.

1936년(42세)
- 1월 『소년구락부少年倶楽部』에 「괴인이십면상怪人二十面相」 연재 시작.
- 4월 『탐정문학探偵文学』 4월호 에도가와 란포 특집호 발간.
- 5월 평론집 『괴물의 말鬼の言葉』 슌주샤春秋社에서 발간.

1937년(43세)
- 9월 『히노데』에 「악마의 문장悪魔の紋章」 연재 시작.

1939년(45세)
- 1월 『고단구락부』에 「암흑성暗黒城」 연재 시작. 『후지富士』에 「지옥의 어릿광대地獄の道化師」 연재 시작.
- 3월 슌요도 일본문학소설문고로 발간된 『거울지옥』 중 「애벌레蟲」가 반전反戰 성향이 있다는 이유로 삭제 명령. 은둔생활 결심.

1941년(47세)

- 군부에 협조하지 않았다는 이유로 작품 출판이 금지됨. 신문기사 등 자료를 모아 『하리마제연보貼雜年譜』 제작 시작.

1942년(48세)
- 1월 『소년구락부』에 고마츠 류노스케小松龍之介라는 필명으로 「지혜의 이치타로知恵の一太郎」 연재 시작.

1943년(49세)
- 11월 『히노데』에 과학 스파이 소설 「위대한 꿈偉大なる夢」 연재 시작.

1945년(51세)
- 4월 가족과 후쿠시마福島로 소개疎開.

1946년(52세)
- 4월 탐정작가 친목회인 토요회土曜会 창설.
- 10월 「심리시험」을 원작으로 한 영화 <팔레트 나이프의 살인 バレットナイフの殺人> 상영.

1947년(53세)
- 6월 탐정작가클럽 창설, 초대회장으로 취임, 회보 발행. 각지에서 탐정소설에 관해 강연.

1948년(54세)
- 8월 쇼치쿠松竹 영화사 제작 <난쟁이> 개봉.

1949년(55세)
- 1월 『소년少年』에 「청동의 마인青銅の魔人」 연재 시작.

1950년(56세)
- 3월 <호치신문>에 「단애断崖」 연재 시작. 「흡혈귀」를 원작으로 한 다이에이大映 영화사 제작 <에지의 미녀永柱の美女> 상영.

1951년(57세)
- 5월 이와야쇼텐岩谷書店에서 평론집 『환영성幻影城』 발간.

1952년(58세)
- 7월 탐정작가클럽 명예회장으로 추대.
- 11월 미군기관지 『성조기Stars and Stripes』에 아케치 고고로가 일본의 홈즈로 소개.

1954년(60세)
- 6월 <오사카 산케이신문>에 「흉기凶器」 게재. NHK라디오 연속드라

마 「괴인이십면상」 방송.
- 10월 에도가와 란포상 제정. 이와야쇼텐에서 『탐정소설 30년』 발간. 슌요도에서 『에도가와 란포 전집』 전 16권 발간 시작.
- 11월 쇼치쿠 영화사 제작 <괴인이십면상> 개봉.

1955년(61세)
- 1월 「도깨비 환희化人幻戱」, 「그림자남影男」, 「십자로十字路」 집필. 쇼치쿠 영화사 제작 <청동의 마인> 개봉.
- 2월 신토호新東宝 영화사 제작 <난쟁이> 상영.
- 4월 『오루 요미모노オール読者』에 「달과 수첩月と手袋」 게재.

1956년(62세)
- 3월 닛카츠日活 영화사 제작 <죽음의 십자로死の十字路> 개봉. J. 해리스 번역, 영문 단편집 발간.

1957년(63세)
- 8월 <파노라마섬 기담> 토호東宝극장에서 개봉.

1961년(67세)
- 10월 도겐샤桃源社판 『에도가와 란포 전집』 전 18권 발간 시작.

1963년(69세)
- 1월 사단법인 일본추리작가협회 창설, 초대회장 취임.

1965년(71세)
- 7월 28일 뇌출혈로 사망.

아케치 고고로 사건수첩 1

D자카 살인사건

초판 1쇄 발행 | 2018년 9월 15일

지은이   에도가와 란포
옮긴이   이종은
펴낸이   조기조
펴낸곳   도서출판 b | 등록 2006년 7월 3일 제2006-000054호
주소   08772 서울특별시 관악구 난곡로 288 남진빌딩 302호
전화   02-6293-7070(대)
팩시밀리   02-6293-8080 | 홈페이지   b-book.co.kr
이메일   bbooks@naver.com

ISBN 979-11-87036-70-8   (세트)
ISBN 979-11-87036-71-5   04830

값 | 12,000원